JE CROYAIS QU'IL SUFFISAIT DE T'AIMER...

Paru dans Le Livre de Poche :

CONTES À GUÉRIR, CONTES À GRANDIR

JACQUES SALOMÉ

Je croyais qu'il suffisait de t'aimer...

NOUVELLES

ALBIN MICHEL

ISBN : 978-2-253-12389-7 – 1re publication LGF

Qu'y a-t-il de plus beau dans une relation ?
Le plaisir de l'anticiper dans l'attente
Le bonheur de la vivre au présent
L'émerveillement de son souvenir
Une immense nostalgie de n'avoir pas su la vivre à pleine vie.

Je croyais qu'il suffisait de t'aimer...

> Le courage de la goutte d'eau, c'est qu'elle ose tomber dans le désert.
>
> Lao SHE

Se séparer d'un être aimé ne se joue pas, pour l'essentiel, dans le fait de le quitter ou d'être quitté. Se séparer c'est découvrir paradoxalement l'espoir insensé et sans cesse inaccessible d'une relation nouvelle, autre, différente, et d'abord avec soi-même.

Le plus douloureux pour moi n'a pas été de te perdre, mais de renoncer à l'espoir fou que tu reviendrais, que tu m'appellerais. Car, plusieurs mois après ta décision, cet espoir resurgissait, tenace, obsédant, impérieux par instants, parfois léger comme un mirage, d'autres fois lourd et pesant comme un ciel d'orage.

C'est au petit matin, les yeux encore fermés, que je m'entendais dans mon corps faire des projets, évoquer le plaisir d'un partage, croire en un morceau de rêve à vivre encore ensemble, imaginer que le téléphone allait sonner, que tu allais arriver vivante, présente... que notre accord serait à nouveau intact, entier, et à nouveau émerveillé, comme il le fut si souvent.

C'est après ton départ que je t'ai portée en moi plus intense que jamais.

Te quitter n'était pas très difficile tant que je pouvais garder le sentiment de ne pas t'avoir perdue. Tant que j'avais la certitude que nous n'étions pas allés, toi et moi, jusqu'au bout de nos sentiments, de nos émois ou de nos plaisirs, tant qu'il y avait encore un possible. Même un seul brin de possible, une caresse sur ta joue, ta main contre mon ventre, un clignement d'œil ou ce mouvement du cou que nous avions l'un et l'autre, quand nous voulions en public, au milieu des autres, nous témoigner notre accord.

J'avais besoin d'un espace d'amour plus large que le tien, plus ouvert que le mien pour toi. Je t'ai adressé plus de non-demandes en mariage que de véritables refus à ta propre attente d'être épousée. Tu te voulais mariée, avec un nom de femme qui marquerait bien la séparation, la différenciation d'avec le nom du père. Un nouveau nom qui te ferait peut-être entrer dans une autre histoire.

Tu avais, je crois, le désir profond d'un statut social qui te confirmerait aux yeux du monde entier comme une femme à part entière. Tu aurais eu droit dans les salons au baisemain. Combien de fois ne m'as-tu repris quand je voulais baiser la main d'une jeune femme : « Mais non, elle n'est pas mariée, cela ne se fait pas ! » Qu'importe si cela devait se faire ou pas, j'appréciais le plaisir mutuel de ce geste un peu désuet mais tellement chargé d'élégance. Tu m'avais d'ailleurs donné des leçons : « Il ne faut pas toucher la main avec ses lèvres, seulement s'incliner et la porter vers sa bouche, sans plus... » Ce « sans plus » contenait encore plein d'émerveillements à découvrir.

Par mes non-demandes, par mon refus de me marier, je découvre aujourd'hui que je brisais un rêve essentiel, violentais une attente immense, rouvrais une blessure qui allait m'emporter, me rejeter de ta vie.

Te souviens-tu de, non c'est bien moi qui me souviens, du lapin de peluche de ton enfance, si usé qu'il semblait tout plat d'un côté ? En mon absence, tu le portais contre ton ventre pour dormir. Et quand je dormais avec toi, il n'était jamais loin, je le retrouvais au matin dans le lit, entre toi et moi. Tu avais des fidélités incontournables, qui me donnaient parfois le sentiment que je venais en deuxième ou en troisième position bien après de nombreux autres amours essentiels à ta vie.

Quand nous nous endormions ensemble, au début de la nuit après l'amour, je t'offrais ma main, puis tu sortais d'un premier sommeil pour me dire : « Ne bouge pas, reste immobile, non, non, laisse ta main là, c'est bon. » Puis pendant la nuit mon bras me rejoignait, je devais basculer dans l'autre sens et c'est ton ventre qui venait se blottir contre mes fesses, contre mon dos ou mes épaules enveloppées de chaleur douce. Ta main prenait mon sexe, s'accrochait à lui, pour ne plus le lâcher jusqu'au matin.

Quand nous n'avions pas fait l'amour, aux soirs de fatigue, je me retrouvais éveillé à demi, au milieu de la nuit, buvant ton ventre, étreignant tes cuisses, les retenant pour empêcher, ralentir la partance de ton corps vers un sommeil plus tenace que mes caresses et qui t'engloutissait vaporeuse et inaccessible.

Au matin, émerveillée, émue, tu riais. « Je t'ai caressé cette nuit », me disais-tu, avec une conviction si sincère que je doutais de mes rêves.

Chez toi, le matin, tu restais nue... Je ne me lassais pas de la pudeur étoilée de tes cuisses, ni des rondeurs lumineuses de ta poitrine rieuse.

Je me levais pour grappiller des baisers au bas de ton dos, pour t'inciter à revenir vers le lit et toi tu croyais que je bondissais pour le petit déjeuner que tu t'empressais de me servir. Chez moi, la salle d'eau te retenait longtemps, puis tu t'habillais, le corps soudain plein de réticences, insensible, défendu à mes regards et à mes mains.

Ah mes mains ! Ai-je donc été si aveugle pendant aussi longtemps pour ne rien entendre, ne rien voir de mes maladresses ! Mes mains m'anticipaient comme si elles étaient toujours en avance sur moi. Te caresser, c'était ma façon de te dire : « J'ai du bon en moi, pour toi. »

Combien d'années ai-je mis à découvrir ta gêne, ton allergie à un détail, à un oubli, à un comportement que je n'avais même pas perçu. Ainsi, tu aurais souhaité, chaque fois, avant toute caresse, que je lave mes mains, sans avoir à me le demander, que cela vienne de moi, comme une prévenance naturelle, normale. Telle une évidence tu affirmais : « Les mains ça touche des tas de trucs, de l'argent, des saletés... et je ne veux pas que mon corps y soit associé. »

Ah ! l'argent et ses miasmes redoutés.

Je ne voulais pas croire à la réalité de ta répugnance. Je refusais de collaborer à cette phobie, à cette folie qui m'éloignait, me coupait de toute spontanéité. J'avais besoin d'être moi-même avec toi. Etre moi-même cela voulait dire : être accepté inconditionnellement.

Mais ce rappel, à me laver les mains, était trop sensible pour toi et pour moi plus encore. Je me sentais blessé, comme si j'étais sale, incorrect ou indigne de toi.

Ainsi, je n'ai jamais pu te dire la pureté qui m'habitait au temps de notre relation. Ces élans, ces abandons vers toi, retenus, enfermés, tous ces gestes inachevés qui n'auront pas été reçus. C'est quand nous étions loin l'un de l'autre que nous nous approchions le plus, au plus près, peut-être, de nos attentes et de nos désirs.

L'enthousiasme de nos appels téléphoniques mutuels au petit matin. Est-ce toi, est-ce moi qui te surprenais déjeunant, ou encore tout ensommeillée mais avide du jour à venir ? Le matin, je le savais, tu sautais de ton lit et tu allais nue dans tes occupations. Tu ne t'habillais qu'au dernier instant pour sortir. Et aussi loin que je fusse, je passais avec ma pensée et mes sens ce moment avec toi. Quand j'étais là, mon regard te suivait, mes mains pleines de caresses t'accompagnaient, ma bouche te baisait, je tentais de sucer un brin de toi au passage, mais je n'arrivais jamais à t'arrêter pour te respirer en entier. Ton corps-hélice brassait la mousse trop rapide du temps. Parfois je te happais, j'interdisais à l'heure d'avancer, de te poursuivre, et pendant quelques minutes, ma tête se posait sur ton ventre. Tu t'imaginais alors rêveuse, alanguie, porteuse d'un enfant de moi. Ce fut le seul enfant que j'ai pu te donner, moi-même dans mes abandons extrêmes, un enfant rare, inventé dans la mouvance de mes errances.

Quand tu venais chez moi, tu aimais marcher seule et mon plaisir était de t'accompagner de vibrations secrètes. Je prenais le temps de rêver à ton chemin, de survoler tes promenades, de m'appuyer mentalement à un arbre pour te regarder passer, toi qui te croyais sans moi. Je connaissais tes parcours. Celui du chemin à droite, caillouteux, silencieux qui allait te porter tout de suite vers les vignes rouges, que tu aimais tellement. Je savais que tu monterais sur le talus pour apercevoir la petite maison abandonnée. Tu l'avais reconstruite cent fois, elle aurait pu devenir un chez-toi, proche pour un voisinage amoureux, sans ombre.

Le chemin de gauche, lui, débouchait sur la route avec deux possibilités : le chemin du haut, celui du bas.

Celui du haut conduisait au village et, là, les choix étaient multiples, quasi infinis. On pouvait passer au plus près, par le ranch aux chevaux de l'Allemand, dont la femme montait superbement un alezan de légende, ou par la traverse qui rallongeait mais dont les arbres étaient splendides, ou encore par la maison de l'Espagnol et peut-être par le chemin de la muette, plus secret, au tracé ancien mais peu entretenu...

Autant de parcours révélés à tes sens, tu les connaissais tous.

Par le bas, c'était encore l'inconnu. Le chemin du bas était pourtant celui par lequel nous arrivions à la maison. Nous connaissions ce chemin dans un sens, très peu dans l'autre. Dans le sens du départ, son tracé labyrinthique pour rejoindre la nationale, puis la gare vers des séparations nostalgiques, chemin aveugle fermé au rêve. Les jours d'été, ce chemin semblait pourtant posséder plein de ramifications, traversées de sentes inconnues sur lesquelles tu n'osais pas t'aventurer. « Les chemins en partance ne nous éloignent pas, ils retiennent les pas pour nous relier plus durablement à nos racines », disais-tu.

Toi, le plus souvent tu tournais à droite et moi je t'accompagnais au plus proche de toi, avec la seule légèreté que je possède, celle du silence. Je voulais être présent au cœur de tes étonnements. Te souviens-tu le samedi ou le dimanche matin combien nous aimions aller aux marchés de ce pays où je vis depuis un quart de siècle ? Aller au marché, rituel singulier, chargé d'attentes insouciantes, de besoins soudain impérieux ou de désirs futiles pour faire entrer un peu de magie dans le quotidien. Trouvailles, découvertes, rencontres sans impatience, si pleines d'évidences pour laisser venir à soi les objets qui vont nous aimer.

Tu n'étais pas présente quand j'ai découvert chez un bouquiniste un ouvrage que je recherchais depuis dix-neuf ans : *Connaissance de la mythologie par demandes et réponses*, à Paris chez Etienne-François Savoye, 1762. Livre étonnant dans lequel on peut entrer, j'allais dire de plain-pied, en l'ouvrant au hasard, livre qui me donnait le sentiment d'une parenté toute proche avec la Grèce ancienne.

Et déjà je savais ta joie, j'imaginais ton regard, ta main sur mon bras, ton sourire heureux pour me confirmer combien j'étais têtu et combien j'avais raison de l'être : « Tu as la persévérance de ceux qui se savent éternels. » C'est vrai, à cette époque je me sentais éternel, indestructible et, surtout, je croyais pour la première fois de ma vie à l'intégrité, à la fiabilité, à l'éternité d'une relation.

Je ne savais pas encore que la nôtre, comme toutes les relations d'amour, s'inscrivait dans le temps, dans une courbe de ton temps qui fléchissait, se creusait jusqu'à se déjoindre de la courbe du mien.

Mais ce jour-là, celui de la découverte du livre, c'était encore le temps où un espace de vie, réservé à nous seuls, nous contenait en entier et me faisait ressentir plus fort le bonheur de toi. Nos émotions comme nos résonances vibraient dans une énergie ronde et me remplissaient d'une gratitude infinie envers la vie.

C'était le temps où j'attendais de toi une amplification, un émerveillement ou un ravissement que j'obtenais le plus souvent, que tu me donnais sans réserve, avec chaque fois la même ferveur qui me laissait croire que j'étais unique, exceptionnel.

Tu n'aimais pas la télévision et quand tu venais te blottir contre moi, c'était pour me chuchoter : « Viens viens... » Je résistais car un de mes plaisirs était d'être dans cet état de vacuité, de me laisser être, sans devoir, sans obligation, sans contrainte. Je me laissais emporter aux quatre coins de l'univers, avec toi, proche, tout alanguie, seulement vigilante au poids du bien-être à sentir ton corps s'endormir et le mien aux sensations éveillées. Moments de troubles précieux où je me laissais pénétrer d'images et de sons qui ne te faisaient pas concurrence, contrairement à ce que tu croyais.

Tu combattais la télévision car elle t'entraînait impitoyablement vers un sommeil qui te faisait me perdre et te donnait au réveil, à la fin d'une émission, le goût amer d'étreintes perdues à jamais.

Nous avions aussi des instants pleins, remplis au ras bord de l'intense de la vie, des moments immenses qui jaillissaient d'un présent que nous étions seuls à partager, quand je venais te surprendre dans une lecture, quand tu surgissais avec une tasse de thé, une orange ou une grappe de raisin, quand je levais les yeux pour accueillir seulement l'effleurement de ton regard, l'écrin de tes dents, l'ombre de tes pommettes ou cette courbure du nez qui te chagrinait mais que j'aimais.

J'aimais aussi te regarder de loin, surprendre le mouvement si doux, si tendre de ton cou. Tes cheveux si jeunes et que j'aurais voulus plus blonds, dansants ou ce geste des doigts pour torsader quelques mèches folles ou rebelles.

Te souviens-tu, je luttais – guerre perdue par avance – je luttais pour le plaisir contre tes soutiens-gorge. « Parfaite inutilité », t'ai-je chuchoté cent mille fois. Tu déniais de la tête, puis tu glissais quasi instantanément un de tes doigts sous le bas d'un des bonnets pour libérer un souffle de tension ou deux millimètres d'espace. Parfois quand nous allions sortir, que tu t'habillais « pour la ville » et choisissais un soutien-gorge nouveau, j'aimais t'aider, placer tes seins dedans, les déposer chacun à sa place avec infiniment de douceur, tout en regrettant de les emprisonner ainsi, de me priver d'eux. Et tu me rappelais que j'aurais dû choisir ce métier que j'avais inventé, le plus beau métier du monde : placeur de seins, au rayon lingerie fine ou sous-vêtements d'un grand magasin.

Te souviens-tu de tes enthousiasmes pour les détails infimes de la vie ? Tu magnifiais la banalité, les minuscules événements qui auraient pu passer inaperçus ou se perdre. Tu étais gratifiante pour les petits riens qui auraient risqué de s'évaporer sans laisser de trace et que tu recueillais avec une infinie gentillesse, soulignant la qualité d'une couleur, le mouvement, la juxtaposition, le contraste ou la fantaisie d'un paysage, le positif d'un être, d'une maison, d'un toit ou d'un étalage. Tu savais recueillir les ombres palpitantes d'un instant, ailes de papillon immobilisées entre deux mouvements infimes du temps avant qu'il ne s'évapore ou s'égare, se perde à jamais.

Je ne sais pas si le cœur est le siège de l'amour, le moteur ou l'usine à sentiments que décrivent les poètes ou les revues du marché de l'intime. Ce que je sais aujourd'hui, c'est qu'il est bien concerné par tout ce qui touche à l'amour.

Combien de pincements, de serrements aigus, d'étreintes noires et étouffantes m'ont saisi depuis que tu m'as quitté ! J'ai besoin de réfléchir, de prendre du recul, de trouver un autre chemin de vie, sans toi.

Depuis le jour où tu m'as dit au téléphone, où tu as tenté de m'expliquer longuement sans que j'en retienne une seule bribe cohérente « que tu ne viendrais pas aux vacances prochaines... ». Comme si tu ne savais pas que ma vie était en vacance depuis notre première rencontre. Quand mon entourage s'étonnait de la somme de travail que j'étais capable non pas d'abattre mais d'agrandir, il ne savait pas que j'étais en vacance permanente à l'intérieur de moi. Ce jour-là, j'ai cru imploser, quelque chose éclatait, et en même temps se rétractait, se dissolvait, là justement dans ma poitrine, au niveau du cœur. J'ai bien senti, à ce moment précis, que là se tenait l'amour. L'amour en colère comme l'amour mendiant, l'amour scintillant comme l'amour heureux.

Je pressentais que je te perdais et je ne voulais pas le croire.

Comment vivre le plus de vie possible sans toi, comment ne pas me rétrécir, m'amputer, me lobotomiser sans ta présence, ton regard, ton rire ou ton écoute ?

J'ai pris, durant cette période d'errance, plus de décisions que dans toutes mes vies antérieures. Je m'appuyais pour les prendre sur une phrase toute bête qui avait le don de renforcer mon incohérence. Cette phrase idiote et nécessaire était à peu près la suivante : « Bon, puisque c'est comme ça, je dois... je vais... il faut que... »

Et, fort de cette déduction débile, je prenais la décision de ne plus t'appeler au téléphone ou celle, encore plus difficile, de ne plus accepter un projet de rencontre avec toi. Et puis, l'instant d'après, j'oubliais, tout simplement. Je renonçais sans même le savoir à ces fausses décisions trop irrémédiables, injustes, ineptes. Je les oubliais sincèrement. Je veux dire que j'étais incapable de me rappeler que je les avais prises fermement, inéluctablement, à jamais, tant était grand mon ressentiment.

J'avais vécu les premières années de notre relation non au présent, mais dans un avenir plein de promesses. Un avenir avec toi, éclatant de certitudes, scintillant de l'évidence d'être. Avec toi, j'engrangeais ou les bienfaits du présent ou un futur heureux. Mon passé se dissolvait, je renaissais à chaque élan vers toi.

Puisque chaque rencontre me confortait dans le désir de te revoir, chaque éloignement dans celui de te rejoindre, chaque mouvement de l'un ou de l'autre réharmonisait l'univers et donnait à la vie sa pleine raison d'être.

Je n'embellis pas notre relation, je tente de la dire au plus près de son réel. Serait-il plus juste de dire : au plus proche de mon intime ?

J'aimais ta façon de m'aimer, ouverte, souple, sans exigence ni contrainte. Les réticences, les retraits, les frustrations sont venus plus tard. Tu voulais un bébé, moi aussi, mais j'étais vasectomisé. Ce bébé incarné dans ce mais nous a séparés, il a ouvert une faille dans le bonheur d'être ensemble. Tu voulais une vraie relation de couple et je ne pouvais te proposer qu'une relation de rencontres, tu voulais te marier et je voulais seulement être avec toi, le plus souvent mais pas toujours, pas en permanence. Tu es partie.

Combien de rêves ai-je faits où je te poursuivais dans une foule ? Tu marchais droite et décidée, ignorant mes attentions, mes gesticulations. Je te voyais de profil, avançant vers un immense parking où il me fallait arriver avant toi sous peine de te perdre à jamais ! Personne autour de nous ne semblait concerné, mais chacun, dans cette masse noire, s'opposait à mon avancée, formait un obstacle tenace à mon désir. Seule la solitude immense de l'inaccessible proximité m'enveloppait, m'accueillait.

Plus tard, une solitude plus personnelle, moins anonyme, me fit une place plus large, plus douillette en ses bras accueillants. Et bien plus tard encore, une autre solitude peuplée de toutes les attentes des autres, alors que je n'étais plus dans l'attente, vint s'installer à distance.

Durant cette dernière année, toutes les nuits j'ai couru après toi, n'apercevant sous le corsage que l'attache moustachue de ton soutien-gorge. Celui que j'attachais pour te faire plaisir, que j'aurais arraché pour me faire plaisir. Clin d'œil malicieux à toutes mes privations.

Le dernier rêve de toi qui m'habita fut le plus intense, le plus vivant que je me rappelle. Au début du rêve j'étais entré avec ma tête dans ton sexe, je gardais les yeux ouverts et j'attendais que tu me rejoignes, que tu viennes me dire : « Je suis là, je suis là... » Dans la seconde partie de ce rêve-là, qui fut le dernier où je te vis apparaître, je tenais réellement tes épaules, enserrais tes hanches. Tu as penché ta tête un instant contre moi, ton bras s'est replié et dans un geste des premiers temps, avec la liberté des premiers jours, tu as saisi mon sexe, tu l'as caressé doucement, mais ta main, en fait, refermait mes paupières. J'étais enfin réconcilié, unifié. Je ne risquais plus de me perdre à te chercher, à t'attendre.

J'avais cru qu'il me suffisait de t'aimer pour te garder à jamais.

Au réveil j'ai bien entendu que c'était moi qui te quittais ainsi, renonçant à l'espoir de ton retour. J'étais libéré. Non plus ignoré, rejeté, mais déposé aux berges d'une vie nouvelle. J'avais cinquante-neuf ans, je pouvais naître encore. Je retrouvais le droit de vivre.

Madame Palmyra

> La vie recèle plein de miracles mais certains jours, l'avez-vous remarqué, les citrouilles restent des citrouilles.

Madame Palmyra Crescendi ne voulait pas déménager.

Elle refusait obstinément, avec des forces sans cesse renouvelées par son angoisse, de quitter l'appartement dans lequel elle vivait depuis cinquante-neuf ans. Cela faisait exactement quarante-trois jours qu'elle résistait à toutes les invitations, sollicitations, pressions, séductions et maintenant, depuis une semaine, aux menaces des services spécialisés de la ville.

Son immeuble avait été déclaré insalubre, dangereux, et surtout « inadapté au nouveau paysage urbain », par des fonctionnaires, puis par une commission habilitée et enfin par la nouvelle maire. Plusieurs employés, trois assistantes sociales, un délégué personnel du cabinet de Madame le Maire s'étaient déplacés, dans le but de convaincre, d'abord gentiment, puis plus fermement, et enfin violemment, la vieille dame d'envisager son déménagement. L'injonction de devoir être heureuse, de devoir se sentir comblée lui avait été intimée la veille par le délégué aux Affaires sociales qui lui avait affirmé de façon péremptoire : « Vous méritez de disposer d'un appartement plus moderne, plus confortable et pratique. Celui que nous vous avons choisi se trouve au rez-de-chaussée. A votre âge, cela n'est pas négligeable... car on ne sait jamais !

– On ne sait jamais quoi ?

– Une panne d'ascenseur, par exemple, cela se voit tous les jours ! Se retrouver coincée à votre âge dans un ascenseur pendant tout un week-end, ce n'est pas bon pour la santé... Ou encore un incendie, tenez, regardez ce qui est arrivé aux Pierres-Croisées, l'an dernier. Deux vieillards sont morts asphyxiés, ils n'avaient pas eu le temps de descendre... »

Palmyra, veuve d'Aldo Crescendi, ne se laissait plus impressionner depuis longtemps. Elle venait d'une famille sicilienne où les femmes savaient depuis toujours que les hommes ne sont que des enfants trop gâtés, donc profondément fragiles et qu'il faut veiller sur eux, en leur donnant le sentiment qu'ils ont toujours raison.

Elle écoutait patiemment les uns et les autres, semblait approuver et confirmer les bonnes intentions de chacun. Ce qui leur laissait croire qu'ils avaient gagné la partie. Et juste avant qu'ils ne sortent de son appartement, elle les retenait par la manche, les invitait à s'asseoir encore un peu, pour discuter entre humains », ajoutait-elle. Puis elle sortait la bouteille de vin de noix, un seul verre, et se lançait. « Vous savez, cela fait longtemps que j'y pense, à tout ce que vous m'avez dit... » Elle se déclarait alors prête à aider les services municipaux pour rendre plus salubre son appartement en faisant un petit quelque chose avec ses économies !

« Dites-moi ce qu'il faut faire pour qu'il soit en accord avec les lois et je verrai si c'est possible...

– Madame, il ne s'agit pas de rénover votre immeuble, il s'agit de le détruire. Nous allons l'abattre pour construire des bureaux et des appartements de haut standing sur cet emplacement. Un des promoteurs les plus importants de la région a promis de réserver un espace culturel qui fait cruellement défaut à la ville... Vous n'allez pas vous opposer à ce que les jeunes du quartier aient un espace où se cultiver ?

– Je n'ai pas besoin d'un appartement de haut standing, rassurez-vous. Ma retraite est bien mince, mais elle me suffit pour vivre. Je ne me plains pas, je ne demande rien. Je n'ai jamais sollicité un seul service social de ma vie, ni le bureau d'aide de la mairie. Chez nous, on veut pas demander, parce que, après, il faut accepter ce qu'on a demandé et ce n'est pas toujours facile. Vous pouvez me faire confiance, monsieur, j'entretiens bien mon appartement, c'est propre et cela me suffit. Je ne fais pas de bruit, je ne dérange personne. Je suis quelqu'un de...

– Madame Crescendi, votre immeuble menace de s'effondrer, nous devons vous expulser pour votre bien. Croyez que, si nous le pouvions, nous vous garderions ici où vous avez toutes vos habitudes... »

Quand Palmyra entendait un mot qui lui plaisait,

elle s'en emparait, s'appuyait dessus pour poursuivre l'échange :

« Oh, s'effondrer, c'est ce que disait déjà mon propriétaire juste après la guerre en 45. C'est pour cela d'ailleurs qu'il ne demandait pas un loyer très élevé. “Il ne sera pas dit que j'ai exploité de braves gens, disait-il, je ne fais pas de frais, mais je n'augmente pas !” C'était un brave homme. Il venait comme moi d'un milieu modeste, sa réussite ne lui montait pas à la tête et les deux cancers qu'il a eus ne l'ont jamais aigri. Vous devez le connaître, il s'appelle monsieur Bousquet. Il a toujours été gentil avec moi et je ne lui ai occasionné aucun souci. Vous pouvez lui demander. Jamais il ne me mettra à la porte, lui !

– Madame Crescendi, monsieur Bousquet a passé un compromis avec la ville, il est tout à fait d'accord pour la construction de nouveaux logements, il nous a également parlé de vous, nous disant qu'il serait difficile de vous expulser...

– Oh, je suis sûre que monsieur Bousquet n'a jamais dit du mal de moi. Mon mari, qui était maçon, a souvent travaillé pour lui sans jamais rien lui demander.

– Oui, oui, je suis certain de tout cela, madame Crescendi, mais vous ne pouvez plus rester ici. Vous ne voulez quand même pas que la police vous expulse de force comme une voleuse.

– Je n'ai aucune inquiétude. Personne dans le quartier ne pensera que je suis une voleuse. Ils croiront que c'est une erreur, que vos services ne sont pas compétents ou que la police s'est trompée, ils viendront vous le dire j'en suis certaine. J'ai toujours payé mon loyer, avec un jour d'avance sur le terme.

– Madame, ce n'est plus une question de loyer, vous avez remarqué que tous les autres locataires sont partis. Et comme vous l'avez constaté, depuis quatre mois, il ne vous a été demandé aucun loyer.

– Monsieur, j'ai mis l'argent de côté, là, sur ma télé, voyez ces quatre enveloppes marquées juillet, août, septembre, octobre. C'est mon loyer. Si vous me faites une quittance, elles sont à vous. Je suis prête à payer mon dû à qui me le demandera. J'ai déjà préparé l'enveloppe de novembre. Il faudra remettre le chauffage d'ailleurs, car les premiers froids sont arrivés.

– Madame, il n'y aura plus de chauffage, la chaudière a été démontée, vous êtes seule dans l'immeuble, les fenêtres et les portes vont être condamnées...

– De toute façon c'est mieux comme ça. J'ai toujours aimé la solitude. Je n'aimais pas le voisin du dessous, il criait sans arrêt après sa femme. Jamais mon mari n'a élevé la voix en ma présence.

– Madame, je vous dis que vous ne pouvez pas rester un jour de plus. Un nouveau logement tout neuf est mis à votre disposition près de La Vallette, à la Croix-de-Pierre exactement, un quartier moderne, tranquille, tout à fait convenable.

– Je connais bien La Vallette, c'est un village charmant, très coloré, mais un peu perdu...

– Ce n'est plus un village, c'est déjà la ville, avec une zone commerciale toute proche. Vous aurez tous les magasins à votre porte.

– Oh, vous savez, j'ai peu de besoins, je ne fréquente pas les grandes surfaces. L'épicier du coin, qui est beaucoup plus jeune que moi, m'a dit qu'il tiendrait jusqu'à la retraite, que les grandes chaînes de l'alimentaire bétonné ne l'auront pas. Je lui fais confiance, il aura mon soutien jusqu'au bout.

– Madame Crescendi, vous ai-je dit que l'entrepreneur qui doit démolir votre immeuble au début de la semaine prochaine n'attend plus que votre départ ? Cela fait deux semaines qu'il attend, c'est beaucoup d'argent perdu...

– Alors dites-lui de ne perdre ni son argent ni son temps à m'attendre, invitez-le à travailler sur un autre chantier, car j'ai peut-être encore dix ans à vivre, peut-être plus, d'ailleurs, vous avez vu à la télé tous ces centenaires.

– Madame, nous allons vous expulser, avec un huissier, la police, vous n'allez pas apprécier, cela va faire un scandale dans le quartier...

– Vous savez, j'ai jamais eu peur de la police, je n'ai jamais vu un huissier de ma vie, on a toujours payé comptant. J'ai vécu ici avec mon mari durant quarante-sept ans, puis seule depuis bientôt douze ans, n'allez pas croire que je suis quelqu'un de versatile qui change d'avis facilement. Vous pouvez être sûr que je ferai tout pour garder cet appartement en état. »

Et la vieille dame, calmement, avec une logique irréfutable, une cohérence sincère, énumérait toutes les raisons qu'elle avait de ne pas partir, d'être fidèle à son passé, à elle-même surtout.

Le lendemain, quelqu'un d'important dans les services techniques de la ville se fâcha :

« Il faut en finir. Je ne veux plus entendre parler de cette histoire. »

C'est ainsi que Danielle Archambeau fut contactée.

Danielle était assistante sociale et sa spécialité était ce qu'elle appelait les « soins relationnels et cas difficiles ». Elle était connue, avec une méfiance mêlée d'admiration, par tous les services sociaux de la ville. On disait d'elle qu'elle était spéciale, ce qui voulait dire qu'elle était à la fois rejetée, redoutée et recherchée pour les situations délicates. Elle savait dénouer des conflits, apaiser des tensions, réconforter et, surtout, elle permettait à de nombreuses personnes de mieux s'appuyer sur leurs ressources, de découvrir le meilleur de leurs possibles.

Danielle Archambeau reçut la mission d'« aller voir la vieille emmerdeuse, de la convaincre, de lui faire entendre raison, car cette situation ne pouvait plus durer ». Elle savait, par expérience, l'incroyable écart qu'il y a entre une commande institutionnelle et une demande individuelle. Aussi ne se laissait-elle jamais impressionner par l'urgence, la gravité, l'autoritarisme ou les contradictions de ses supérieurs.

Elle choisit d'aller rendre visite à Madame Crescendi au milieu de l'après-midi. Quand la vieille dame lui ouvrit la porte, elle lui demanda si elle avait un verre d'eau à lui proposer. Palmyra, en lui apportant le plateau avec la carafe et le verre, ajouta que c'était toujours ce qu'elle offrait à un visiteur, surtout si c'était un inconnu. Que depuis toujours, dans sa famille, on offrait un verre d'eau à tous ceux qui frappaient à la porte, mais que, depuis quelque temps, elle ne voyait que des impolis, des importuns, au point d'en oublier d'offrir le verre d'eau traditionnel.

« Ma mère se serait sentie blessée si vous lui aviez demandé un verre d'eau. »

Danielle lui sourit et approuva d'un mouvement de tête et Palmyra poursuivit :

« Dans notre famille, c'est important d'être fidèle à ceux que nous aimons.

– Oui, amplifia Danielle, oui, c'est important pour vous d'être fidèle, et je crois que vous êtes fidèle à ce logement que vous aimez.

– J'y ai passé les meilleures années de ma vie de femme. Vous savez, j'ai eu une enfance inquiète et, longtemps, j'ai été apeurée comme un petit animal. Cet appartement m'a sécurisée dès que j'y ai mis les pieds. J'avais les yeux fermés, Aldo me guidait et me chuchotait : "C'est chez nous." En Sicile, on ne dit jamais : "C'est chez nous", on dit : "Chez mon père" ou : "Chez ma mère" selon à qui appartient la maison.

» Quand Aldo m'a dit : "C'est chez nous", j'ai vraiment entendu qu'il m'aimait. On se fréquentait pourtant depuis sept ans, moi je l'aimais depuis plus de dix ans, mais ce jour-là, à vingt-trois ans, j'ai vraiment entendu qu'il m'aimait.

– Je comprends combien cet appartement est important pour vous, il vous rattache encore à votre mari Aldo et il doit avoir une valeur inestimable...

– Ça fait cinquante-neuf ans que je l'habite. Vous voulez le visiter ? »

Et Danielle fit le tour du petit logement de trois pièces qui avait contenu l'essentiel de la vie de Palmyra. Celle-ci s'arrêta devant un placard, l'ouvrit.

« Quand nous sommes arrivés il n'y avait que le mur recouvert de papier. C'est Aldo qui a découvert qu'il y avait un espace sous une espèce de tapisserie, c'est devenu mon placard secret. Voyez, les étagères n'ont pas bougé. J'ai encore tout mon trousseau, je ne l'ai jamais utilisé. Si je connaissais une jeune fille sérieuse, je serais heureuse de le lui offrir. Il est tout neuf et pourrait servir pour quelqu'un d'autre. Je ne veux pas le vendre. J'ai envie de le donner à des jeunes qui s'aiment !

– Oui vous êtes quelqu'un de très fidèle. »

Danielle avait aperçu, au fond du placard, un morceau de l'ancienne tapisserie qui pendait, décollé, et qui semblait avoir gardé la fraîcheur de ses couleurs d'origine. Elle toucha délicatement le granulé du motif, laissa courir sa main sur les arabesques. Tout près d'elle, Palmyra était devenue silencieuse, frottant ses doigts l'un contre l'autre, soudain démunie, fragile, ayant perdu toute son assurance. Eperdue, elle fixa Danielle dans l'attente d'une réponse, d'un miracle.

Celle-ci lui dit : « Vous pourriez emporter ce morceau de tapisserie dans votre nouveau logement, qu'en pensez-vous ?

– Vous croyez qu'ils accepteront ?

– C'est important pour vous de garder une trace de ce lieu où vous avez vécu tant de choses importantes et vitales. »

Palmyra, brusquement réconciliée avec elle-même, retrouva toute sa vivacité. Avec une agilité étonnante pour son âge, elle alla chercher une paire de ciseaux, tira sur le papier décollé et découpa un grand morceau de tapisserie dont elle couvrit sa poitrine comme d'un corsage. Elle resta un long moment ainsi, les yeux fermés, les mains bien à plat. Ses narines palpitaient doucement, son visage devint plus lisse. Une quiétude extraordinaire semblait l'habiter.

Quand Danielle revint deux jours plus tard, pour régler les derniers détails du déménagement, Palmyra descendit avec elle jusque dans la rue et, là, lui tendit un cadre si poli d'avoir été regardé et touché qu'il en semblait presque usé.

« Tenez, je compte sur vous. C'est la photo de mon mari. Vous voudrez bien la mettre dans l'entrée de mon nouvel appartement, comme ça il m'accueillera quand j'arriverai. Je serai moins dépaysée... »

Il y eut un long silence, Danielle aurait bien aimé prendre la vieille dame dans ses bras, mais elle craignait de s'effondrer en sanglots.

Palmyra se recula, s'effaça pour la laisser partir et juste avant de fermer sa porte murmura : « Je vais faire encadrer le morceau de tapisserie, je le mettrai sur le mur dans ma chambre... » Elle laissa sa pensée aller au-delà de ce projet et ajouta : « J'aimerais plus tard, avec la photo d'Aldo, que vous mettiez la tapisserie, pour après... »

Pour après.

Le Bakhal

> C'est toujours long et difficile de se mettre au monde, il faut parfois toute une vie et même plus.

« Va chez le Bakhal lui demander s'il a des clous de girofle, du piment noir et un peu de cardamome... »

Et chaque fois c'était une dispute entre Léa et ses frères, pour savoir qui irait chez le Bakhal. Car tous voulaient y aller, chacun pour des plaisirs et des désirs différents.

La boutique se trouvait dans le souk de Zyad, à l'autre bout de la ville, mais les enfants connaissaient les mystères du labyrinthe. Ils louvoyaient, esquifs insaisissables entre les innombrables ruelles qui tissaient la trame serrée et insondable des souks les plus importants de la vieille ville.

En dépassant, telle une flèche vibrante, le marché aux parfums et celui aux tissus, ils savaient rejoindre en des temps records la caverne miraculeuse du Bakhal.

Léa connaissait même deux ou trois chemins secrets qu'elle ne partageait ni avec David, son frère aîné, ni avec François, le plus petit. François répétait tout, il n'était pas question de lui confier un secret.

Elle connaissait ainsi deux sorties invisibles, dans le magasin de Mertouk, le marchand de tapis, qui permettaient de gagner le temps de trois rues, pour arriver encore plus vite chez le Bakhal.

Au début, ce qui les avait attirés chez le Bakhal c'était surtout le comptoir des bonbons avec ses dix bocaux dans lesquels les sucreries scintillaient comme des poissons vivants. Et puis le geste souverain du Bakhal qui plongeait la main, sans regarder, et sortait à la demande cinq, dix, quinze bonbons sans jamais se tromper. Les enfants avaient tenté plusieurs fois de le prendre en défaut ou, plutôt, de lui donner l'occasion d'exercer son habileté, en proposant des chiffres traîtres, par exemple dix-sept ou vingt-trois. Mais pour vingt-trois il fallait déjà avoir beaucoup d'argent. La demande prioritaire des enfants Martel était : « On voudrait des bonbons cassés. »

Les bonbons cassés étaient offerts ou plutôt donnés, magnificence inouïe, non par miracle car le phénomène était prévisible et se répétait. Les bonbons cassés, c'était le jeudi soir. C'était le moment où il y en avait le plus, quand le Bakhal, qui devait réapprovisionner ses bocaux plusieurs fois ce jour-là, les remplissait avec des gestes plus brusques que d'ordinaire.

Les bonbons cassés ne pouvaient être vendus. De mémoire de souk, les bonbons cassés n'étaient, ne pouvaient être achetés. Ils étaient offerts, distribués en fonction de l'humeur du Bakhal, de la température et de mille autres éléments qui échappaient aux enfants. Ah ! les chaleurs trop moites étaient une catastrophe, car le Bakhal alors répugnait à se lever, à seulement déplacer un bras, mouvoir une main d'un geste las, pour ouvrir le bocal.

Les candidats étaient nombreux, avides et perspicaces. Chacun connaissait une stratégie éprouvée pour repartir avec une poignée, une pincée, une miette, une demi-miette de sucre coloré, de paillettes inestimables, surtout celles qui collaient aux doigts et qu'on suçait le regard songeur.

Léa pensait que le Bakhal était l'homme le plus merveilleux de la ville ou du moins le plus populaire, l'égal peut-être de Tarik le conteur.

Des années plus tard, devenue grand-mère, elle se souvenait encore du Bakhal comme d'un homme sans âge, plutôt jeune, gentil. Un homme plein d'une gravité blessée qui n'appartenait qu'à lui, qu'elle n'avait retrouvée chez aucun homme de sa vie. Le Bakhal l'aimait bien, lui aussi. Il y avait entre eux de la complicité, un accord fait de petits gestes, de signes par lesquels ils se reconnaissaient.

Ainsi, elle n'avait pas tardé à remarquer que lorsqu'un de ses frères l'accompagnait, le Bakhal avait toujours un service à solliciter du garçon. C'était chaque fois une course très précise.

« Veux-tu aller demander à Naguib le teinturier une mesure d'ocre (ou encore chercher chez Rachid, le marchand de froment, trois livres de farine de sarrasin) ? Tu dois bien veiller à ce que le grain soit moulu devant toi, il connaît mes habitudes. »

David ou François s'élançait avec vélocité, messager infaillible du Bakhal. Jamais l'un ou l'autre ne se serait trompé sur la mission à exécuter, sur le but à atteindre, sur l'objet à ramener entier, en accord avec la demande précise de celui qui leur faisait confiance. Au retour, celui-ci savait récompenser ses zélés serviteurs. Il leur donnait une pièce d'une forme particulière, peut-être avait-elle servi de monnaie en des temps reculés.

Chacune de ces pièces représentait un tour à dos de chameau près des murs d'enceinte à l'extérieur de la vieille ville.

En échange de la pièce remise à Nordine le chamelier, les frères de Léa avaient le droit de monter sur un chameau, de le faire se lever, de parcourir les trois cents mètres qui les séparaient du marché aux oiseaux, où il y avait toujours foule d'enfants et de revenir en traînant derrière eux une horde de dix à quinze gamins, tous désireux de monter eux aussi sur le chameau. Des hordes de gamins dont certains, le jour même ou la semaine suivante, réaliseraient leur rêve en faisant pression sur leurs parents de leur offrir « un-vrai-tour-du-chameau-de-Nordine-comme-les-Martel », le tout exprimé sans respirer, d'une seule traite !

Chaque fois qu'un des frères de Léa arrivait avec une des pièces du Bakhal, Nordine savait qu'il ferait des affaires avec tous les enfants du quartier les jours suivants. Léa n'était jamais montée sur le chameau, elle en avait peur.

Comment le Bakhal avait-il appris qu'elle avait peur des chameaux ? Elle ne le sut jamais, ce qui est sûr c'est que chaque fois qu'un de ses frères disparaissait, comme happé par la mission qu'il devait accomplir, chaque fois, comme dans un ballet parfaitement réglé, une femme voilée soulevait la tenture du fond, sortait de la réserve. Elle prenait la place du Bakhal derrière la machine à sous et celui-ci disait invariablement à Léa : « Viens voir, j'ai quelque chose à te montrer. » Il soulevait la tenture et disparaissait.

Léa, sans avoir jamais eu aucune crainte, le suivait dans une pièce qui s'ouvrait au fond de la réserve et qui donnait sur un patio avec une fontaine, qu'elle n'avait jamais vue couler. Elle n'avait jamais rencontré qui que ce soit dans la maison et jamais âme qui vive dans le patio blanc.

Le Bakhal s'asseyait sur une espèce de balancelle en bois ouvragé venant du Rajasthan. « Elle a appartenu à un radjah », lui avait-il expliqué.

Radjah, mot sanskrit, roi ou prince dans l'Inde ancienne, lut-elle dans le Littré, souverain brahmanique indépendant.

Chaque centimètre de la balancelle était sculpté et, avec son doigt, Léa en suivait rêveusement les courbes et les arabesques, tentant chaque fois de trouver un chemin nouveau pour arriver jusqu'à l'anneau de cuivre qui soutenait une sangle de cuir noir.

Elle avait pris l'habitude de venir s'asseoir contre le Bakhal, puis depuis deux ans sur ses genoux. Elle ne se souvenait pas comment cette habitude avait commencé des années plus tôt. Le Bakhal observait toujours le même rituel. Il déployait l'ample robe de la petite comme une corolle, recouvrant ainsi tout le bas de son propre corps, cuisses et ventre collés au dos de la fillette. Puis il montrait à Léa ce qu'elle devait voir, ce pour quoi il lui avait dit « viens, j'ai quelque chose à te montrer... ». Un jour c'étaient des foulards de soie, un autre jour quelques vieilles perles de Venise, une autre fois des bagues et des colliers, ou encore de simples graines aux formes variées, des coquillages, des noix de coco sculptées, ou des objets polis, satinés, si doux au toucher qu'ils laissaient dans les doigts comme un goût de rêve. « Ils viennent de l'arbre à ivoire. » Le Bakhal lui avait dit que jamais il n'avait possédé un bijou ou un objet en ivoire d'éléphant. « L'éléphant est un seigneur, avait-il ajouté, et c'est une offense à Dieu que le tuer ou le mutiler pour lui enlever ses défenses. Il doit mourir entier. »

Léa qui avait déjà vu dans le coffret à bijoux de sa mère des perles, des colliers ou des bracelets d'ivoire répétait à l'école : « Les éléphants sont des seigneurs, c'est offenser Dieu que les tuer et les mutiler. » A partir de cette affirmation énoncée avec une certitude absolue elle s'était fait beaucoup d'amis et tout autant d'ennemis.

Ce jour-là, Léa arriva chez le Bakhal avec ses deux frères, car chacun à sa façon avait insisté pour l'accompagner. Elle devait rapporter « de la vanille en bâtons, seulement en bâtons », avait précisé sa mère.

Le Bakhal envoya les deux garçons chercher un morceau de cuir, avec la précision « qu'ils devaient le ramener ensemble. La face travaillée vers le ciel, l'autre face vers le sol, surtout vers le sol, insista le Bakhal. Un cuir qui a vu les mains de l'artiste ne regarde jamais le sol ! ».

Les frères ne s'étonnaient pas et ne discutaient jamais ce genre de recommandation. La parole du Bakhal paraissait toujours juste, indiscutable.

« Viens voir, j'ai quelque chose à te montrer. »

La pièce où se déroulaient leurs rencontres sentait l'encens, le tabac et une autre odeur que Léa n'avait jamais pu nommer, comme une odeur de petit-lait.

Cette fois-là il lui montra des peignes, plusieurs dizaines de peignes dans un coffret qui se trouvait déjà là, ouvert.

Léa s'installa, étendit sa robe, sentit les cuisses de l'homme rigoureusement immobiles, assura mieux sa position en calant son dos contre le ventre de celui qu'elle considérait comme son ami. Puis, rassurée, elle examina les peignes. Le jeu avait toujours une durée constante, au moins une heure, d'un temps qui semblait parfois se ralentir, jouer avec les lumières et les ombres du jour, suivant les moments de la journée et s'arrêter chaque fois à l'invitation du Bakhal. Durant tout le jeu il restait immobile, les yeux fermés. Quand il ouvrait les yeux, c'était le signal de la fin. Léa prenait encore le temps de rassembler les objets, de les ranger en les remettant, soit dans un coffre, soit dans la corbeille qui les avait contenus. Le Bakhal tendait alors un bras sur lequel elle prenait appui pour se relever.

De retour dans le magasin, la femme voilée qui avait remplacé le Bakhal disparaissait à nouveau dans la réserve. Léa ne l'avait jamais vue dans aucune autre situation, elle ne lui avait jamais adressé la parole non plus.

Un jour, elle avait déjà neuf ans, le Bakhal lui avait dit : « Sais-tu ce que les anciens dieux plaçaient au-dessus de la richesse, du pouvoir ou de la puissance et même de la connaissance, le sais-tu ? Le plaisir ! Oui, le plaisir. Les hommes d'aujourd'hui sont tristes et malheureux parce qu'ils ont oublié, pour la plupart, que le plaisir est à placer au-dessus de tout. »

« Va chez le Bakhal me chercher du poivre vert. »

Léa, seule, courait déjà vers la vieille ville. Elle serrait dans la poche droite de sa veste de toile un stylo, une plume à réservoir. C'était un cadeau qu'elle destinait depuis très longtemps au Bakhal. Celui-ci une fois avait chuchoté, comme murmuré à lui-même : « J'aimerais écrire tout ce que je sais, j'aimerais l'écrire pour toi, pour plus tard ! »

Il n'avait rien ajouté de plus mais Léa avait senti que beaucoup de mots étaient restés en suspens. Le stylo était entré dans la vie de Léa de façon un peu magique. Un matin elle attendait le bus pour se rendre à sa leçon de piano. Une voiture s'était arrêtée, un homme pressé était descendu. Léa vit la voiture s'éloigner ainsi que l'homme. Ce qu'elle aperçut tout de suite après, au milieu du trottoir, fut le paquet-cadeau avec son ruban doré.

Dans l'escalier du professeur de piano, elle dénoua

le ruban. Le stylo était là, dans un écrin bleu. Elle pensa aussitôt : « C'est le stylo du Bakhal. »

Sitôt arrivée, elle déposa la plume sur le comptoir après avoir payé le poivre vert et se sauva sans rien ajouter. Le Bakhal comprendrait.

Léa ne put jamais se rappeler quand le Bakhal fit le premier geste, qui allait mettre en péril leur relation.

« Ce qui est sûr, c'est que ce fut après mes dix ans », dit-elle à l'homme qu'elle aima bien plus tard. Elle ne se souvenait que de sa propre sensation, un émoi doux et chaud. Un apaisement, comme si elle avait attendu ce geste depuis longtemps.

Il ne s'agissait pas à proprement parler d'un geste mais d'un déplacement d'air sous sa jupe, un frisson, une présence incertaine qui dessinait une spirale de chaleur sur sa cuisse. Elle sentit qu'elle devait s'appliquer à regarder plus intensément le coquillage nacré et rose qu'elle tenait à la main.

La fois suivante, elle sentit bien la main fraîche de l'homme contre sa hanche. Elle se cala davantage et joua longuement ce jour-là avec des ceintures d'argent. Paisiblement aussi, pour ne pas déranger la main. Elle apprit ainsi à parler au Bakhal, ou plutôt aux gestes du Bakhal, avec sa propre respiration. En retenant son souffle, elle retenait la main comme par une pression invisible, en le lâchant, c'était comme si elle invitait la main à ruisseler, à se répandre sur chaque millimètre de sa peau. Le soir, dans son lit, elle inventa une respiration qui faisait se déplacer, ralentir, s'abandonner ou accélérer une main invisible mais si présente, sous les draps.

Quelques semaines plus tard, le Bakhal proposa un nouveau jeu : fermer les yeux « tous les deux ensemble ». Elle accepta. Elle découvrait combien les sensations sont plus pleines, plus intenses car toute l'écoute du corps est alors présente, rassemblée, non distraite, combien les émois vibrent plus longtemps quand on a les yeux fermés, la bouche entrouverte, tous les sens en attente.

Elle n'imagina jamais une menace, ne ressentit jamais aucune tension, ni malaise à cette relation qui durait depuis trois bonnes années.

Le Bakhal par tout un système de rituels, de gestes attendus, lui donnait le sentiment qu'elle pouvait refuser, dire non, arrêter le jeu à chaque instant. La seule fois où elle en parla en adulte, à cet homme aimé, elle dit : « C'était moi qui voulais, j'inventais toujours des courses à faire pour aller chez lui. Je peux aller chez le Bakhal chercher du vrai sel de mer pour Madame Huckemin ou tout autre prétexte...

» Je savais bien que c'était moi, qui demandais. Je demandais de poursuivre un jeu. Le Bakhal ne faisait rien sans mon accord. J'avais une immense fierté en moi, un sentiment de reconnaissance inouïe. J'étais importante et respectée par cet homme. Il ne m'imposait rien, ne m'obligeait à rien. Tout était proposition, acceptation, accord...

» Ce n'est pas comme la fois où mon oncle avait

mis, sous la table, son pied déchaussé entre mes cuisses, au repas du dimanche.

» Il y avait chez nous “le dimanche de l’oncle”, une fois par mois. Quand il a fait ça, je me suis levée d’un seul coup, l’assiette à la main et avec assurance, sur un ton sans réplique, j’ai délogé François de sa place près de mon père en disant : “Tu m’avais promis de me donner la place à côté de Papa un dimanche par mois.”

» François s’étonna, hésita puis se leva, car il me faisait des promesses multiples pour obtenir tel ou tel avantage, accord ou autorisation de ma part. Il a dû croire à une promesse, qu’il m’avait faite puis oubliée, puisqu’il ne remit jamais en cause ce contrat que je lui avais imposé. Me laissant sa place une fois par mois, justement le “Dimanche de l’oncle”.

» Avec le Bakhal, cela s’est terminé un matin de novembre, j’avais déjà onze ans depuis dix jours. Depuis, en novembre, je souffre toujours de sinusites. Ce matin-là, le jeu consistait à rester les yeux fermés, assise sur les genoux du Bakhal, mon dos contre sa poitrine, immobile. Au bout de quelques minutes je dansais dans ma tête. Lui derrière moi restait immobile, j’en suis sûre, et soudain je sus que ce n’était pas sa main. Son sexe fut tout contre le mien, enfermé entre mes jambes. Je le sentais vibrant contre ma culotte.

» Le Bakhal ne bougeait pas. Peut-être était-il encore plus immobile que d’habitude. Son sexe joyeux, soyeux et dur battait sans relâche entre mes jambes serrées, serrées. Le plaisir vint chez moi en premier, ruissellement infini, sans début ni fin.

» Tout venait de l'intérieur. J'ai vu plus tard un film qui montrait la naissance d'une île. Le bouillonnement de la mer, la danse des vagues, le surgissement lent, très lent, de l'île comme un bourgeon repu qui s'ouvre, libéré de toutes ses impatiences.

» Mon sexe était comme une île qui venait au monde, étonné de sa vivance, de sa mouvance. Quand le Bakhal éjacula, j'étais déjà loin, trop loin de son propre plaisir. Mes cuisses déjà chargées d'eau ne pouvaient accueillir ce crachin intempestif. Je dis cela maintenant, après toutes ces années où j'ai appris à nommer les choses, mais à l'époque je vivais dans un nuage d'inconnaissance. Jusqu'alors j'étais dans l'émotion, la sensualité et là soudain surgissait quelque chose de plus large, de plus profond, de plus dangereux, un plaisir qui me dépossédait du mien. Quelque chose qui m'appelait de très loin, que je ne connaissais pas et que je savais pourtant en moi.

» Le moment n'était pas arrivé de bouger, de parler, de partir, mais je sentais déjà que je ne reviendrais plus, que quelque chose était terminé, achevé, perdu à jamais. Je me suis levée d'un seul coup.

» Le Bakhal gardait les yeux fermés, le visage paisible, à son habitude.

» Je ne suis plus jamais revenue chez le Bakhal. Plus jamais.

» Les saisons des bonbons cassés me paraissaient maintenant appartenir à une autre vie, à quelqu'un d'autre. Le temps de l'innocence s'achevait.

» Ce fut mon frère David qui ancra ma décision. Un soir où nous étions assis l'un contre l'autre sur la "pierre à discussion", près de l'olivier tricentenaire, il me dit abruptement : “Les filles, elles peuvent devenir enceintes rien qu’en se laissant toucher là, par un homme plus vieux qu’elles.” Avec son doigt, il montrait son propre bas-ventre.

» Aujourd’hui, je sais que c’est l’irruption de mon propre plaisir qui m’a fait peur. Pas celui du Bakhal. Le mien recelait des volcans, des tremblements de terre, des catastrophes cosmiques. La terre entière aurait pu éclater, exploser si j’avais laissé grandir en moi la totalité du plaisir incroyable que j’ai pressenti ce jour-là.

» Toute petite, mes impressions se mélangeaient, étonnement, curiosité, peur et surtout attente de l’imprévisible. Cette collusion du temps, le mien, celui de l’autre, m’habite toujours, le sentiment de ne rien maîtriser et l’écoute si dense de l’intensité du désir chez l’autre qui me fait peur, m’émeut et me rend si vulnérable. Je sais aujourd’hui que certaines petites filles peuvent déclencher ou provoquer des tempêtes chez les hommes. Le malentendu c’est qu’elles sont elles, non dans la sexualité mais dans la sensualité, le plaisir d’être avec la totalité de leur corps, alors que l’autre, en face, se réduit à sa sexualité, se centre sur un plaisir à prendre et non à révéler. Je sais aussi que c’est à l’adulte de rester à sa place, de veiller à ne pas faire irruption dans l’univers d’un enfant qui n’appartient qu’à lui seul. Je sais tout cela et je garde la nostalgie du temps où je courais dans les souks de Fez pour avoir des bonbons cassés. »

Le rêve éveillé

Je ne vous dirai rien. Vous ne sauriez qu'en faire. Et je vous connais trop.

Chloé DELAUME

« A quoi penses-tu ?

– A rien...

– On ne pense pas à rien, comme ça ! Tu ne veux pas dire à ta maman à quoi tu penses ?

– Si, je veux bien te le dire, mais je ne pense à rien !

– Arrête de me mentir, je vois que tu es songeuse, je ne suis pas aveugle ! Tu sais qu'on peut tout dire à sa mère. Tu ne veux pas me confier à quoi tu penses ?

– A rien, Maman, je t'assure.

– Tu rêves alors ?

– Oui, ce doit être ça, je rêve.

– Et à quoi tu rêvais, tu peux me le dire quand même !

– A rien, j'étais dans un rêve sur le rien.

– Tu te moques de moi ?

– Non, je t'assure je ne rêve à rien ! »

Alors mon père intervenait. Comme toujours, à sa façon indirecte, bourrue, cachant mal son impatience, se servant de moi pour contrer sa femme, pour sortir un peu de son silence, tout en entretenant sa souffrance.

« Alors il n'est plus possible de rêver, dans cette famille ?

– Voilà, soutiens-la, dis-lui, dis-lui donc qu'elle doit cacher ses pensées, qu'elle ne doit pas faire confiance à ses parents... Un jour, tu verras ce qui arrivera... »

Et ce « tu verras ce qui arrivera ! », lancé comme une menace, éteignait brusquement mon père, comme si ma mère avait menacé de révéler un secret honteux. Il replongeait dans son journal bien à l'abri des pages, mijotant doucement dans des songes jamais exprimés.

Cela permettait à ma mère de rêver à son tour, d'imaginer toutes les catastrophes, les malheurs, qui allaient tomber sur moi, sa fille préférée et unique, les sévices qui pourraient m'atteindre, les souffrances qui pourraient surgir... les turpitudes sordides que je rencontrerais... un jour, si je continuais à me taire, à être ce que j'étais, à ne pas vouloir être comme elle me voulait... à n'en faire qu'à ma tête, à jouer égoïstement avec le silence et, derrière tout cela, à lui cacher, elle en était persuadée, tant de pensées malsaines !

Délogée de mes pensées, ne pouvant plus demeurer dans mon rêve, je revenais dans la réalité, une réalité qui m'était toujours imposée par ma mère. Je regardais alors sa bouche se tordre, ses lèvres s'entrouvrir, rougeâtres sur des mots qu'elle remâchait avant de les cracher. Ses yeux vacillaient sur des images horribles, puis se stabilisaient sur une scène suffisamment terrifiante ou insupportable pour qu'elle secoue la tête, chassant d'un seul coup la violence de ses propres fantasmes. Je ne savais pas à cet âge qu'un fantasme est souvent un désir infirme.

Elle éprouvait alors le besoin de vérifier si son corsage était bien fermé, si sa robe ou sa jupe ne laissait rien dépasser de trop tentateur pour le malheur ou la concupiscence d'un homme. Elle redressait le buste, devenait plus ferme, se souvenait qu'elle était seule garante de sa propre inflexibilité envers moi, « sa fille ». Elle ne lâchait jamais prise, ni par le regard ni par la bouche, elle repartait vaillamment au combat pour traquer les dessous d'un silence qui la mettait en échec.

« Et à quoi penses-tu maintenant ?

– A rien, c'est vrai, tu sais, maman, à presque rien !

– Ah (triomphante) il y a quand même un presque rien... Tu vois que j'avais raison de m'inquiéter ! Et c'est quoi ce presque rien dont tu rêves ? »

Et soudain, par lassitude, je me sentais obligée d'inventer un peu de ce presque rien, d'ajouter un zeste de réel, de lui donner en pâture quelques bribes d'interrogations qui creusaient mon imaginaire. Oh oui, j'étais silencieuse, mais si pleine d'images, de rêves, d'histoires de vie !

« Ma copine m'a dit qu'un jour on saignait...

– Comment ça, on saigne ? s'indignait ma mère. On ne saigne pas pour rien !

– Oui, elle m'a affirmé qu'on saigne, par là. » J'esquissais un geste vague vers le bas de mon corps, vers une improbable zone jamais nommée, pour provoquer chez elle la dénégation, pour inscrire une réassurance, pour chasser une fois pour toutes l'épouvante.

« Ah, tu veux parler de ça ! Mais tu es trop jeune. On saigne plus tard en grandissant, c'est normal, on saigne, bien sûr. Toutes les femmes saignent. Tu as le temps de savoir tout ça, ça viendra bien assez tôt. »

J'osai une question brûlante :

« Mais on saigne où, exactement ?

– Tu le sauras le moment venu, je ne vais pas t'inquiéter avec ça ! »

C'est ce « ça » qui justement me troublait et m'inquiétait.

A l'école, quelques-unes en parlaient, avec des voix trop sourdes ou trop aiguës. Je cueillais des bribes d'horreur. Je ne savais rien, sinon « qu'il-y-en-avait-des-qui-saignaient-beaucoup-et-même-des-fois-toute-une-semaine ! Et que même il ne faut pas se laver ». Comment était-ce possible avec une mère qui vérifiait dix fois par jour si je m'étais lavée, avec quelle serviette, quel gant, durant combien de temps, si l'eau était sale, s'il fallait recommencer...

Parfois j'imaginais que, si cela m'arrivait, mon corps allait certainement se couper en deux, se fendre de tout le long, justement le long de cette fente, vers le haut et vers le bas, et que le sang se rassemblerait dans les genoux, s'écoulerait en deux jets bien équilibrés. Deux petits ruisseaux rouges qui ruisselleraient sur le trottoir, contourneraient le Monoprix, descendraient jusqu'à la rivière. Et tout autour de moi personne n'émettrait de commentaire. C'était normal, toutes les femmes saignent. Heureusement il n'y a qu'elles qui le sentent et le savent vraiment.

Mais il faut être une vraie femme pour le découvrir et savoir qu'on va saigner !

Moi j'étais encore une petite fille, alors je reprenais mon rêve éveillé. Mon rêve préféré où je chantais pour de vrai, en habits de vraie femme, sur une vraie scène de théâtre. Toujours la même, la seule que j'avais un jour vue, vers mes dix ans. L'instituteur, qui nous apprenait la musique et la flûte, nous avait un matin fait visiter le théâtre qui était aussi l'opéra de notre ville.

Il y avait une répétition, avec un gros monsieur en colère qui levait les mains au ciel, qui riait et pleurait en même temps. Je n'avais jamais vu un homme pleurer, surtout qu'il était avec une dame très belle, avec une poitrine toute rouge, qui débordait de partout ! Cette scène était restée présente, vivante, mouvante aussi, car je la recréais sans cesse avec des variantes. Je chantais dans ma tête comme la dame à la poitrine rouge.

Et d'après vous, comment à la table familiale, devant mon père impuissant et ma mère angoissée, pouvais-je dire que José Van Dam voulait m'aimer à tout prix, mais que son père à lui, le monsieur en colère, ne voulait pas, qu'il en avait choisi une autre...

D'abord, il n'était pas si gros que ça, il avait des yeux très brillants et très doux. Notre voisine, qui aimait les airs d'opéra, en voyant sa photo dans le journal avait dit : « On voit tout de suite que c'est un bel homme ! » La dame tout en blanc, je n'ai jamais su son nom. Ce n'était pas important, puisque de toute façon c'était moi, mais en plus gentille, en moins grasse, en plus aimante.

Je ne voulais pas faire souffrir José, je voulais tout lui donner. Il pouvait, s'il le voulait, et j'étais d'accord, m'embrasser les mains sans avoir besoin de se mettre à genoux, il avait même le droit de me donner le bras et de marcher à côté de moi devant les autres. Même Papa n'aurait rien dit, parce que José on parlait de lui à la radio et aussi à la télé, on disait que c'était lui le Maître de Musique. La fois d'après, dans mon rêve, je changeais la couleur de ma robe. Elle était verte, avec une longue écharpe mauve ou rouge, ou bleue, cela dépendait... Il faudra que je regarde la couleur des yeux de José Van Dam de plus près, je vais choisir mes robes pour m'accorder à eux ! Maman choisit ses bijoux pour s'accorder à la couleur de ses cheveux, alors moi, je peux bien choisir mes robes pour les accorder aux yeux de José.

« A quoi penses-tu maintenant ? »

Le combat reprenait. Il fallait qu'elle sache, qu'elle contrôle, qu'elle me guide. C'était la préoccupation principale de ma mère, le réservoir de toutes ses énergies. A quoi pouvais-je penser ? Que se passait-il dans la tête de sa fille ? Dans quelle songerie, vers quelle évasion, dans quelle fuite du réel était-elle entraînée ? Vers quel péril allait-elle se précipiter ? « Heureusement que je suis là... sinon je ne sais où tes rêveries t'emporteraient. »

Même si, pour ma mère, penser était moins dangereux que rêver, elle soupçonnait que penser pouvait m'éloigner d'elle ou m'inciter à échapper à son emprise, à son influence, et m'entraîner loin d'elle, vers je ne sais quel danger !

« A quoi penses-tu ? » signifiait : ne t'évade pas, ne sois pas hors de moi, reste dans mon amour, ne m'abandonne pas...

Les difficultés survenues à ma naissance appartenaient à la saga familiale.

Entre les premières contractions et ma sortie, cinq jours s'étaient écoulés.

« De toute façon, je t'aurais bien gardée au-delà du temps, je me sentais tellement bien, tant que je t'avais dans le ventre rien ne pouvait m'arriver, tu étais ma sauvegarde. D'ailleurs toutes mes difficultés de santé ont commencé quand tu es sortie. Tu n'aurais jamais dû sortir de moi.

» Ça sert à quoi de laisser sortir les bébés de soi, quand on sait ce qu'ils deviennent dans la vie ? Avec toute cette violence, la drogue, le chômage, les guerres... Avec les progrès de la science, on devrait pouvoir les garder plusieurs années dans le ventre pour qu'ils ne nous déçoivent pas trop, plus tard, en devenant grands, en nous quittant ! Tout le drame des mères est là. Un enfant aimant devrait rester toute sa vie avec sa mère, après tout ce qu'une vraie mère fait pour lui, il lui doit bien ça ! »

Là, sa voix s'étranglait, elle me serrait très fort contre ses seins, qui étaient doux, car elle ne mettait jamais de soutien-gorge, mais une sorte de brassière laineuse, tendre au toucher.

Ainsi rêvait ma mère à haute voix, les grands soirs de solitude à deux, quand Papa travaillait au-dehors et que nous étions seules dans le salon et qu'elle me prenait contre sa poitrine, pour me garder encore un peu en elle.

Voilà à quoi me servaient mes rêves : à m'évader du ventre de Maman. A maintenir la bonne distance pour ne pas être reprise, ne pas être engloutie à nouveau dans son désir, ne pas être avalée et risquer de rester enfermée à jamais dans sa toute-puissance, piégée dans ses inquiétudes. Je rêvais éveillée, pour créer un espace inaccessible à son angoisse. Un espace où me réfugier, me terrer, quelques secondes, quelques minutes parfois.

Quelquefois pour l'inquiéter, pour la déstabiliser un peu, je répondais à sa question :

« Mais où es-tu maintenant ?

– Je m'ensoleille. »

Je m'étirais en savourant les mots et à la vue de mon corps soudain dilaté, plein de palpitations sensuelles, ma mère se transformait en statue, opaque, froide. Sidérée, puis clinicienne, elle m'observait longuement pour tenter de repérer les signes de quelque maladie incurable, dont elle serait la seule à connaître l'existence et les ravages et dont il faudrait combattre à mort les progrès dans le corps de sa fille.

Le soleil était l'ennemi personnel de ma mère. Entre elle et lui régnait une lutte féroce où le soleil était souvent perdant, car Maman était une stratège redoutable, une semeuse d'ombre. La pénombre lui était une alliée précieuse.

Chaque fois que je lui disais : « Je m'ensoleille », cela revenait à brandir l'équivalent du diable. Satan, pour elle, ressemblait à un soleil de feu, avec mille feux pour vous séduire, mille bras pour vous retenir. Dans cet espace de lumière que je venais de créer avec mon ensoleillement, elle se sentait démunie, perdant un peu de sa puissance. Non seulement j'avais osé sortir du ventre mais je pouvais m'enfuir et créer un univers où je devenais alors une étrangère, un danger pour son équilibre.

Mais ma mère se reprenait vite, respirait fort, se levait, prenait ma tête contre ses seins si beaux, si lourds de douceurs anciennes, me berçait, me faisait à nouveau entrer en elle. D'abord la tête, les épaules, le ventre, les cuisses, les pieds, elle avalait tout, étouffant toutes ces velléités de différence, d'autonomie, me réduisant, me convainquant que rien ne serait bon pour moi en dehors d'elle.

J'avais envie de pleurer, de me laisser aller, de rester petite, toute petite... pour retrouver une vraie maman. Si elle n'avait rien dit, si elle m'avait seulement gardée contre sa peau... j'aurais pu croire que j'en avais une de maman ! Mais elle m'enveloppait de mots, me modelait, me malaxait avec des phrases qui m'angoissaient et me donnaient dans un ultime sursaut le courage de me lever prétextant un besoin pressant.

« Et à quoi tu rêves maintenant ?

– A rien.

– Mais rien, c'est quand même quelque chose ! »

Oui, quelque chose qu'elle aurait voulu déloger, reprendre : ma liberté de rêver.

C'est ainsi que j'ai traversé mon enfance et ma jeunesse, en tentant d'échapper aux questions, à l'envahissement, en tentant seulement de naître à la vie, hors des désirs de ma mère. Merci, mes rêves éveillés, je vous dois d'avoir survécu, d'exister. Aujourd'hui ma mère est morte depuis longtemps, mes rêves de chanteuse d'opéra se sont envolés mais j'en suis restée proche.

Je suis costumière à l'Opéra-Comique. Je vis seule, j'ai le sentiment que je dois prendre soin de l'enfant rêveuse qui navigue en moi, à qui je tiens la main dès le matin pour affronter le jour qui vient.

Pas un seul espace de ma peau
assez ne t'aura caressée

Tout le bonheur que la main ne peut caresser n'est qu'un rêve.

Il n'avait pas entendu assez tôt qu'il la perdrait à vouloir la garder. Il n'avait pas saisi qu'elle avait besoin de son amour, mais pas d'une relation. Il n'avait pas été capable d'entendre que le début d'un amour ouvre non seulement à des espoirs insensés mais réveille aussi les blessures les plus profondes d'une enfance violentée.

Elle lui avait dit : « Surtout ne pas me forcer, ne pas m'obliger à prendre une décision, ni contre toi ni contre moi. Je dois vivre cette expérience, je dois affronter mes peurs et surtout mes contradictions sans aucune aide. Il faut me laisser le temps de rencontrer mes limites.

» Il y a tant de blessures en moi, si anciennes, si présentes, j'ai tant le besoin d'être choisie. Vraiment choisie, unique. Pas seulement désirée, aimée mais choisie. Ce mot-là vient de loin dans mon histoire.

» A ma naissance je n'ai pas été reconnue, ma place

a toujours été incertaine. Je suis venue après ma sœur, avant une autre sœur. Je n'ai jamais été vraiment choisie, ni par mon père ni par ma mère.

» Mon orgueil ou plutôt ma peur m'ont fait rechercher et choisir des hommes avec l'espoir qu'ils me demanderaient en mariage, qu'ils me reconnaîtraient, qu'ils me prendraient comme femme, que je quitterais le nom de mon père... »

Il y avait sur ces derniers mots un frémissement dans sa voix, une fêlure, une attente inachevée. Elle semblait n'avoir jamais entendu qu'il l'avait bien choisie, elle, depuis bientôt dix ans. Ne lui avait-elle pas écrit un jour de trop grand silence : « Accepterais-tu de ne pas te marier avec moi ? » Il lui avait répondu : « Accepterais-tu d'oser faire un projet de vie, de rêver, d'anticiper demain, après-demain, des jours à venir ensemble ? Accepterais-tu de m'emporter en voyage, de vivre longtemps, suffisamment longtemps pour se réveiller chaque matin, toi et moi, l'un près de l'autre, dans un corps-à-corps au présent, pas seulement chacun dans la tête ou l'espérance de l'autre... »

Aujourd'hui il se sentait perdu, avec au ventre une déchirure noire, dans la poitrine une hémorragie de cris silencieux qui se bousculaient dans le vide, l'amertume à fleur de peau, et des mots durs, des révoltes violentes qui semblaient remonter de loin, de si loin, dans sa propre histoire.

C'est dangereux d'aimer, quand chaque fois se profile le risque d'un abandon, d'une trahison. C'est violent, un amour qui se construit sur des attentes qui sont des exigences. C'est fragile une relation qui accepte de se nourrir de leurres, qui se perd entre besoins et désirs blessés.

Philo découvrait cette année-là combien il avait changé, combien son ancrage dans l'existence qu'il avait choisie était mieux assuré, ses racines plus solides et ses peurs de l'abandon, de la trahison, du rejet moins présentes en lui.... Il y a quelques années il aurait pris la fuite, saccagé la relation et rejeté l'aimée avec tant de brutalité que tout aurait été immédiatement, irrémédiablement fini entre eux.

Avoir mal de faire mal lui permettait autrefois de survivre aux risques de la vie, de faire face au sentiment de néantisation qui l'envahissait quand le désir de l'autre s'absentait, se dérobait. Chaque fois qu'elle disait non, manifestait un refus, exprimait une réticence à faire l'amour, à s'abandonner à ses invites, il se sentait atteint au cœur même de son être, remettait tout en question, noircissait le présent et n'envisageait l'avenir que pour le remplir de haine. Ainsi, il pouvait tout disqualifier, ramener à zéro, au néant le plus sombre, sa propre image, celle de l'autre. Et cette auto-victimisation, qui semblait plus ancienne que sa propre existence, le nourrissait, le taraudait, le forgeait plus dur, plus inaccessible à l'amour reçu.

Aujourd'hui... il s'accrochait non pas à elle, mais à son ressenti vers elle. « Cette relation, cet amour que j'ai pour elle sont bons pour moi, j'ai envie d'en prendre soin, de les protéger, de les respecter dans cette tourmente, de les mettre hors d'atteinte d'être blessés par sa tempête à elle, de leur donner une chance supplémentaire de vie. De ne pas laisser l'acide des ressentiments et des ruminations les ronger, les abîmer... »

Alors il s'était rassemblé, réunifié autour des mouvements de son cœur. Prenant comme seule balise ses propres sentiments, son amour pour elle.

Il lui écrivit souvent. Tout le temps, pourrais-je affirmer, moi qui le fréquentais à cette époque et à qui il laissait lire parfois quelques pages qu'il déchirait ensuite. Il écrivait avec une écriture enflammée qui restait ouverte, qui n'enfermait pas, ne clôturait rien. Je me souviens d'un court passage, que j'aurais pu écrire moi-même : « J'ai si faim de toi, alors je fais pour ce besoin en te recréant, en t'accompagnant, en me mêlant à toi aussi proche que je le peux, aussi loin que tu sois... »

Seules quelques lettres parvinrent jusqu'à C., car il ne savait ni mendier ni imposer. Les autres auraient pu remplir un tiroir, puis un « coffre d'amour ».

« Même dans l'absence, garder la bonne distance...

N'as-tu jamais senti le plein de nos rencontres ?

N'as-tu pas entendu et reçu en retour l'intense de ta présence en moi ? Mon corps n'est plus le même depuis que je te connais.

Je respire autrement. Autrefois j'aspirais, je buvais l'air à grandes goulées, aujourd'hui je sais d'abord expirer, lâcher tout l'inutile et puis me laisser emplir, m'amplifier.

J'écoute aussi toute la résonance de toi en moi, vibrations ténues, subtiles ou claironnantes qui se déposent au creux de ma souvenance...

J'aurais voulu découvrir avec toi que l'amour n'est pas une faiblesse, même si j'avais déjà soupçonné que l'harmonie ne peut être réduite au rêve d'un seul. »

Au début elle répondait :

« Pas un seul espace de ma peau ne t'aura assez caressé, toi qui m'as tant donné, et cependant je vais te quitter, non pour un autre, mais pour continuer à faire la preuve que je ne suis pas prête pour le bonheur. "A qui feriez-vous le plus de peine si vous étiez heureuse ?" m'a demandé mon premier psychothérapeute. Je n'ai pas répondu mais je savais que ce serait à mon père, lui qui m'a tant meurtrie.

J'ai découvert près de toi que je n'étais pas condamnée au silence quand ton écriture bleue m'encourage à te répondre, tu deviens alors un rayon de soleil dont la trace se prolonge bien au-delà du jour. »

L'espace de leur intimité s'agrandissait ainsi, avec des ouvertures sur l'infini, entre temps d'écriture et temps de silence. Il avait aimé ces échanges autour d'interrogations vitales qui cisèlent une vie. « Tu m'as donné beaucoup, même en me privant de toi. »

Il avait mis longtemps à accéder au goût de la vie. Avant, il croyait qu'il suffisait de décliner ses titres comme autant de preuves : amoureux, aimant, amant. Aujourd'hui ils s'offraient l'un à l'autre des phrases-balises comme des caresses sans fin.

« J'ai le sentiment en cette fin de jour d'être l'instant infini d'une feuille qui tombe, suspendue entre la branche et le sol.

Oui, je te choisis chaque fois, à chaque rencontre.

Je me laisse agrandir, porté par tes attentions, je me laisse aller au bien-être de t'aimer.

Je sais avec toi entrer dans les possibles du plaisir, m'offrir dans la patience de l'instant au-delà des impatiences de l'attente.

Et ce désir de rire, de te caresser, de te donner du doux, de t'offrir et de recevoir dans le même abandon quand je reçois ce cadeau inespéré de pouvoir t'approcher à nouveau, de me sentir aimant, si vivant dans l'invention et le tâtonnement d'une relation qui s'irrigue de nos découvertes.

Que c'est beau la vie et cette énergie de renaissance qui irrigue au-delà du présent chaque souvenir de toi. J'ai été longtemps un apôtre de l'ici et maintenant.

Ah ! jouir seulement de l'instant suspendu aux étoiles sans crainte des lendemains, là, rien que toi, rien que... moi dans le jaillissement de la rencontre.

Dire oui aux éclats de tendresse osée, aux rires du coin de l'œil, à l'inespéré de ton souffle soudain accéléré, sous le poids de mes mains.

Etre attentif aux silences qui parlent et aux mots qui écoutent.

Dire oui à ta présence, à la mienne, rester dans l'étonnement de la rencontre. Je vis cela avec toi, à plein bonheur, au plein du cœur.

Je me sens réconcilié juste là au creux de l'instant vivant. Etonné, ébloui dans la lumière de ton regard, même si j'en reconnais les ombres et les limites. »

Il déposait dans ses mots les moments essentiels qui structurent et construisent les liens d'une relation. Il s'arrimait aux mots pour contrer l'imperceptible fuite du temps.

« Cette fumée de bois humide qui bleuit la crête de mes arbres quand le voisin brûle ses bois morts, qui la retiendra juste un peu pour te l'offrir ? Qui dessinera la joie de mes attentes, la peine de tes silences ?

Le vent, le vent brassant l'espace du ciel, conquérant insatiable des nuages qu'il lie ou délie au gré de sa mouvance.

Aujourd'hui je te dis le vent.

Hier c'était le bruit de l'eau quand la fontaine que tu connais se nappe et s'irise, quand chaque goutte fait le plein de vie.

Et puis cette sculpture dense dans sa présence, choisie ensemble et que tu m'as vue installer avec tant de soin. Couple déchiré, corps éclatés et cependant si tendres. Bronze d'un homme et d'une femme à notre image, si ardents de se rencontrer, si blessés à se séparer, si intenses dans leur différence au-delà de l'effleurement de la rencontre, couple hors du temps, des exigences ou des attentes qui stérilisent. Bien plus loin que l'absence je te recrée sans cesse, ma vivante.

Il y a des étincelles de lumière qui jaillissent à la croisée des désirs, j'en garde les vibrations légères pour rassembler l'incertain de mon existence, le tenace de ma présence à toi. C'est ainsi que je te garde au plus précieux.

Mes pleurs viennent plus tard, ils surgissent en

larmes de fêtes pétillantes pour recréer les bulles fragiles d'instants si présents à jamais perdus. Combien ai-je assassiné de possibles avec toi, près de toi, de n'avoir pas su protéger plus fort, plus près, nos échanges.

Mais sais-tu le nombre de fois où j'ai envoyé vers toi des comètes de baisers dorés, des pensées chargées d'émotions et d'enthousiasmes.

Je garde chaque fois à tout instant un baiser-relais à déposer sur ton oreille gauche en fermant les yeux pour te voir et te sentir vibrer en moi... »

Il pouvait lui écrire encore sans qu'il puisse se résoudre à lui envoyer la lettre :

« *J'avais les yeux qui criaient de tant te regarder lors de notre dernière rencontre. Je voulais ralentir le temps, immobiliser l'espace où tu te tenais et déposer entre les fibres secrètes de chaque seconde le germe d'un possible à vivre encore ensemble...* »

Ainsi gardait-il le plus souvent ses écrits, nourrissant la relation avec celle qui l'avait mis entre parenthèses, en sursis. S'il comprenait combien il était nécessaire pour elle de se détacher pour se repositionner, d'explorer d'autres relations sans lui, de se faire reconnaître ou découvrir par un autre homme, il gardait comme une certitude qu'elle reviendrait.

Elle n'est jamais revenue. Jusqu'à aujourd'hui, mais qui sait demain ou après-demain... ou l'an prochain. Lui, il sait que l'attente commence avec la fin du jour.

Sur la route

> Dans l'amour, les mots que l'on ne dit pas sont les fleurs en bouton du désir.

Elle l'appelait « mon offrant » et c'est elle qui lui donnait son ventre, sa bouche et ses seins avec une générosité sans retenue, avec une liberté qui n'avait cours que dans certains rêves.

Quand il caressait doucement son téton au travers du corsage, elle ouvrait quelques boutons pour qu'il puisse atteindre directement la peau, la rondeur veloutée, la pointe du sein si présente, si vivante, si appelante.

Son geste premier à lui, fondamental, inscrit depuis si longtemps dans son attente, était de caresser longtemps, longtemps tout autour de l'aréole, de modeler, de retenir, avec tous ses sens en éveil, le charnu, le moelleux en sa partie extrême.

Une émotion fulgurante l'envahissait et l'étonnait chaque fois d'avoir ainsi accès à tant de douceur, à tant d'émerveillement et surtout à autant de confiance et d'abandon.

Il recevait son propre émoi à elle, sa sensibilité, ses gémissements comme un miracle.

Parfois elle appuyait doucement sa main contre la sienne, puis pressait fermement et gonflait sa poitrine pour mieux l'accueillir. Tout le haut de son corps semblait s'épanouir comme une fleur se gorgeant d'un premier soleil.

« Mon tout doux, mon tout doux », murmurait-elle à celui qui s'émerveillait de l'abondance de tant d'offrandes.

Elle n'hésitait jamais, quelle que soit la distance à parcourir, à entrouvrir son corsage, à favoriser le passage de sa main, à accueillir à plein désir sa caresse.

Quand elle en portait un, elle dégrafait son soutien-gorge pour libérer plus d'espace à sa rencontre et à son impatience.

Alors la voiture se transformait en bulle d'intimité chaude, mouvante, émouvante.

Lui conduisait sans impatience, il roulait en s'ouvrant des passages dans le paysage, renouvelant sans cesse son désir d'elle.

Pour elle, plus rien n'existait que ces instants de partage, de joyeuseté, de vivance infinie.

Le voyage n'était pas un but, il prenait sens dans les gestes partagés.

Elle savait sa demande inépuisable et l'amplifiait à chaque rencontre. Il affirmait en riant qu'il choisissait toujours des voitures à boîte automatique « pour avoir une main plus disponible aux étonnements de la vie ».

Elle l'avait entendu dire aussi, et ils en riaient chaque fois : « A quoi bon remettre à deux mains, ce qu'il est possible de vivre avec une ! »

La ceinture de sécurité était le grand ennemi de leur rencontre. Ils se l'imposaient au début puis la laissaient détendue et inutile sur l'épaule, car elle gênait la progression vers le ventre et plus bas encore. Mais l'obstacle le plus redoutable restait le collant. Avec un blue-jean, un pantalon serré ils se débrouillaient sans trop de difficulté, mais le collant abominable, seconde peau, qui collait à la première, demandait des efforts quasi surhumains !

Elle décida un jour de ne plus porter de collants pour les rencontres qu'elle vivait avec lui. Son corps dansait dans des robes corolles, si légères qu'il ne la quittait des yeux que pour lui embrasser le cou, les yeux perdus dans son parfum.

Parfois, et de plus en plus souvent, elle arrivait sans culotte. Il posait ses mains sur ses hanches et devinait tout de suite. « C'est l'été », disait-il en riant, la gorge nouée sur des mots de gratitude qu'il avalait dans une grande respiration.

Sa robe pétale entrouverte sur la fuite de ses cuisses, sur l'ombrée de son ventre, sur le soleil de son sexe agrandissait soudain l'espace du ciel.

L'extraordinaire s'organisait justement autour de cette liberté, de cet abandon et, surtout, de la joyeuseté infinie de leurs gestes.

« Mon cadeau, mon cadeau », répétait-il. Et c'était vrai, il l'accueillait comme un cadeau, une offrande inespérée, un éblouissement jailli du précieux de la vie. Cette proximité si dense et cette distance si proche les étonnaient, les confirmaient et leur donnaient le sentiment qu'ils se connaissaient depuis toujours. Il y avait dans leurs étreintes un accord plus ancien que leur rencontre.

Elle était chaque fois surprise de toute la tendresse qui irradiait leur sexualité, qui traversait leurs gestes les plus intimes et les plus fous.

C'était pour elle quelque chose de nouveau, d'inattendu, de magique qui ne s'épuisait jamais, qui ne s'usait pas, qui se renouvelait comme un printemps, unique saison de la rencontre.

Il aimait ces voyages de fête. L'espace parcouru s'amplifiait au rythme de leurs émois.

Quand elle penchait sa tête vers son ventre, découvrait avec sa bouche le velours et la soie de son sexe, elle sentait combien cet homme l'habitait en entier.

Quand, avec ses lèvres, elle palpait la pulpe du gland, parcourait doucement le bourrelet ciselé du prépuce, sentait gonfler la tige souple, elle s'émerveillait de l'existence de la vie.

Au début, elle s'étonnait du rythme, de la respiration vibrante de son sexe, de la palpitation si profonde qui irradiait les testicules. « Je t'entends vivre », lui disait-elle.

Elle aimait disposer sa main en coquille ou en berceau, sous les bourses. Elle jouait à effleurer la crête infime qui se marquait plus sombre entre le soyeux mouvant de leur douceur bombée pour se perdre au creux du périnée.

Parfois elle humectait son doigt pour caresser le diaphragme étoilé de l'anus.

Chacun de leurs gestes contenait la tendresse du

monde, chacun de leurs mouvements retenait la fuite éperdue du temps.

Ils voyageaient ainsi, dans l'émotion et le plaisir de gestes accordés, tel un accomplissement offert à l'incroyable de la vie.

Ce jour-là, il songeait, silencieux, que la fête des corps et ses prolongements amoureux étaient ce qui permettait d'approcher, au plus près et de façon fulgurante, l'inconnaissable.

Les voyages qu'il entreprenait le conduisaient à soutenir des démarches créatives.

La fondation « Artisan de sa Vie » qui l'employait lui donnait mission de rencontrer et d'évaluer la crédibilité de projets innovants susceptibles de concourir pour l'octroi d'une bourse, d'un montant suffisamment élevé pour permettre d'offrir trois années sabbatiques à ceux qui non seulement rêvaient, mais envisageaient sérieusement de se donner les moyens d'être les artisans de leur propre vie conçue comme une création. Chaque fois qu'elle pouvait se dégager de ses propres contraintes, elle l'accompagnait dans son plaisir à découvrir de nouveaux talents.

Il lui avait dit un jour : « Attendre, c'est gaspiller ses mains, c'est avoir des bras sans but, des doigts sans espérance de caresses, le corps et le cœur emplis des désirs immobiles...

– Mais non, avait-elle répondu, attendre, c'est avoir le cœur plein de promesses, le bout des seins en désirance vers toi, le plaisir à fleur d'espoir.

– Nos attentes ne sont pas les mêmes. Les tiennes sont fantasques, primesautières, imprévisibles.

– Les tiennes sont impatientes, inquiètes, sérieuses...

– Et cependant elles se rejoignent si souvent. C'est un mystère qu'il ne faut pas chercher à dévoiler. »

Plus tard ils convinrent que l'attente, c'est de l'impatience bercée par des rêves.

Ce qu'il aimait, ce qui le troublait chaque fois, comme une révélation imprévue, c'était l'humidité chaude de son entrejambe, le soyeux luxuriant, généreux de la pulpe ardente de son sexe, l'abondance, le nacré, le joyeux de ses sécrétions, qui jaillissaient très vite dès qu'il la caressait, introduisait un doigt.

Elle lui avait dit un jour au téléphone, chuchotement si proche qu'il en avait pleuré : « Hier au soir, après ton départ, ma vulve s'est ouverte, éclatée comme une figue trop mûre à l'intérieur, mon sexe a jailli, rien n'aurait pu la retenir. J'ai ruisselé d'une eau miellée, sans fin. Elle s'écoulait de moi en une rumeur sourde, impatiente, venue de si loin, des premiers temps de ma vie. Il y avait quelque chose d'utérin dans mon plaisir... »

Et lui se souvenait, une fois, de s'être agenouillé, de l'avoir embrassée, aspirée au travers de sa robe, respirée de tout son désir, la bouche soudée à son ventre, ne sachant que balbutier des sons archaïques.

Une autre fois, pressé de partir, déjà ailleurs, il lui avait dit : « Je n'ai pas besoin de te dire "à bientôt !" car je t'emporte, car je te sais en moi.

– Moi, avait-elle répondu, je te sens plus fort en moi quand je sais où et quand te revoir. Mon rêve vers toi a besoin d'un ancrage, d'une balise, je ne veux pas me perdre dans l'immensité de mon désir. Je ne veux pas avoir à te chercher dans des jours indéfinis, j'ai besoin de repères pour accrocher mes rêves. »

Il y avait entre eux des distances innombrables qu'ils tentaient de combler avec des rencontres à venir. Pour elle, certaines de ces distances avaient le goût d'un temps d'infini, perdu dans un espace sans limites. Pour lui, elles représentaient un appel, un élan, un mouvement qui dénouait l'instant de toutes ses incertitudes et le rendait encore plus vivant. L'un comme l'autre étaient conscients de l'espace incommensurable qui peut séparer un sentiment chez l'un et un ressenti chez l'autre, sur la façon dont peuvent coexister deux mouvements, l'un venu du cœur et l'autre du ventre. Toutes les incertitudes, jamais comblées, entre l'asymétrie de deux mouvements puissants et complémentaires n'avaient pas révélé encore les antagonismes qui pouvaient les animer, les rapprocher mais aussi les éloigner l'un de l'autre, s'ils ne restaient pas vigilants et cohérents sur leurs attentes mutuelles.

Entre ces savoirs et ces ressentis multiples, qui tourbillonnaient en eux, leurs corps aspiraient à se rencontrer et à se dire. Chaque pore de leur être cherchait à agrandir la jouissance, à vivre le fugace, l'incertain, mais encore plus l'éternel de l'instant. Ils revenaient souvent, lui surtout, sur le premier regard, la première rencontre où ils s'étaient reconnus.

« Tu avais un regard-offrande et je l'ai reçu comme une demande.

– Et toi tu as accueilli comme un cadeau inouï mon invitation. »

Et bien d'autres fois encore, quand elle lui chuchotait : « Apprivoise-moi avec ta peau, goûte-moi avec tes lèvres-mirages, ouvre-moi plus avec tes mains, remplis-moi... de toi ! » Elle lui laissait des mots, entre les pages d'un livre : « Quand je me sens comblée de ta présence, je me sens tellement immense que j'ai le sentiment de rassembler en moi l'énergie de tous les amours de la terre. »

Ils avaient plaisir à se remémorer l'étonnement fragile de leurs premiers émois.

« La première fois, avant d'entrer en moi, tu m'as goûtée, tu m'as léchée jusqu'à plus soif. Tu m'as respirée, adorée longuement pour savoir l'intime de mon désir, mon goût de femme, ma soif de toi.

– Et toi, tu t'es ouverte. Et ces premiers mots de toi : Viens, viens, m'ont bouleversé. Avec ces seuls mots, tu m'appelais, tu m'autorisais, tu me signifiais que j'étais important, tu m'ouvrais, tu m'emportais au-delà de tous mes rêves les plus insensés... »

Ils partageaient avec cette même liberté gouleyante des mots l'indicible du désir, l'insoutenable appel du plaisir et de l'innommable, toutes les émotions nouvelles pour lesquelles ils n'avaient pas encore trouvé de mots, avec l'abandon ébloui, la ferveur dans laquelle ils aimaient se perdre.

« J'aime ton sperme et son agonie crémeuse quand il mousse à la frisure de ton poil ou qu'il s'irise aux balbutiements et aux éclats de tes spasmes. Avant toi, je croyais que le sperme n'aimait que l'ombre pour se répandre dans la douceur de mon sexe ou s'éclater.... au plus profond. Avec toi je le découvre lumineux, vivace, chargé d'une énergie sereine. »

Lui osait regarder la laitance de vie qui scintillait

dans son regard, qui perlait aux caresses de sa bouche, qui accompagnait l'envol de ses doigts aux éveils de son corps.

« A l'aurore de ma vie amoureuse, une peur me venait au moment où le sexe de l'homme se rétrécissait, s'éteignait, se dérobait à mes lèvres ou à mon vagin appelant. C'était un moment terrible, comme si j'avais fait quelque chose de mal en buvant ou en recevant son plaisir et en même temps j'éprouvais un sentiment d'injustice inouïe dans l'inéluctable de cette dérobade. Colère et honte mêlées. J'aurais voulu retarder l'irrémédiable, refermer la blessure prévisible, empêcher la béance de s'ouvrir. Ta splendeur à toi, c'est que tu gardes parfois, après le plaisir, le sexe droit, coloré, encore vibrant, chargé de mouvements, rythmé d'oscillations, de respirations souples. J'en ressens une reconnaissance infinie. Ton sexe après le plaisir ne se dérobe pas, pas tout de suite, il reste là aussi présent que lorsqu'il est plein de désirs. Plus d'injustice, plus de honte, plus de colère rentrée, mais une joie confiante, la certitude sans faille d'être bonne.

– Il y a tant de beautés cachées dans tout ce qui va au-delà des commencements, lui avait-il répondu, et je sens les vibrations de cette beauté, présentes à chacune de nos rencontres. »

Ils pouvaient rouler ainsi des heures, lui la main presque entièrement plongée en elle, déposée dans le sexe de Marie. Elle le tenant, accueillant le sien au profond de sa paume. Ils s'offraient leurs visages, se souriaient avec des mimiques heureuses.

Dans leurs regards se déposaient l'indicible de l'instant, la confiance la plus absolue dans la densité du bonheur. De ce bonheur heureux, auquel on a accès quand rien n'est dans l'attente, que tout est au présent, dans l'éclosion successive des bulles d'un temps qui n'appartient qu'à ceux qui savent l'accueillir. La route devenait le support où s'imprimait pour eux, seulement pour eux, un imprévu paresseux, alangui.

Un jour, en les croisant, un chauffeur de semi-remorque fit rugir son klaxon. Il riait aux éclats en les dépassant, la mine hilare, heureux lui aussi, pour toute la journée, de ce qu'il avait entrevu de leurs corps mêlés.

Ils se déprenaient seulement aux péages, dans des stations-service. Il pouvait ainsi conduire toute une matinée, avec sa seule main gauche, « la main du cœur ou des oublis ».

« J'ai tout appris de toi et surtout le sens du sacré. J'ai tant reçu de toi et de ta liberté, qui fait qu'il n'y a pas d'espace qui ne puisse m'accueillir », lui avait-il écrit.

« Il y a tant de confiance dans ma souvenance de toi, lui avait-elle répondu, aussi je sens cette confiance présente à chacune de nos rencontres et je souhaite que toi et moi nous puissions la révéler aussi longtemps que nous resterons ensemble. »

Durant ces voyages, chacun de leur geste entrait par des voies secrètes jusqu'aux sources de leur corps. Ils se donnaient l'espoir d'une éternité. Ils voyagèrent ainsi des années et je n'ai pas le cœur de dire ni la fin de leur voyage, ni la suite de leur errance.

C'est en lisant qu'on devient forgeron

> Un livre a toujours deux auteurs, celui qui l'écrit, celui qui le lit.

Dans la maison de mon enfance, depuis toujours il n'y avait que deux livres rangés bien en évidence au centre du buffet qui occupait le seul mur encore libre de notre cuisine.

D'abord, le moins imposant mais le plus utile, le *Larousse médical* « qui sait mieux que le docteur ce qu'on a, quand on est malade, et d'ailleurs rien qu'en le lisant on est sûr d'avoir toutes les maladies » ! Heureusement, c'était un dictionnaire de médecine générale et non pas un manuel spécialisé dans les troubles mentaux. J'avais pas envie de devenir fou ou d'attraper une maladie mentale rien qu'en tournant les pages de cet énorme bouquin qui pesait au moins trois kilos et sentait le persil, l'ail et l'oignon, car ma mère le consultait fréquemment en préparant les repas.

Et puis il y avait *La Vie des Saints*. Mes copains, quand ils voulaient me l'emprunter, disaient la « Vie des Seins », parce qu'à la page consacrée à sainte

Blandine on voyait une jeune fille, la robe déchirée, avec un sein à l'air. Moi j'étais persuadé qu'elle ne serait pas bouffée par les lions ou les taureaux, comme dans l'histoire. Elle était si jolie. Le curé, lui, n'a jamais voulu répondre à cette question. C'était un curé rouge, il était contre le culte de la personnalité depuis que Khrouchtchev avait révélé que Staline c'était pas le petit père du peuple tel qu'on l'avait imaginé jusque-là dans nos banlieues. Donc, dans *La Vie des Saints*, il y avait un bout de sein de sainte Blandine que tous mes copains voulaient voir. Comme il y en avait plusieurs qui étaient amoureux de Blandine, ils me payaient en morceaux de réglisse pour retenir le livre plusieurs semaines à l'avance.

La Vie des Saints resta le livre le plus pratique de la maison. Comme il était très large et très épais, maman pouvait le mettre sous nos fesses, à nous les enfants, pour qu'on arrive à la hauteur de la table, pendant les repas où il y avait des invités et où on devait se retenir de manger trop vite. Ça faisait plus chic. Les autres fois, ce n'était pas indispensable, on mangeait à hauteur de la table et c'était bien suffisant car on était toujours affamés, mon frère et moi.

J'vous dis pas comment était la couverture : elle a fini par être blindée. Elle avait tout vu, tout reçu, tout accueilli, des traces de purée aux épinards qu'on détestait, au coulis de tomates ou à la brandade de morue ou encore aux écailles de sardine, collées ensemble. Les sardines étaient le plat préféré de mon père.

Moi, je lisais *Tarzan*. *Le Journal de Tarzan*, d'accord, c'est pas un livre, « C'est des conneries » pour Papa,

« c'est de l'argent jeté à la fenêtre » pour Maman, « c'est du temps perdu, mais ça fait rêver parce qu'il y a de belles couleurs sur les arbres » pour la voisine qui m'accueillait à la sortie de l'école.

Tarzan pour moi, avant tout c'est Tarzan. J'ai même pas besoin de lire les bulles, je suis carrément dedans. Quand Tarzan prend une liane d'une main et Jane de l'autre, vous le voyez pas, vous, mais c'est moi qui m'envole dans la jungle accompagné par ma fidèle guenon Chita. Des fois, même que dans l'immeuble ils croient que c'est le voisin du huitième qui gueule parce qu'il a bu.

Dans notre quartier pourri, Tarzan c'est de l'oxygène en images. Avec Tarzan l'homme-singe, c'est la savane qui vient pousser jusque sous l'escalier, c'est des baobabs qui tapissent les murs de la cave, c'est une cascade ruisselant dans le bout de jardin qui sert de décharge à tout le quartier. Sauf que *Tarzan*, il faut le planquer, sinon « il va au feu, c'est du temps perdu, je veux pas des bêtises comme ça dans la maison ». Chez nous c'était même pas une maison, c'était un appartement tout petit, en mansarde.

Sous l'escalier, qui coupait ma chambre en deux, c'était mon coin. Dans ce temps-là, j'aimais pas les livres de classe, ils parlaient d'un monde que moi j'avais jamais vu. Je ne savais même pas s'il existait ailleurs, « cet univers infini », comme le prétendait notre instit.

Des *Tarzan*, j'en avais tout un paquet, c'est pas que je les collectionnais, non, je les piquais, je les échangeais, je vivais avec. Je me vendais pour eux.

Ouais, ouais, je faisais des courses, je donnais un

coup de main, je travaillais pour les autres, je louais mon corps, quoi ! Je n'étais pas salarié à temps plein comme mon père qui était manœuvre. Quand je dis temps plein, c'était vraiment des journées pleines au ras bord, de dix heures et plus ! Moi j'étais surtout spécialisé dans les courses rapides et urgentes. J'avais pas de patins à roulettes, mais un vélo super. C'était un vélo unique au monde, je l'avais créé de toutes pièces avec des bouts de vélo que j'avais récupérés chez le marchand de cycles, enfin derrière, là où il jetait les bicyclettes qu'il ne voulait pas réparer. J'ai mis six mois pour avoir la pièce la plus importante, le dérailleur.

Durant six mois, le patron n'a pas lâché du regard plus de trois secondes de suite son stand et, chaque fois, je lui ai chouravé un truc. Le reste, c'est Bébert qui l'a piqué pour moi. Un double pédalier avec changement de vitesse au guidon. Une nouveauté qui venait d'Italie. Au marchand de cycles, je mettais chaque fois un *Tarzan* dans sa boîte aux lettres, pour la justice. Dans la famille on avait le sens de la justice, on pouvait prendre aux autres, en cas de nécessité, mais en donnant quelque chose à la place, en échange, on volait pas, on partageait.

La plupart du temps, mes *Tarzan* je les retrouvais dans sa poubelle. Il devait se demander qui lui faisait ce coup-là. J'ai deviné que c'était pas un homme chouette, ce type, il n'avait aucune sensibilité, aucune reconnaissance, il restait dans ses vélos.

Ma période Tarzan elle a duré, vous allez pas me croire, elle a bien duré cinq ans. Vous pouvez pas savoir aujourd'hui comment les dessins de ces albums étaient beaux, plus vivants que la réalité, avec des vraies couleurs, des reflets, un papier épais, solide qui sentait bon le grand air, la jungle, la savane et les tourbillons des rivières et des cascades.

Tarzan, moi, je l'aimais surtout parce qu'il ne tuait jamais personne. Il arrivait toujours quand les choses merdaient. Et avec lui, tout s'arrangeait. Il était bon avec les bons, et même avec les mauvais il était encore bon. Il leur laissait une chance de changer, de comprendre, il les mettait devant un choix. Ce qu'on ne faisait jamais avec moi dans la vie de tous les jours. On ne me mettait jamais devant un choix, on m'obligeait de choisir, neuf fois sur dix, ce que l'autre en face voulait. On ne sait pas qu'on vit en permanence dans un monde où on nous violente pour un oui pour un non.

Dans les *Tarzan*, les animaux sentaient qu'ils étaient aimés par lui, alors ils venaient toujours à son secours et quelque part je me sentais moi aussi protégé par eux. Même si dans mon quartier qui s'appelait Saint-Cyprien, à Toulouse, j'ai jamais vu de panthères et de lions en liberté.

D'ailleurs, moi j'étais un peu comme Tarzan, je détestais les zoos, mais j'aurais aimé avoir un pétard de cow-boy, alors en attendant je m'entraînais à lancer le poignard. Un vrai poignard avec un manche tout en cuir, équilibré comme la poitrine de Madame Martinez.

Madame Martinez, elle était célèbre dans le quartier. Elle avait un popotin énorme, « un cul qui n'est pas en carton-pâte », précisait toujours Monsieur Rossignol le voisin d'au-dessus, qui lorgnait toujours d'en bas vers le haut, quand elle montait les escaliers. Madame Martinez, c'était sa poitrine très avancée sur le devant qui équilibrait son derrière. Comme pour mon poignard, sauf que, à lui, c'est la lame qui équilibrait la poignée.

En 1943, je m'en souviens, c'était l'année où les Allemands sont arrivés, pendant les vacances de Pâques, j'ai battu mon record. J'avais réussi à lancer mon poignard à cinq mètres, il s'était planté pile dans la porte des Claveric.

Les Claveric étaient les « chiatiques » du quartier. Ils étaient contre tout.

Contre les gosses, ils n'en voulaient pas. Contre les voitures, ils en ont une qui n'est pas comme les autres. Une spéciale pour le dimanche seulement. Une voiture pour partir dans leur campagne et même ce jour-là ils ne nous foutaient pas la paix car ils laissaient leur chien qui aboyait toute la journée contre personne. Les autres jours ils n'avaient pas besoin de voiture, ils marchaient à pied comme tous les habitants du quartier ou ils prenaient le tramway.

Les Claveric, ils étaient contre le temps qu'il fait. Contre le gouvernement qui est trop mou. Contre la municipalité qui est trop tiède. Contre la Garonne quand elle se fâche et qu'elle inonde le quartier, contre la Garonne encore quand elle baisse et qu'il y a trop d'herbes dedans.

Ces Claveric, c'étaient des contre universels. Alors moi je m'entraînais au lancer du poignard contre leur porte chaque fois que je le pouvais et c'était souvent. Y avait pas plus fort que moi dans le quartier. La plupart du temps, c'était Loulou, mon petit frère, qui tenait la cible, ça pouvait être n'importe quoi, une feuille de cahier, un papier d'emballage, un rond de bière, je vous assure qu'il avait une vraie pétoche mais il bronchait pas, les yeux grands ouverts, il tenait bon.

Comme il avait peur que je l'emmène plus avec moi sur mon vélo ultra-rapide, il était toujours partant pour tenir la cible. Bon d'accord, une fois, une fois seulement, je lui ai planté la main sur la porte de la cave. C'était à cause d'un reflet du soleil qui avait fait des siennes sans prévenir. Aussi sec j'avais récupéré mon poignard. Il gueulait, le malheureux, quand j'ai tiré d'un coup sec. Cette fois-là, je l'avais bien planté, en plein milieu de sa main. Le poignard, j'ai eu le temps de le voir, il vibrait encore. Je l'ai essuyé pour que la lame ne rouille pas et puis j'ai soutenu Loulou qui commençait à tourner de l'œil : « Tu diras rien à Maman, sinon c'est fini entre nous, on n'est plus ni copain, ni frère, ni sœur. » Il faisait oui, oui avec la tête, je crois qu'il avait la bouche trop tordue par la souffrance pour pouvoir parler correctement.

En remontant de la cave où on s'entraînait, le mensonge était venu instantanément : « Maman, Maman, Loulou est tombé sur un morceau de verre cassé... il saigne de partout. »

Les mensonges, je ne sais pas si vous le savez, pour être crus ils doivent être vrais ! A cet âge-là, j'étais un inventeur de mensonges assez recherché. Tous les copains en classe, quand ils avaient fait une bêtise, ils venaient me voir pour m'acheter un bon mensonge. Moi, avec eux, j'étais réglo. J'échangeais mon mensonge contre des billes, pas des petites billes en terre, mais des calots, des vraies billes en verre. Suivant la grosseur du mensonge, entre trois et dix calots. Dix calots c'était quand même pour un mensonge de derrière les fagots.

Dire à ses parents que si on n'a plus de blouson, c'est parce qu'on le portait sur le bras, et qu'en traversant le pont Saint-Pierre, un coup de vent d'autan, soudain et sévère, avait emporté le blouson, qu'il était tombé dans la Garonne et que d'ailleurs on avait risqué sa vie pour tenter de le repêcher, même que c'était comme ça qu'on était arrivé en retard au catéchisme, ce qui expliquait aussi que le curé nous retiendrait la fois prochaine, tout l'après-midi, et que si c'était pas suffisant il nous garderait encore après la messe du dimanche, faut le faire, car en plus ce Frédo, qui m'avait demandé d'inventer un bon mensonge, avait ainsi gagné trois à quatre heures de temps libre pour aller au cinéma la semaine suivante.

Ma technique du mensonge était très simple : avancer une explication imparable, invérifiable, impossible à contredire, doublée d'une mini-catastrophe qui aurait pu rendre la situation encore plus dangereuse de façon à accrocher l'inquiétude des parents. Quand tu as réveillé l'inquiétude d'une mère, surtout de la mère, t'es paré, c'est gagné, tout le reste passe comme une lettre à la poste. Parce que les mères, elles sont toujours en avance d'une inquiétude. Les pères, il ne faut pas compter sur eux dans ce domaine, la seule chose qui les inquiète et les panique, c'est quand ça risque de coûter. Quand leur fric est en jeu, les pères se réveillent et alors ça tourne mal. Je préfère ne pas avoir à faire à eux, quand il y a de l'argent en jeu leurs réactions sont violentes.

Avec les mères c'est plus affectif, tout est dans les sentiments. L'inquiétude maternelle, c'est un sauf-conduit pour faire un peu plus de bêtises que prévu. D'autant, j'espère que vous le savez, qu'un bon mensonge vous fait gagner du temps et évite pas mal d'embrouilles.

Moi, j'avais une règle : si le mensonge ne marchait pas, je remboursais les calots. J'ai remboursé qu'une fois en fait. Mon mensonge s'est révélé une vraie vérité. Une cata pour un mensonge qui normalement aurait dû marcher. J'avais dit à Claude qui m'avait supplié d'en trouver un bon : « Tu dis au maître que tes parents, ils pouvaient pas signer le carnet scolaire. » Le fameux carnet scolaire qu'il voulait pas leur montrer à cause des notes catastrophiques. « Tu lui dis qu'ils n'avaient pas la tête à ça, parce qu'ils étaient partis enterrer ta grand-mère. »

Mais, justement, le soir même la grand-mère de Claude était devenue morte pour de vrai. Alors le mensonge ne servait plus à rien. J'ai redonné à ce taré qui faisait mentir mes propres mensonges ses calots, mais il a pas vu que l'un d'eux avait un défaut, il n'était pas tout à fait rond, il roulait de côté. On peut jamais gagner avec un calot tordu, vaut mieux s'en débarrasser. Je devais quand même me payer pour l'effort que j'avais fait en inventant sur-le-champ ce mensonge, j'y pouvais rien, moi, si la grand-mère avait voulu mourir ce jour-là !

Et puis un jour, Maman, qui faisait des ménages chez les Piroux – c'étaient des bijoutiers en or –, était revenue chargée comme une remorque. Une fois par an, Madame Piroux donnait tous ses vieux vêtements à Maman, elle prenait sa voix gentille, mais qui restait quand même dure, pour lui dire : « C'est pour vous, Marie-Louise, je sais que vous en ferez sûrement quelque chose... » Ce jour-là, elle a dit en plus : « Tenez, Marie-Louise, peut-être que ça intéressera vos enfants. »

Et Maman était arrivée à la maison avec Michel Zévaco dans son cabas. Huit volumes, Les *Pardaillan* ! Ça c'était des vrais livres ! Il y en avait deux qui n'étaient même pas coupés, et ils avaient une bonne odeur, un peu poivrée.

C'est depuis ce temps-là que je renifle toujours les livres avant de les lire.

Aujourd'hui on ne le fait plus, on a des livres en conserve, a minima, en prêt-à-lire !

Je vous parle d'une époque où il fallait couper les pages deux fois, une en hauteur et une en largeur, pour entrer dans un livre. Moi j'ai appris à lire des bouquins avec un couteau à la main.

Je vous le dis de suite, Tarzan que j'aimais bien pourtant, il n'a pas fait le poids. Quand j'ai commencé Les *Pardaillan*, l'histoire du père d'abord, puis du fils, là j'ai craqué de partout. J'ai débordé ou plutôt ils ont débarqué dans ma vie et ont emporté tout le reste. Je me suis rempli de leurs histoires et même d'Histoire, jusqu'au ras des yeux.

Et c'est toute ma tête qui a été envahie, pleine d'aventures et de fièvre. En plus, je changeais de corps à volonté.

Dans les rues, les gens de mon quartier ils croyaient voir un mouflet qui allait à l'école ou qui pédalait pour faire des courses, ils savaient pas que j'étais un cheval, une épée, un spadassin (j'aimais ce mot), un prince, un maître d'escrime. Moi, j'aimais surtout ça, souvent j'étais le vieux maître d'escrime qui savait tous les coups, toutes les bottes, les parades, les ruses, contre un, contre trois et même une fois contre sept. J'ai jamais été au-delà, parce que je craignais, après, de mélanger les salauds et les pas-salauds.

J'étais invincible, car je savais à l'avance le coup, la pointe ou le revers que l'autre allait me donner. J'avais la parade, puis je portais le coup mortel. Enfin relativement mortel, parce qu'il fallait les ressusciter pour continuer les aventures avec eux. C'est normal, j'étais dans tous les rôles.

Les *Pardaillan*, ça commence sous Henri II et ça se termine un siècle plus tard.

Si je vous disais que ces livres, c'est de la lecture qui fait rêver, mais aussi vibrer et respirer plus grand que sa taille. J'ai beaucoup grandi, cette année-là.

A chaque page, il y avait du sentiment, de l'amour, de la haine, de la colère, du rire, de la tendresse, de la violence et surtout plein de nostalgie. Avec Les *Pardaillan*, je suis devenu premier en français. C'est en lisant que j'ai su écrire. Vous allez rire, c'est comme ça aussi que j'ai commencé à être le garçon le plus populaire des trois classes du cours supérieur, des moyens, si vous aimez mieux. Pendant la récréation, je racontais des histoires appuyé contre le platane de la cour, la moitié des garçons de la classe attendaient la suite.

J'inventais, quand il pleuvait, des histoires à épisodes comme les feuilletons qu'on nous passe aujourd'hui à la télévision. Je m'asseyais dans l'angle formé par le mur du fond et les cabinets des profs qui étaient fermés à clé.

On était tranquilles, pas dérangés parce que les profs ne vont jamais faire leurs besoins pendant la récré. Ils préfèrent discuter, on dirait qu'ils pissent jamais, qu'ils n'ont pas les mêmes besoins que nous, ou alors c'est qu'ils font ça à la maison pour pas se faire voir. Moi je les comprends, je tirais trois fois la chasse d'eau pour que celui qui gardait la porte pendant qu'on faisait ses besoins ne puisse pas entendre les bruits de mon corps. C'était une époque où on avait de la pudeur.

En classe, à partir de ce moment-là je n'ai jamais été puni, et pourtant j'étais toujours un cancre, comme l'affirmait le Directeur qui me « voyait » régulièrement dans son bureau : « Un cancre et en plus un emmerdeur, qui n'arrête pas de créer du désordre, qui fout la pagaille partout où il passe ! »

Moi j'emmerdais personne. C'étaient les autres élèves qui faisaient le cirque. Quand j'étais interrogé, ils répondaient tout de suite.

Dans ce temps-là, il fallait se lever pour répondre et, comme je ne savais jamais rien, j'aurais dû être puni et rester dans la salle pendant la récréation. Les copains, ils auraient été privés de la suite de mon feuilleton.

Alors Jeannot, Marcel ou Pierrot s'arrangeaient à tour de rôle pour, à la moindre question dans ma direction, se lever aussi sec et se précipiter à dire...

– Moi, monsieur, je sais ! C'est Godefroy de Bouillon ou c'est de l'imparfait parce que le futur c'est demain, ou encore les sources de la Loire, c'est au mont Gerbier-de-Jonc... Qu'est-ce que ça veut dire, monsieur, jonc ?

Je sais pas si vous avez remarqué mais quand un prof vous pose une question, si vous ne savez pas, vous lui retournez aussi sec une question sur sa question, ça rate pas, le prof démarre au quart de tour. Les préfectures et les chefs-lieux de la France... ils savaient ça par cœur, eux.

Il y avait aussi Juste. Lui, il savait encore moins que moi, mais il faisait rire toute la classe en annonçant : « Moi, monsieur, je veux bien répondre, mais je ne sais pas. »

Le maître, il l'aimait bien Juste, parce que quand il courait comme un canard, ça faisait floc, floc dans sa tête. Il savait à peine lire et son père le bouffon lui rabâchait tous les soirs : « C'est en lisant qu'on devient forgeron », et sa mère ajoutait : « Et en forgeant qu'on devient liseron. » Là, on était censés rire quand Juste nous racontait ses soirées, toujours la même histoire, mais nous on ne se déridait pas d'un poil. Juste, il souffrait pas d'être un peu demeuré, mais il ne voulait pas passer pour un idiot ! Et moi aujourd'hui, à vous qui m'écoutez, je peux vous l'affirmer sans risquer de me tromper, j'ai retenu cette leçon : « Oui, c'est en lisant qu'on devient forgeron, forgeron de sa propre liberté ! »

Parce qu'il faut que je vous réponde enfin, même si j'ai fait un long détour, à vous qui m'interrogez aujourd'hui sur ce que m'a apporté la lecture, autrement vous allez croire que je tourne autour du pot et que j'évite votre question, que je me déballonne !

La lecture, elle m'a apporté le courage de pas désespérer, le plaisir de rêver éveillé, l'enthousiasme de refaire, de recréer le monde sans jamais me décourager. Le monde dans lequel je vivais, je peux vous le dire encore, c'était pas rose, c'était un milieu où on voyait l'avenir dans un rétroviseur cassé. On sortait de la guerre. Celle qu'avaient faite les autres d'accord, mais une guerre longue, pas en quatre ou six jours comme aujourd'hui, une guerre qui avait laissé plein de traces dans les habitudes et dans les pensées. Et c'était pas joli ce qu'il y avait dans les pensées.

Avec la fin de la guerre, on attendait toujours d'être libérés. Libérés de la pauvreté, de l'ignorance, de l'injustice, des mauvaises odeurs, des inondations capricieuses, du boucher qui ne vendait que des mauvais morceaux parce qu'il réservait les meilleurs au marché noir. Dans mon milieu, on attendait surtout d'être libérés de la vie, en pensant que plus tard, au ciel peut-être ou bien ailleurs, ce serait mieux. Là, je vous parle comme mes parents, comme les voisins qui discutaient après le dîner sur leur chaise, le dos au mur à regarder le soir devenir la nuit.

Moi, j'ai été libéré par le *Reader's Digest*. Ça vous en bouche un coin, hein ! La patronne de Maman, elle était aussi abonnée à ce truc, un gros volume chaque mois, mais elle ne les gardait pas. « Marie-Louise, si vous connaissez quelqu'un que ça peut intéresser... » Quatre livres dans un bouquin : des romans, des essais, des récits.

Le monde entier découpé en sujets de discussion. Le *Digest* il te disait pas ce que tu devais en penser, du moins c'est ce que je croyais à l'époque, mais il soulignait le pour et le contre, le bien et le pas bien, le futur et le passé.

Le fils du Dr Campan, qui allait à l'université sur sa Vespa, je suis sûr qu'il n'en savait pas autant que moi. C'est normal, il lisait pas le *Reader's Digest*, lui. Il lisait des volumes cartonnés tout noirs, accrochés avec un élastique à sa selle de passager. Lui c'était une grosse tête, il savait plein de choses qu'il ne voulait partager avec personne. On pouvait même pas lui poser une question tellement il nous impressionnait.

Mais avec le *Reader's Digest*, j'ai apprivoisé plein de gros livres qui avant me foutaient la trouille. J'ai copiné avec les auteurs que j'aurais jamais été chercher en bibliothèque, j'ai basculé sans m'en rendre compte dans la littérature. Pour tout vous dire, c'est à seize ans que je suis vraiment entré dans la grande lecture. C'est pas que je me vante, mais des livres comme *Guerre et Paix*, *Moby Dick*, *Le Colonel Chabert*, *Le Pain noir*, vous n'allez pas me dire que c'est pas des livres pour nous les fils d'ouvrier ?

D'accord, aujourd'hui je lis un peu moins parce que je regarde trop la télévision et que je m'occupe d'un bout de jardin qu'on a tous ensemble dans le quartier et qui sans moi deviendrait une décharge publique...

Mais des fois sans crier gare, crac boum je prends un livre et là je ne vois plus personne. Je suis parti. Je me balade en Californie avec Blaise Cendrars, au Canada avec Antonine Maillet, en Amérique avec Steinbeck, au Brésil avec Jorge Amado, en Afrique du Sud avec André Brink, en Grèce avec Kazantzakis, en Afrique avec Amadou Kourouma, en Russie avec

Pasternak. Je voyage partout même en France, je me passionne pour les fourmis avec Bernard Werber... Je pars en amour avec Albert Cohen et Alexandre Jardin et plein d'autres encore...

Je pars, je vous dis. Car ouvrir un livre, c'est d'un même geste hisser la voile, larguer les amarres de l'instant pour agrandir l'espace et le temps.

Commencer à lire, je peux vous le confirmer, c'est se libérer des chaînes de l'habitude, de la soumission, de la démission. C'est grandir, de l'intérieur.

Je me fais vieux, mes yeux sont fatigués, ils se sont usés à caresser des pages et des pages. Mais je suis toujours abonné à la bibliothèque municipale et j'avale encore trois bouquins par mois. Des gros de sept cents pages. J'aime ça, les gros livres qui font toute une semaine. Et dernièrement, une dame d'un comité, d'une association où ils veulent s'occuper des jeunes, m'a demandé si je voulais bien donner un peu de mon temps pour accompagner des enfants à la sortie de l'école, leur faire découvrir la lecture et peut-être les amener à aimer les livres.

Moi je veux bien, je peux pas encore leur parler d'Harry Potter, je ne l'ai pas lu, mais je peux leur parler des *Pardaillan*. Michel Zévaco, il tient le coup. Et le chevalier de Pardaillan, le père, il n'a pas vieilli comme moi, et alors à l'épée je connais personne qui peut le battre, sauf une fois la Fausta qui est une femme déguisée en homme, alors là il n'a pas pu, il a baissé la garde et c'est lui qui a été foutu, il est tombé dans ses bras, tout ramolli. Ce fut l'amour de sa vie. D'accord, je dois me familiariser aussi avec ces épées de lumière ou d'énergie qu'il y a aujourd'hui dans les nouveaux livres, mais je suis prêt à commencer, je suis ouvert.

Bon, je ne vais pas vous raconter comme ça toute ma vie, il faut que je m'installe et que je mette mes lunettes. La lecture c'est une affaire sérieuse, enfin pour moi, pour vous aussi, je l'espère !

Mon grand-père

> S'attacher à quelqu'un non pour se lier, mais pour être relié, c'est-à-dire agrandi.

Mon grand-père aimait sa femme, c'est-à-dire ma grand-mère, qui ne l'aimait pas car elle se défendait de toute marque d'attention, d'intérêt ou d'affection, surtout venant d'un homme, et encore plus de celui qu'elle avait épousé, non contre sa volonté mais pour se punir. Elle fuyait l'amour comme une malédiction et les gestes de l'amour comme une calamité à laquelle on ne pouvait échapper mais contre quoi on devait résister. Ce dont elle ne se privait pas. Elle savait le faire avec une habileté et une compétence quasi parfaites.

Bien avant ma naissance, elle avait traité ma mère, sa belle-fille, de lapine. Aussi m'ignorait-elle, sans dédain ni ostentation, mais avec une application jamais prise en défaut. Elle commandait à la femme de mon père qui était son fils aîné et qui avait toujours accepté cette domination, ce qui frustrait et irritait ma mère mais la laissait démunie. Par exemple, comme ils vivaient dans la même ferme, ma grand-mère ne voulait pas voir traîner les drapeaux : « Je ne veux pas entendre parler de ça ! Quand ça vous arrive, on s'arrange pour ne pas le montrer ! »

On appelait drapeaux les bouts de tissu triangulaires qui servaient de serviettes hygiéniques. Ma mère les mettait à sécher au grenier, dans le coin le plus sombre pour ne pas heurter la sensibilité révulsée de sa belle-mère. Et plus tard, avec l'arrivée de mes règles elle m'a appris à faire la même chose.

Ma chambre devait, suivant les indications strictes de ma grand-mère, être dépouillée de tout ce qui aurait été susceptible d'éveiller mes sens ou de susciter chez moi des pensées malsaines. Pas de couleurs, pas de gravures, pas de poupée, le strict nécessaire pour élever une enfant proprement : un lit, une chaise, une table, une cuvette à eau, un pot de chambre. Et tout enfant, quand je pleurais, elle exigeait qu'on m'enferme dans la lapinière au fond du jardin. Je crois que le désespoir qui m'habite encore est né de cette situation, de ma cohabitation avec les lapins. Deux fois par semaine « on tuait le lapin » : une fois pour le civet, l'autre fois pour la terrine !

C'est grand-mère qui officiait. D'abord elle regardait longuement les lapins, puis elle saisissait le héros du jour par les oreilles, et avec une bûche qu'elle cachait dans son dos, elle l'assommait d'un coup sec. Je devais assister au dépiautage : « Pour plus tard, quand je ne pourrai plus, c'est toi qui le feras. Tu coupes ici, tu passes le doigt là tout autour et puis tu tires sans t'arrêter... ça vient tout seul ! »

Je me souviens aussi des chevaux qui hennissaient

de peur durant les bombardements, on aurait dit des enfants qui pleuraient. Nous avions un cheval allemand que nous appelions Fritz. Echappé de la débâcle, il était arrivé tout seul en fin d'après-midi, sans harnachement, avec un numéro sur la fesse gauche. Grand-père l'avait adopté et ils étaient devenus amis. Il dura plus longtemps que la guerre. A l'emplacement du matricule inscrit à même la peau, grand-père avait surchargé, avec un tisonnier rougi, un assemblage de signes cabalistiques qui impressionnèrent le vétérinaire.

Au moment des moissons, nous avions à la ferme beaucoup d'ouvriers. Ils sentaient l'étranger. Je veux dire que leur odeur dominait celle des membres de ma famille. C'étaient des hommes mûrs, qui savaient rire et chanter et ne s'en privaient pas, surtout en ma présence, quand j'allais leur porter le casse-croûte.

Dans la maison de mon père, je veux dire de ma grand-mère, les rires et les chants n'existaient pas. On n'avait pas de temps à perdre, il fallait être sérieux. C'était le but de la vie. Seul grand-père s'autorisait à siffler sitôt qu'il dépassait la barrière qui conduisait aux champs. Il m'avait montré comment rapprocher les lèvres, coincer la langue, mâchouiller l'air et laisser couler les sons. Plus tard encore, il m'apprit à laisser le son tourbillonner dans la bouche et à le moduler comme une voix sensible, avec des aigus et des graves, des pleins et des déliés.

Le jour de sa mort, j'avais dix-huit ans, mon grand-père qui était alité depuis plusieurs jours s'est soudain assis, le dos bien droit, et m'a dit : « Je t'embrasserai en dernier toi, car tu as droit au meilleur de mon amour. » Puis il me demanda d'aller chercher ma grand-mère. « Approche-toi, je ne t'importunerai plus avec mon amour. Je t'embrasse aujourd'hui pour toujours. » Elle tendit sa joue, une seule, se releva, s'essuya les mains sur son tablier ventral, ramassa un verre et une cuillère, puis elle quitta la pièce sans un mot. Elle s'était mariée avec grand-père parce que son père était mort. En l'épousant, je crois qu'elle a voulu le punir et à travers lui tous les hommes. Elle avait vécu la mort de son père comme une trahison. Une fois, une seule fois, je l'ai entendue murmurer devant son portrait : « Tu n'avais pas le droit, moi j'avais encore besoin de toi, tu n'avais pas le droit de me faire ça ! » Se sentir ainsi abandonnée par le seul homme qui ait jamais compté pour elle avait été l'épreuve la plus terrible de sa vie. Elle transforma son amour en haine, sans cesse alimentée par des ruminations.

Cette haine indicible à l'encontre du seul être au monde qu'elle ait aimé, elle la retourna contre grand-père, qui l'avait aimée au premier regard, aux moissons de 1936, en plein Front populaire.

« Je l'ai attendue dix-sept ans, de quinze ans à trente-deux ans, quand elle a bien voulu de moi. Enfin c'est ce que je croyais... » Elle n'avait jamais voulu de grand-père, elle s'était servie de lui. Peut-être qu'ils n'avaient fait l'amour que deux fois, une fois pour avoir mon père et une autre fois mon oncle, et encore. Je crois que si j'aime chanter, je le dois aux prisonniers allemands.

Un soir de Noël, mes parents nous ont couchés, mon frère et moi. « On viendra vous réveiller juste pour la messe de minuit. » Mais un peu avant minuit, les prisonniers qui devaient obligatoirement dormir au village, dans une maison près de la mairie où le maire devait les compter chaque matin et chaque soir, étaient là. Ils avaient fait à pied, en pleine nuit, cinq kilomètres pour venir fêter Noël à la ferme. Ils entrèrent dans la cour du sud et chantèrent des chants de Noël en allemand. Je me suis éveillée au milieu d'un de ces chants et j'ai ouvert la fenêtre. Ma chemise de nuit forma une tache de lumière car ils tournèrent tous la tête vers moi, puis vers mon frère qui s'était levé aussi. Ce fut une des plus belles émotions de mon existence. J'ai gardé longtemps ce morceau de vie entre rêve et sommeil, comme un cadeau qui m'a fait croire que Noël était vraiment une période ouverte sur l'incroyable et le merveilleux de la vie.

Aiguebelle était notre village. Ce qui veut dire « Belle Eau ». Grand-père m'avait abonnée à *Fripounet et Marisette*. Chaque semaine, à l'intérieur il y avait les plans d'une œuvre à réaliser.

Je me souviens de la hutte à bâtir. Une vraie hutte en canisses et en argile. Grand-père connaissait l'endroit de la rivière où il y avait la boue à construire. Il paraît qu'autrefois on faisait les murs des maisons avec de la paille et cette boue. Pendant plusieurs semaines nous avons préparé les roseaux et au début de l'été, lui et moi, en cachette, nous avons construit la hutte de *Fripounet et Marisette*, comme sur l'image.

J'ai même pu dormir dans la hutte, toute seule. Grand-père resta au-dehors, enveloppé dans sa grande capuche de berger, pour veiller sur moi.

Durant mon enfance, au retour de l'école, tout de

suite après le goûter, je courais vers le champ de grand-père. En me voyant arriver, il arrêtait son attelage, s'asseyait et se tournait légèrement vers moi. Cela voulait dire : « Je suis prêt, tu peux parler. » C'était notre rituel. Je racontais la classe, le dedans, le dehors de l'école et un peu de l'intérieur de moi, mais pas trop car je ne voulais pas qu'il s'inquiète.

Ensuite c'est lui qui me racontait ses découvertes du jour. Elles étaient innombrables.

« Attends, je vais t'emmener au champ du vert. »

Il m'emmenait au-delà de la colline, dans le vallon de la Marquise, découvrir de minuscules ruisseaux tapissés de cresson, agités de toute une vie fluide dont je rêvais ensuite avant de m'endormir. D'autres fois, il creusait la terre près d'un arbuste et me montrait des nids de guêpes, enterrés. « Les blaireaux sentent l'odeur du miel et viennent prendre leur dessert ici... » Grand-père m'acceptait telle que j'étais. Avec lui je n'avais pas besoin de donner des preuves, d'être autrement que ce que j'étais, je me sentais aimée et confirmée comme quelqu'un de bon et d'estimable.

Ma grand-mère, avant de mourir, donna la ferme à son cadet.

Mon père mourut cinq mois plus tard. J'ai toujours vu mon oncle comme l'assassin de papa. Il n'aurait pas dû accepter la ferme. Il est des silences qui assassinent plus vite que les mots. Mon père était aimé pour sa compétence. Chaque année, les artisans du village lui offraient gentiment, pour ses enfants, une réalisation faite de leurs mains, et chaque fois grand-mère disait : « De toute façon, ils nous le doivent, ils ne font que la moitié de leurs devoirs, ils nous volent assez le reste de l'année ! »

Au premier de l'an, grand-père baptisait solennellement la bûche. Cette bûche, il l'avait sortie longtemps à l'avance du tas de bois. Et au début de l'automne il la plaçait en haut de l'armoire du couloir, on n'avait pas le droit d'y toucher. Ce jour-là, pour fêter le premier jour de l'année, il mettait cette bûche dans le feu puis l'arrosait doucement, avec un mélange d'eau, de vin de noix et d'herbes, en demandant au feu de ne pas la consumer trop vite. « Pour que nous ayons du feu toute l'année. Du feu et aussi du pain, du pain et aussi de l'eau, de l'eau et aussi du soleil, du soleil et aussi – là il nous regardait chacun et terminait : du soleil et aussi de l'amour. »

Nous étions tous autour du feu, soutenant le rituel, les yeux fixés sur les flammèches et les brandons, tentant de toutes nos forces de retenir avec notre regard la gourmandise de l'âtre. Je ne sais sur quel repère s'appuyait grand-père pour apprécier le résultat. Toujours est-il qu'à un moment donné il cessait de jeter les gouttes d'eau sur la bûche, il parlait au feu, lui donnait l'autorisation d'oser sa faim, son plaisir : « A toi maintenant, prends tout le plaisir que tu veux, tu l'as bien mérité ! »

Avec mes yeux d'enfant, je voyais alors comme une réponse, un éclat, une éclaboussure joyeuse et le feu soudain montait plus haut, la bûche scintillait, elle semblait rire. Nous poussions un grand soupir, l'année à venir pouvait nous accompagner. Le feu ne nous lâcherait pas, il serait un bon compagnon pour notre famille. Il y aurait du pain pour la faim, de l'eau pour les champs, du soleil pour faire pousser le blé, de l'amour entre nous pour nous aider à affronter la vie. Durant cette cérémonie, grand-mère se tenait à l'écart, la bouche pincée, et je sentais qu'elle n'osait pas intervenir car, malgré tout son amour, grand-père pouvait être d'une violence inouïe. Je l'avais vu, un soir, soulever sa femme d'un seul bras et lui chuchoter les yeux étincelants : « Je ne peux t'enlever ta méchanceté mais je peux la briser si tu ne la retiens pas... »

Parmi les gestes sacrés de grand-père, il y avait aussi le baptême du pain. C'était toujours au premier repas qui suivait le baptême de la bûche. Le grand pain était apporté par ma mère, dans un linge propre. Papa le découvrait lentement, grand-père le regardait longuement, ses gros doigts étaient tendres et pleins de bonté quand il saisissait la miche, essuyait lentement la farine qui pouvait encore l'entourer, puis il la calait au creux de son bras gauche. Avant de prendre le couteau, il tapotait sa veste pour enlever les quelques traces de farine qui s'y trouvaient, puis il faisait avec un geste large, qui débordait de la table, une croix sur le ventre du pain, effleurant avec la lame du couteau la croûte brune. Il découpait lentement, très lentement, les tranches que nous venions prendre un par un, par ordre de vie : le plus petit était servi en premier, grand-mère ne prenait pas de tranche. « Je ne mange jamais de pain le premier jour de l'année, il faut penser aux pauvres », disait-elle sans rougir. Je crois qu'elle ne voulait pas donner à grand-père le plaisir de baptiser du pain pour elle. A la fin, la dernière tranche était placée sur une assiette vide, au bout de la table, place qui, durant ma vie d'enfant, n'est pas souvent restée libre. Elle était fréquemment occupée pour accueillir l'invité, l'inconnu, le pauvre, le malheureux, celui qui serait dans le besoin. « Une porte ne se ferme pas sur le malheur des autres. Celui qui vient frapper à ma porte a droit au gîte et au manger. » Les gens devaient se donner le mot car, chaque année, le premier jour, il y avait quelqu'un pour manger la tranche de pain et ce qui allait avec.

La plupart du temps, au printemps et à l'automne, elle était occupée par des chemineaux. Ils devaient en parler entre eux, mais ils ne restaient jamais au-delà du repas du soir, grand-mère devait leur donner la chair de poule !

Grand-père était un homme bon. Il avait une qualité d'être si intense, si présente qu'il donnait à chacun le sentiment qu'il pouvait commencer à s'aimer, s'il ne l'avait pas osé avant. C'est avec lui que j'ai appris à me respecter, à me donner de la valeur et surtout à laisser grandir un petit germe d'amour pour moi. Je lui dois d'avoir pu garder dans les moments les plus terribles de ma vie une capacité de confiance, une énergie et une compassion joyeuse pour les aspects les plus négatifs de moi-même.

Je fus longtemps la seule à pouvoir me supporter et durant de longues années, après être devenue femme, je suis restée célibataire, car on croyait que j'avais mauvais caractère. Aujourd'hui, comme vous le savez, je vis avec Henri, le seul qui illumine ma vie de femme. C'est le seul homme que je connaisse qui possède cette qualité de l'attention qui me rappelle grand-père. Je suis heureuse de l'avoir rencontré et aimé.

La dame au perroquet bleu

> Le calme peut attirer le bruit ou provoquer le silence, à nous de choisir notre écoute.

L'école primaire, la grande école comme nous l'appelions, se trouvait deux rues après l'école maternelle et Robert ne s'était jamais aventuré au-delà de la rue Sainte-Lucie. Depuis l'âge de cinq ans il allait chaque matin en toute saison, comme un grand, tout seul à l'école, suscitant à la fois l'admiration et l'inquiétude des autres enfants, qui rassuraient leur mère en acceptant d'être accompagnés par elles.

Mais cette année-là, Robert entrait à la grande école.

Pour ce premier jour, il devait s'aventurer en territoire inconnu. Très tôt dans sa vie, Robert avait toujours eu peur d'être en retard, aussi partait-il avec plus de quarante minutes d'avance pour un trajet qui lui en demandait à peine dix !

Ce matin-là, arrivé devant l'école maternelle, celle de l'an passé, il marqua un petit temps d'arrêt devant le portail, il se baissa et renoua soigneusement les lacets effilochés de ses chaussures. Il avait pris un peu de temps pour les cirer et elles paraissaient suffisamment présentables pour qu'il n'eût pas honte.

Le portail était fermé, mais il ne pouvait s'empêcher de guigner sur la fente qu'il connaissait depuis toujours, pour tenter d'apercevoir la silhouette à la fois rassurante et inquiétante de Madame Gelée, la directrice.

Madame Gelée pesait cent mille kilos – tous les enfants qui l'avaient fréquentée vous l'auraient confirmé. Elle pouvait se déplacer sans bruit, invisible, sans ombre, elle tombait d'un seul coup derrière vous, sa poitrine menaçante à l'aplomb de votre tête. Madame Gelée ne criait pas, parlait a minima. Le jour de la rentrée elle faisait un discours accompagné de grands gestes ! Durant le reste de l'année, elle parlait uniquement avec les mains, quelquefois avec un seul doigt. Elle faisait un geste et le ciel basculait, la cour de récréation ou le couloir tourbillonnait, les visages des enfants se télescopaient. Elle levait un seul doigt, et vous changiez de corps et de pensées, ou d'intentions.

Robert approcha encore plus son œil gauche, il voyait mieux avec l'œil gauche, il l'avait souvent expérimenté en tentant de regarder, à l'abri de son pupitre, en direction des jupes de Madame Labelle. Aujourd'hui ce qu'il voyait c'est un bout de cour déserte dans le prolongement du préau, avec le cabinet réservé aux maîtresses tout au fond. Robert regarda plus attentivement, se haussa sur ses jambes pour tenter de surprendre encore une fois au moins, Madame Labelle, mais il ne vit que les portes fermées des toilettes et une femme de ménage qui traversait la cour.

Il se détacha à regret, marcha quelques pas à reculons, ne quittant pas des yeux le bâtiment jaune de sa première école. Parvenu au coin de la rue, il eut un petit sursaut, enfonça sa tête dans les épaules, serra plus fort son cartable neuf, appela tout bas sa maman à la rescousse et s'engagea sans faiblir vers l'inconnu, c'est-à-dire sur le chemin de son nouvel avenir scolaire.

La maison était dans un léger renfoncement et il ne vit pas tout de suite le perroquet, seulement la dame qui lui souriait. Et quand il entendit par deux fois une voix aiguë crier : « Tu n'es pas un garçon, tu n'es pas un garçon », il se figea. Il s'arrêta bouche bée car la dame n'avait même pas bougé ses lèvres. Il pensa aussitôt qu'il allait être en retard et s'élança vers la rue suivante, celle de la grande école : Ecole de garçons Lespinasse. Ce qui était sûr, c'est que le perroquet était bleu avec des yeux jaunes, ronds, perçants comme une sonnerie trop stridente.

Il vécut une première journée d'étonnements et de découvertes dont la plus stupéfiante était qu'il ne fallait ni parler ni bouger, dans cette école-là. A la fin de l'après-midi quand il sortit dans la rue, moite, les muscles de sa mâchoire et de son cou lui faisaient mal, il se sentait tout raide, nauséeux, comme rétréci. Il découvrait douloureusement que la grande école rétrécissait les enfants.

En repassant le soir devant la fenêtre au perroquet bleu, il ne vit rien de particulier. Les rideaux étaient tirés, la pièce principale et même la maison semblaient vides. Il remarqua seulement une poupée de chiffon suspendue à l'espagnolette d'un fenestron du premier étage.

Plus tard, il sut que c'était seulement le matin, quand le soleil donnait au plein de la façade, que la dame au perroquet bleu l'exposait, « lui faisait prendre l'air », comme elle disait, « car il vient d'un pays où il y a toujours du soleil ». Et il y avait chaque fois une double tonalité dans cette courte phrase : attirance et nostalgie et aussi répulsion et refus.

Le lendemain matin, il marqua un temps d'arrêt avant d'arriver devant le renfoncement, se pencha, coula un œil prudent. La dame était là et lui souriait. Avant même qu'il pût retirer sa tête, la phrase retentit encore plus affirmative que la veille : « T'es pas un garçon. » Cette fois il répondit : « C'est pas vrai. » Le perroquet bleu ne lui laissa pas poursuivre sa défense et répéta : « T'es pas un garçon, t'es pas un garçon. »

Le troisième jour le perroquet n'était pas là, il n'y avait pas de soleil, mais la dame au perroquet bleu semblait l'attendre. Elle lui demanda s'il avait pris son petit déjeuner, s'il avait faim. Il répondit : « Un tout petit peu !

– Attends, ne bouge pas, je vais t'ouvrir », et quasi instantanément une porte s'ouvrit. Elle donnait non pas comme chez lui, directement sur la cuisine, mais sur un couloir large et frais.

« Pose ton cartable là, j'ai tout préparé », lui dit-elle.

Il n'avait jamais vu de salle à manger aussi grande et surtout autant de bonnes choses, que son regard rassembla en un clin d'œil : la grosse motte de beurre, trois pots de confiture de couleurs différentes, un grand bol avec des dessins en bleu, la petite cuillère, le couteau scintillant, la nappe lumineuse et surtout plein de pain croustillant qui reposait dans un paneton d'osier. Puis il découvrit la tasse, la soucoupe, une autre petite assiette, quand elle le fit asseoir et qu'elle étala le beurre sur la mie qui ployait tandis que la croûte crissait sous les frôlements de la lame lisse d'un couteau à beurre. Il devait se souvenir longtemps de ce bruit-là et plus tard, devenu homme, ne laissa jamais à personne le soin d'étaler le beurre sur son pain, pour retrouver la musique ou l'émotion de ce geste.

Ce premier deuxième petit déjeuner fut quelque chose d'inouï. Et quelque quarante ans plus tard quand il m'en parla, ses yeux s'animèrent, sa bouche devint plus vivante sur un sourire encore ouvert sur tout le plaisir engrangé. Ce matin-là il mangea comme s'il n'avait pas été nourri depuis des semaines. La dame au perroquet bleu, silencieuse, lui souriait toujours, l'encourageait du regard, approuvait chaque bouchée, mimait avec un plaisir qui semblait intense chaque gorgée du chocolat chaud, onctueux, qu'il avalait. Elle essuya même sur un coin de ses propres lèvres un semblant de mousse déposée sur celles de Robert.

« Elle ne m'a jamais rien demandé, me confia Robert. Il n'y a jamais eu de contrepartie visible. Ce fut une des rares personnes de ma vie qui m'aient donné gratuitement. Sans introduire un troc relationnel quelconque, elle donnait gratos, tu comprends ?

J'ai appris avec elle à recevoir sans me sentir obligé de rendre... »

A l'école, ce matin-là, Robert fut un guerrier. Il décocha une bourrade et leva le poing vers un plus grand qui prétendait lui contester l'écorce usée du vieux platane contre laquelle Robert désirait s'appuyer pour rêver encore et encore à cet étonnant petit déjeuner. Il n'avait ni vu ni entendu le perroquet, qui déjà le fascinait.

Il ne savait pas encore que c'était le début d'une relation qui allait durer près de cinq années. Que chaque jour d'école il déjeunerait, deux fois, partant toujours à l'avance, n'arrivant jamais en retard. Une seule fois il refusa le deuxième petit déjeuner en secouant simplement la tête quand il passa devant la dame au perroquet.

Ce fut le lendemain de ce matin-là qu'elle lui dit son prénom : « Je m'appelle Mathilde », et tout de suite le perroquet ajouta : « T'es pas un garçon. » Robert se contenta de le regarder en levant le sourcil droit, ce qui lui donnait l'air de préparer une réponse éblouissante, qu'il gardait pour lui. Par la suite, je l'ai toujours connu avec cette expression qui laissait chacun dans l'expectative d'un événement à venir, qui devait certainement être étourdissant s'il jugeait qu'on valait la peine qu'il le provoque. Ce fut cette année-là que Robert devint un rêveur, avec du mal à vivre le présent, comme s'il attendait toujours la suite, une suite nécessairement décevante qui ne correspondrait jamais à son attente.

Son refus d'accepter le petit déjeuner de Mathilde le matin précédent était dû au fait qu'il devait rendre cinq cents lignes et qu'il lui en manquait trente-deux. Il pensait les terminer pendant la leçon d'éducation civique.

L'origine de ces cinq cents lignes était ubuesque, Robert aurait dit injuste et plus tard absurde. La mère de Robert, redoutant qu'il ne devienne tuberculeux comme son grand frère qui séjournait en sanatorium, lui faisait prendre régulièrement de l'huile de foie de morue, ce qu'il détestait.

L'épisode des cinq cents lignes s'était déclenché quand le maître, parlant des croisades, avait énoncé, à son habitude, une affirmation interrogative, demandant aux élèves : « Qui était le chef le plus populaire de l'armée des croisés ? Godefroy... Godefroy de... »

Comme le regard du maître s'était posé sur Robert, celui-ci, dans un grand élan de reconnaissance, puisqu'il savait, s'était écrié : « De morue ! »

Personne dans la classe n'avait ri ou même bronché. Tous connaissaient directement ou indirectement l'huile de foie de morue et aucun ne s'étonnait de l'association libre de Robert.

Le maître s'était avancé vers lui, l'avait fixé, incrédule, puis lui avait jeté rageusement : « Tu me feras cinq cents lignes avec la phrase suivante : On ne fait pas l'intéressant devant ses petits camarades avec des mauvais jeux de mots ! Répète après moi : On-ne-fait-pas-l'intéressant-devant-ses-petits-camarades-avec-des-mauvais-jeux-de-mots. »

Que Robert écrivit scrupuleusement : « jeux de maux ». Ce qui représentait quand même – il s'en rendit compte en l'écrivant – une phrase d'une ligne trois quarts. Ces cinq cents lignes, outre leur longueur, prolongée en sept cent cinquante lignes, lui firent beaucoup de mal. Cet événement engendra chez lui une réticence et parfois une répugnance inexpliquée vis-à-vis des enseignants à lunettes ! Plus tard, devenu lui-même professeur, il eut toujours du mal à accepter des collègues affligés de lunettes.

Ce fut la seule fois, durant toute sa scolarité primaire, où il fut infidèle au petit déjeuner de Mathilde.

Pendant les grandes vacances scolaires, Robert ne donnait aucun signe de vie, Mathilde non plus. Mais à la rentrée scolaire suivante, dès le premier jour de classe, le rituel recommençait quand le perroquet bleu lui disait : « T'es pas un garçon ! »

Ce fut au milieu de la deuxième année qu'il découvrit Fanny.

Il avait presque huit ans et demi quand un matin, outre le petit déjeuner tout préparé, il vit assise sagement sur une chaise de la salle à manger une petite fille qui paraissait avoir six ou sept ans. « Elle s'appelle Fanny, dit Mathilde qui ajouta : Je n'ai pas eu d'autre enfant, c'est pour cela que je l'ai mise en pension. »

Et Robert, qui devint professeur de mathématiques, ne comprit jamais la relation de cause à effet entre : « Je n'ai jamais eu d'autre enfant » et « c'est pour cela que je l'ai mise en pension ».

C'est bien plus tard, à l'automne flamboyant de sa vie d'homme, qu'il entendit la souffrance cachée de Mathilde de n'avoir jamais eu de garçon, en écho à sa propre blessure à lui d'être le père de quatre filles.

Fanny, chaque fois qu'elle se trouvait présente, trois ou quatre fois par an, ne lui adressait jamais la parole. Assise droite sur sa chaise, les pieds d'équerre sur le sol, les mains reposant sur le berceau de sa jupe blanche, il ne la vit jamais habillée d'une autre couleur. Fanny, qui devait en vouloir à sa mère et au monde entier, s'obligeait à rester silencieuse pendant tout le temps du petit déjeuner de Robert, ne le quittant pas des yeux, lui refusant tout geste, tout sourire.

Depuis le premier jour où il la vit, Robert ne cessa de penser à elle. Le perroquet devint son ami et même quand il criait « t'es pas un garçon », Robert lui souriait et lui tapotait sur la tête en lui disant « d'accord, d'accord ! ».

Chaque matin d'école, à peine franchissait-il le seuil de la salle à manger de Mathilde qu'il cherchait Fanny des yeux, qu'il guettait un bruit, un déplacement imperceptible dans la maison. Plusieurs fois il la soupçonna d'être là, tapie, observante dans l'ombre, habile à ne pas se montrer.

Ces jours-là, il s'arrangeait pour manger de tout, sans l'aide de Mathilde, déplaçant bruyamment le pot de miel ou de confiture, espérant la faire sortir ou apparaître. Il imaginait que c'était à elle de lui parler la première, de faire connaissance et même de l'accueillir gentiment.

Il craignait par-dessus tout un rejet, un regard de mépris, peut-être pire, de pitié sur lui, s'il commençait une avance, s'il tentait un apprivoisement.

Mathilde, elle, l'accueillait toujours avec chaleur, avec bonté, avec une sorte d'acceptation inconditionnelle qui s'inscrivit durablement dans le corps de

Robert. Cela lui donna beaucoup d'assurance, une confiance profonde qui l'aida puissamment dans ses périodes de doute et d'interrogations, au mitan de sa vie.

Il avait dix ans et demi quand il prit son dernier petit déjeuner chez Mathilde. Cela précéda de quelques mois son départ au lycée avec sa réussite à l'examen d'entrée en sixième.

Un vendredi matin, il s'installa à son habitude sans un mot, commença à mordre dans les tartines de Mathilde. Fanny était là, muette comme de coutume, immobile, le visage fermé, le corps tendu, un peu sur la défensive, accusatrice dans son silence. Et cependant reine toute-puissante, inflexible dans son refus, dominante dans cette relation muette qu'elle imposait à Robert depuis le début de leurs rencontres.

Quand soudain une voisine essoufflée et ravie vint prévenir que le perroquet bleu, par on ne sait quel miracle, avait quitté son perchoir sur lequel il était pourtant attaché et s'était juché sur l'enseigne du cordonnier. Mathilde sortit en courant et à peine venait-elle de quitter la pièce que Fanny se leva, grimpa d'un seul bond sur sa chaise, se tint debout devant Robert, leva ses jupes et montrant son ventre rond, ses cuisses bien dessinées, la fente rose de son sexe inscrite d'un seul trait, lui dit en articulant chaque mot : « T'es un garçon mais t'as pas tout ça, toi, t'as rien de tout ça ! » Elle tint sa robe longtemps relevée pour bien montrer à Robert tout ce qu'il n'avait pas. Quand Mathilde revint, Fanny avait repris sa place de petite fille silencieuse, seul son regard avait changé et il y brillait une petite lueur de triomphe, peut-être aussi de compassion.

Mathilde tenait le perroquet bleu dans ses bras et quand Robert entendit cette phrase, qu'il avait subie des centaines de fois : « T'es pas un garçon », une vague de désespérance inouïe déferla en lui. Des pleurs venus du fin fond de son histoire assaillirent ses yeux, sa gorge, l'entièreté de son corps.

Il sanglota longtemps dans une solitude infinie, habité par une souffrance plus archaïque que celle de son arrivée au monde, quand il avait été « arraché » du ventre à l'aide d'une césarienne. Une douleur lancinante qui venait du plus lointain de l'imaginaire de sa propre mère incendia sa pensée.

Il savait maintenant, de façon irrémédiable, qu'il ne serait jamais une fille.

Il ne revint plus jamais chez Mathilde.

Il termina l'année à la grande école, en faisant un long détour pour éviter de passer devant la maison au perroquet bleu, le premier de tous les détours qui jalonnèrent par la suite la plupart de ses errances. Il en fit souvent dans sa vie car les chemins trop habités sont les labyrinthes de l'existence qui nous conduisent ou nous éloignent du sens de notre histoire.

Nous sommes toujours en retard d'un avenir

> Ce qui rend beau les gens, c'est le regard de l'amour.
>
> Jérôme SAVARY

J'étais là, dans la chambre de mon fils Romain, assise au bord de son lit, devant cette lettre chiffonnée dont je reconnaissais l'écriture : cette façon à lui, si particulière, de dessiner des « l » et de laisser danser les « r ». Je tentais de lire un mot, qui semblait se dérober dans ses significations multiples mais dont je sentais qu'il faisait d'un seul coup vaciller toutes mes certitudes sur lui.

J'oscillais entre évidence et doute et retrouvais en moi les germes des conflits anciens qui m'avaient toujours tenaillée depuis la naissance de cet enfant.

C'était bien lui qui avait écrit la lettre, sans aucun doute. J'accédais brutalement à cette part d'inconnu et de menace diffuse qui me faisait découvrir soudain mon fils comme un homme.

Il y a quelques mois encore, j'exprimais devant des amis ma colère et ma déception d'avoir un enfant de seize ans aussi immature, aussi égoïste, et surtout sans aucune délicatesse ou sensibilité envers ses copines, quand il les invitait à la maison.

Même sa propreté corporelle me semblait quelquefois douteuse tant il m'irritait par son laisser-aller. J'avais un parfait barbare comme enfant. C'est normal, j'avais épousé un homme du paléolithique.

Depuis de nombreuses années, je refoulais ma souffrance, ma déception, je n'osais anticiper l'avenir de ce garçon que j'avais porté dans mon ventre avec une allégresse si confiante, bercé, nourri dans ses premières années, avec un amour si inconditionnel, si présent, si inquiet surtout. Est-ce que j'en payais le prix aujourd'hui ?

Au début, en lisant ces papiers plus ou moins chiffonnés, j'avais pensé que c'étaient des lettres d'amour qui auraient pu m'être adressées mais, dès la cinquième ligne, j'ai entendu qu'il écrivait, qu'il parlait, qu'il tutoyait familièrement, amoureusement, respectueusement la mère de Jean, son meilleur ami. Ce qui m'étonna le plus, ce fut que je n'étais pas étonnée. J'entrais enfin dans l'évidence de mille signes qui prenaient sens.

Il n'écrivait pas à Noémie la sœur de Jean qui lorgnait sur lui depuis deux ans, et ne manquait aucune occasion de le provoquer, c'est-à-dire de le mettre en défaut, il s'adressait à Laure.

Je n'avais jamais su le prénom de la mère de Jean dont j'entendais parler depuis plusieurs mois et j'étais si stupéfaite de ce que je lisais, de ce que je découvrais, que j'en oubliais d'être jalouse. Comment être jalouse d'ailleurs devant quelque chose d'aussi beau ? C'est la densité de cette relation révélée, sa gravité lumineuse, l'éblouissement de mon fils et sa rigueur quand il écrivait à cette femme, qui me troublaient.

... Un moment, j'ai imaginé que notre relation pouvait être malsaine, aux yeux de ceux qui n'auraient vu que les vingt-huit ans de différence entre nous et, plus encore, aux regards de ceux qui m'auraient vu comme un enfant...

J'ai beaucoup douté de moi-même.

Est-ce que j'avais utilisé, pour aller vers vous, l'amitié de Jean envers moi ? Ma propre attirance, au début, pour sa sœur Noémie ?

Tous mes copains s'émerveillaient de voir une « terminale » s'intéresser à « un » de seconde. Mais tout cela est si lointain, si étranger à celui que je suis aujourd'hui... Et de tout ce que j'ai vécu avec vous, rien ne m'appartient, tout est à vous. Je vous fais cadeau de moi. C'est vous qui m'avez révélé, Laure, par un simple regard, si confiant.

Avec quelques gestes, vous m'avez apprivoisé. Par la sensualité de votre corps dans vos robes, vous m'avez éveillé. Les mêmes jupes ou corsages qui me paraissaient si insupportables chez ma mère, vous les portiez avec une grâce infinie.

Ma mère doit se souvenir encore de mon expression favorite [il avait écrit oppression, puis barré le op], chaque fois qu'elle achetait un nouvel ensemble. « Quelle horreur ! Tu ne vas pas sortir comme ça ? » Et son ex-mari, mon père qui la soutient toujours, qui s'extasie béatement devant ce qu'il appelait son élégance intuitive, naturelle ! Je le soupçonne d'être tou-

jours un peu amoureux de son ex-femme, même s'il s'en défend en prenant son piano à bras-le-corps, comme s'il voulait jouer un andante de Mozart à quatre mains à lui tout seul... Quand ils vivaient ensemble, ils jouaient souvent à quatre mains, les dimanches après-midi et les jours de fête...

J'étais à la fois chavirée, émerveillée et en colère, un peu honteuse, de mon enfant, devant ce garçon, cet homme... Emerveillée de « mon » petit qui écrivait des lettres que je n'avais reçues d'aucun des amants qui avaient jalonné ma vie.

En colère contre moi-même de n'avoir pas su imaginer que mon fils n'était plus un enfant, honteuse aussi de découvrir qu'il pouvait commencer sa vie amoureuse non pas avec une adolescente de son âge, mais avec une femme plus âgée que moi.

Tous les signes que je n'avais pas entendus jusque-là se cristallisaient soudain pour prendre sens, pour me permettre enfin d'entendre tout ce que je n'avais pas voulu écouter.

Il y avait quelques mois j'avais pris un air très détaché pour demander :

« Mais quel âge a-t-elle, la mère de Jean ? »

Et lui de me répondre, avec une légère accélération de la voix :

« Elle a quarante-cinq ans mais elle fait bien dix ans de moins... – en laissant quelques secondes sa phrase en suspens : On dirait qu'elle est aussi jeune que toi... »

Et d'un seul coup je revoyais le flacon de parfum qui représentait le drapé subtil d'un flacon qui faisait fureur dans une publicité de la télévision. Une pensée désagréable m'avait traversé l'esprit en voyant ce flacon dans la trousse de toilette de Romain. Est-ce qu'il ne serait pas homosexuel ? Non, quand même, je l'aurais senti. Bon d'accord, je le sais, tous les adolescents passent par une phase d'incertitude, de trouble, de recherche... Oui, il est possible qu'il ait été attiré par un autre garçon, pourquoi pas après tout ! D'ailleurs avec sa sensibilité, il n'y aurait rien d'étonnant. C'est fou ce qu'il est beau, ce garçon, quand il le veut ! D'accord il m'irrite souvent, mais je sais que toutes mes amies lui trouvent beaucoup de charme.

Une image se précisait en moi.

A la dernière réunion des parents d'élèves, suite à la remarque de son professeur de mathématiques qui le trouvait peu fiable, irrégulier et même inconsistant, Romain avait brusquement éclaté en sanglots, comme si toute la détresse du monde remontait d'un seul coup, du fin fond de son histoire. Ce besoin d'être reconnu à fleur d'espérance, si présent, si palpable, si exigeant chez lui. Les professeurs qui ignoraient cet aspect caché de leur élève s'étaient tus, gênés, et surtout surpris par ce grand gaillard qui pleurait sans aucune retenue sur le fait d'avoir déçu ! Surtout un homme...

... Cette soirée merveilleuse où, assise près de moi, vous regardiez votre fils Jean danser, en me laissant vous regarder, m'emplir de tous les visages de vous que je ne connaissais pas encore, que vous me laissiez découvrir lentement comme si vous vous dénudiez devant

moi. Je m'enivrais de votre parfum et je me rassurais au plein de votre présence si proche...

Dans une autre lettre, Romain me surprenait encore. Il soulevait en moi des émotions que je ne croyais pas possibles.

... Quand je suis parti en Angleterre pour passer quelques jours de vacances chez mon père, à l'aéroport de Londres j'ai acheté votre parfum. J'avais noté en cachette la marque sur votre flacon que j'avais entrevu dans votre chambre.

Ce parfum, je le respire de temps en temps en ouvrant seulement le flacon. C'est comme si je me penchais sur vous, tout près de votre cou, et que vous m'accueilliez comme vous savez le faire. Ce parfum ne ravive pas votre souvenir, il donne de la présence à votre absence.

Où que je sois, en le respirant c'est la forme de votre corps qui se dessine, qui se cristallise devant mes yeux quand l'espace est suffisamment immobile pour ne pas en brouiller l'image.

Ce sont les crissements si particuliers de votre jupe quand vous croisez les jambes.

C'est l'éclat de vos yeux quand vous penchez la tête.

C'est la moue de vos lèvres quand vous prenez gravement un objet dans votre sac.

C'est votre lingerie que je reconnais sous la transparence de vos robes, dans la fuite de vos mouvements, quand soudain vous vous levez, c'est votre chair nacrée, telle que je l'imaginais avant de vous avoir vue, sans jamais l'avoir jamais vue. Même si j'ai tremblé de terreur à l'idée que je puisse l'effleurer, la toucher....

Avant de vous connaître, j'avais mis sur la sexualité entre femmes et hommes des images violentes qui me transperçaient, des images si abondantes que j'avais parfois le sentiment que c'était un autre qui les jetait sur moi. Je voyais cette rencontre comme un combat dans lequel il ne devait pas y avoir de gagnant et je craignais tellement de faire mal...

C'est mon fils qui écrivait ces mots, c'est lui qui osait révéler le plus secret de son intimité, de ses fantasmes, de ses tâtonnements, de ses désirs, de ses peurs, et tout cela à une autre. J'avais découvert ces brouillons de lettres dans ses affaires en cherchant je ne sais plus quoi. J'étais décidée à ne pas lire au-delà des premiers mots. Je n'avais jamais lu son courrier et j'enseignais, avec sincérité, à l'université qu'il est important de respecter l'intimité de ses enfants. Et cependant je continuais à lire sans me rendre compte de mon acte.

Il restait encore quelques feuillets de son écriture si particulière, si légère, si inhabituelle aussi. Une calligraphie légère, faite d'arabesques autour des mots, une écriture si soignée, si propre, lui qui me paraissait toujours si désordonné dans les choses de la vie.

Je savais que je n'avais pas le droit d'entrer dans l'intimité de mon fils. C'était sa vie, ses confidences à une autre, des secrets qui lui appartenaient. Mais tout cela me semblait en même temps si irréel, impensable, impansable, devrais-je entendre plus tard, que Romain puisse être amoureux de la mère de Jean, son copain de seconde.

Oui, c'était normal qu'il ait une vie personnelle...

Un enfant ne doit pas tout dire à ses parents, surtout à sa mère. Et c'est toujours très grave de violer le jardin secret de quelqu'un !

A son âge, le jour où ma mère avait fait allusion à mon journal intime, j'étais prête à l'étrangler, à tout casser, à rejeter une famille qui ne respectait pas son enfant, à tout quitter pour m'enfuir loin de leurs regards, de leur pseudo-compréhension.

D'ailleurs, Romain laissait souvent traîner des petits papiers, toujours pliés en trois ou en quatre, jamais en deux. Je l'avais bien remarqué, sans y attacher jusqu'à ce jour une importance particulière. Quand j'en trouvais, je les rassemblais pour les déposer dans sa chambre, sur son bureau.

Bon, tant pis, au fond je n'avais pas vraiment besoin d'en savoir plus. Mais que disait-il déjà au début de ce dernier feuillet ? « ... A toi, cette femme que j'admire... » Ah oui, c'est cela qui m'avait fait penser que je pouvais être la destinataire de cette lettre.

Parce qu'il me l'avait déjà dit, même s'il me critiquait souvent, que j'étais une femme qu'il pouvait admirer, de temps en temps. Surtout quand je ne m'enfermais pas dans le réactionnel ! Nous avions jusqu'à ces dernières années, une relation très proche, très affectueuse, bien sûr parfois chargée de beaucoup de rejets, de défenses et de violence. Quand il me rejetait sans appel, j'imaginais que c'était normal, qu'il redoutait l'emprise que j'aurais pu exercer sur lui.

Moi qui me gardais d'être trop envahissante ou possessive, même si je ne cessais de penser un seul instant à lui. Ma façon de rester à ma place de mère, c'était de m'occuper de lui, de veiller à ce qu'il aille bien, d'avoir le souci permanent de son bonheur.

Et puis, en troisième, son copain Jean était entré dans sa vie, gentil garçon, éducation parfaite, toujours soucieux de me plaire. Chaque fois qu'il me voyait, Jean se soulevait légèrement de sa chaise quand j'apparaissais, inclinait sa tête sur une formule de politesse toujours la même : « Enchanté de vous voir, madame. » Son langage était recherché, un peu suranné. Incontestablement il venait d'un bon milieu.

Je ne sais pourquoi, j'avais imaginé que ses parents l'avaient eu sur le tard, qu'ils devaient être plus âgés, représenter peut-être pour mon fils des grands-parents parfaits. J'avais cru aussi que l'intérêt soudain de Romain pour le golf avait pour origine Jean, même si celui-ci préférait le tennis. En fait, c'est Laure qui jouait au golf, qui participait à des concours avec un bel handicap.

... Vous ne pouvez savoir le plaisir, j'ai envie de dire l'honneur dans le sens de reconnaissance, que vous m'avez fait en m'invitant à votre club pendant les fameuses grèves de novembre. J'entrais dans un autre monde ! Je me suis senti exceptionnel, vous allez rire, mais je sais que vous pouvez l'entendre. Plus exceptionnel que toutes les fois où j'ai cru que je l'étais. Vous aussi vous êtes un être d'exception. Personne n'a su me rencontrer comme vous, m'offrir sa confiance, son corps, ses désirs, me donner cette liberté d'être qui a transporté ma vie en quelques semaines.

... Je vous écris dans ma tête sans relâche. Je veux tout garder. Chacun de vos gestes vers moi, vos cris,

vos abandons. Je ne veux pas me lasser de recréer vos seins, votre ventre, votre sexe doux, votre bouche m'appelant : « Mon amour, mon cœur, mon tout vivant. » J'ai tellement peur d'oublier une seule des marques d'amour que je reçois de vous... Peur de ne pas savoir ce que j'ai à vous dire. Surtout l'essentiel, ma peur de vous perdre. Qu'un jour vous puissiez vous réveiller, redevenir seulement la mère de Jean. Nous sommes vous et moi l'éphémère inouï d'une réalité inimaginable.

Il y a du miraculeux dans notre rencontre. Si vous n'aviez osé les premiers gestes, s'il n'y avait pas eu ce voyage à Paris, et ce premier soir à nous deux, seulement à nous deux. Je ne remercierai jamais assez Jean de son choix, de partir au dernier moment, d'aller chez son père, nous laissant seuls. Mon impatience maladroite, votre faim de moi comme vous me l'avez chuchoté, ma soif de vous plus proche encore...

Puisque j'ai commencé... pensa-t-elle. Il ne reste que quelques feuillets, j'irai jusqu'au bout... mais c'est vraiment un secret que je garderai en moi.

... Votre corps parfait, je n'avais jamais imaginé qu'une femme puisse être aussi belle, aussi présente et même plus belle que vous. D'ailleurs je ne vois plus les autres femmes, elles sont devenues des ombres...

Soudain elle se mit à pleurer devant cette découverte étonnante, évidente, celle d'un grand respect pour son fils. Pour la première fois de sa vie, elle pouvait respecter son fils. Elle sentait que ce qu'elle découvrait concernait l'amour de son enfant pour une autre femme qu'elle, que cet amour était différent, qu'il ne mettait pas le sien en concurrence. Elle rassembla tous les feuillets, les lissa et les déposa sous un livre, dont le titre resta à jamais dans sa mémoire : *Les Sept Nuits de la reine*[1].

Il semblait manquer beaucoup de feuillets, peut-être avait-il osé les envoyer, peut-être Laure les avait-elle reçus.

1. Christiane Singer, Albin Michel.

Je t'aimais et j'étais sûr que tu m'aimais...

> Ce que l'on reproche avec le plus de véhémence à l'autre, c'est ce qu'on n'a pas su recevoir de lui.

Dans une existence qu'on voudrait paisible et heureuse, il n'y a rien qui ne complique plus les choses de la vie que les choses de l'amour. Rien, vraiment rien qui ne rend plus difficile le moindre échange, la moindre tentative de partage que l'apparition, la présence ou le soupçon le plus ténu de ce sentiment dans une relation. Dans une rencontre, qui n'est pas encore inscrite dans le temps, ça va encore, l'imprévisible, l'étonnement de la nouveauté dynamisent notre regard et nos émotions, nous ouvrent à des découvertes intimes, notre émerveillement est à fleur de peau.

Moi qui rêvais pour mes rencontres amoureuses de légèreté, d'abandons absolus, de fantaisie, de rires et de grandes plages de silence parsemées seulement de regards et de quelques gestes inventés dans un présent de cristal, je n'ai connu que labyrinthes, chausse-trapes, déceptions, affrontements, rejets... et bien d'autres violences proposées, imposées au nom de l'amour.

Aujourd'hui, au seuil de mes vieillesses multiples, j'ai beaucoup de mal, avec seulement quelques mots, à reconstituer l'histoire de notre amour, du mien, du tien, de ce mélange artificié qui traversa ma vie et la tienne. C'est une succession d'images contradictoires, de scènes décalées, de sensations incertaines qui surgissent, se dérobent, s'emmêlent à plaisir dans cette relation folle, si vivace qui fut la nôtre durant dix ans. Tout d'abord, même si je me complaisais à le déclamer comme tel, parce que « notre amour » n'existe pas, n'a jamais existé.

Ce qui existait – combien d'années ai-je mis à le découvrir, à l'entendre ? –, ce qui existait à un moment donné, juste quelques semaines après notre rencontre, c'était ton amour. Cet amour que tu m'as offert avec générosité, abondance, avec une liberté qui m'a émerveillé. Ce qui a existé aussi c'est mon amour vers toi, cet élan, cette envie de te donner le meilleur, de me fondre en toi... Deux amours qui se rencontraient, tellement dissemblables qu'aujourd'hui je doute presque qu'ils aient pu s'apprivoiser avec autant de facilité. Je m'étonne qu'ils aient pu se reconnaître, se choisir et s'amplifier ainsi dans les premiers temps de notre relation.

Je suis persuadé que ce fut le tien qui apparut en premier, qui s'élança vers moi, me capta, m'emporta. Amour bleu, scintillant, lumineux, magique, suscitant un tel état de grâce en moi qu'aujourd'hui encore il me donne envie de pleurer. Amour qui m'a ébloui, transporté. Moi qui me sentais si différent, tellement à part, étranger parmi mes semblables.

Tu avais des regards-offrandes, des gestes-libellules, tu m'offrais ta bouche comme un cadeau inouï. J'en fus non seulement réveillé mais régénéré. Tu fus une de mes naissances les plus vivifiantes. A chaque instant dans nos rencontres, je recevais tes yeux-caresses comme une approbation. Ton corps confirmait le mien comme s'il disait que j'avais eu raison de naître, de venir au monde pour cette nouvelle existence et d'arriver entier jusqu'à cet espace de vie qui enfin nous réunissait et, plus encore, nous accordait.

Tu avais des initiatives ravies, des abandons si ouverts que je me découvrais chaque fois plus beau, plus bon. Tu surprenais chacune de mes attentes.

« Viens, approche-toi, viens à moi. »

Et tu prenais ma main pour l'embrasser.

Personne dans ma vie n'avait embrassé le creux de ma main comme tu le faisais, en me laissant en dépôt une pulsation douce et violente qui irriguait tout mon bras, descendait par je ne sais quels chemins jusqu'à mon ventre.

Quand tu embrassais mes yeux, je sentais tes seins contre mon cou, palpitant de tant d'impatience, réveillant mon désir, une faim soudaine de toi. Quand tu baisais ma bouche, tu prenais ma nuque d'une main et de l'autre effleurais ma joue. Tu m'offrais l'intérieur de tes lèvres et, un jour, j'ai cru que j'allais avaler ta langue, tellement je la suçais avec ferveur.

Oui, tu m'as fait découvrir la ferveur ardente d'un baiser prolongé, hors du temps.

A cette époque tu sentais la vanille, j'aimais te mordiller le cou, l'épaule, l'oreille. J'adorais mordre tes reins à pleine bouche, à plein cri, affamé de tant d'abondance. Tu riais. Tu faisais glisser ton corsage pour me donner tes seins que tu tenais rassemblés dans tes mains pour mieux me les offrir. C'est un geste que tu as toujours gardé, qui n'appartient qu'à toi. J'enfouissais mon visage dans la vallée nacrée, laissée libre, juste là où mes lèvres trouvaient à chaque fois un goût de salé, une offrande ancienne. J'imaginais que des hommes, il y a très longtemps, avaient léché cet endroit avec reconnaissance, se reliant ainsi au début du monde. Puis tu libérais tes mains avec un seul mot : oui.

Tes seins m'accueillaient, immenses de bonté. Comme un nouveau-né, je t'avalais, je buvais tes mamelons, savourant sans me lasser le grenu si doux, si plein de leurs aréoles. Plaisir sans faim.

Dès que je te voyais, j'avais soif de ta poitrine et je pouvais passer des heures à lécher, à mordiller tes rondeurs qui se modelaient aux chemins de ma bouche. Je tentais de les aspirer en moi, de les engloutir avec l'espoir de les rassasier. J'ai gardé longtemps le sentiment que les seins d'une femme avaient besoin d'être nourris de regards, de baisers et de cette tendresse non dite exprimée par le seul mouvement de ma joue, lentement, doucement frottée contre eux.

Oui, oui, tu disais oui. Un oui infini qui me prenait dans ses ailes d'oiseau, qui m'emportait radieux jusqu'au rire des étoiles.

Depuis, j'ai considéré que oui était le plus beau des mots de la langue française. C'est un mot que je dessine souvent. Un jour j'écrirai un livre avec ce seul mot. J'ai tant à témoigner de tout ce que j'ai reçu de toi dans la douceur et le don de tes oui.

Ton regard aussi me fascinait par ses ombres éclatées. C'est lui surtout qui me demandait chaque fois avec une interrogation muette si intense :

« Sauras-tu m'aimer ? Sauras-tu vraiment ouvrir ton amour pour accueillir tous mes dons ? »

J'éludais mes réponses, fuyais tout engagement, je ne voulais à l'instant que ton accueil, seulement ton acceptation. Je n'étais pas encore dans la complétude de l'échange.

En ce temps-là, tu m'aimais suffisamment pour accepter que je puisse apprendre à t'aimer lentement. Sans même guider mes tâtonnements, t'impatienter de mes errances. Mon impuissance à aimer devait être trop flagrante. Je le sens aujourd'hui, j'étais encore dans les limbes de l'amour, poussière d'étoile dans l'immensité de tout ce que j'avais à découvrir.

Mon amour vint plus tard, peut-être trop tard, le tien était dans sa maturité, dans sa plénitude opulente. Le mien balbutiant, mal dégrossi, tumultueux. Une vague de fond qui avait commencé sa course bien des années auparavant aux antipodes de ma jeunesse et qui déferlait en moi avec tant de force et de maladresse qu'elle allait te blesser et paradoxalement te rejeter loin de moi. Car c'est toi qui m'as quitté.

Mon amour naissant, tâtonnant entre peurs et doutes, cherchant ses modèles aux rêves du passé, déferlant au présent des rencontres, de plus en plus rapprochées. Mon amour-cataclysme, envahissant, oppressant de trop d'attentes, maladroit de trop de retenues.

Ton amour était fait d'acceptation, d'ouverture et de joyeuseté, le mien fut inquiet, plein d'exigences et d'affirmations blessées. Il réclamait le tien comme un dû, alors que j'avais tant reçu et si peu donné. J'avais tout de toi et ne le savais pas.

Nous eûmes ensemble, durant quelques mois, un présent comblé, une période de fête, de folie joyeuse quand nos amours assoiffés se rencontrèrent et s'acceptèrent telles deux notes de musique emplies de tous leurs accords.

Nos amours enfin confondus pouvaient se recevoir l'un l'autre inconditionnellement. Ils s'amplifiaient, pétillaient, éclataient en feux d'artifice. Ce fut le temps trop court de l'abondance. Nos corps se moissonnaient dans les rires d'un été qui n'appartenait qu'à nous. Chacun pouvait s'appuyer sur l'autre pour s'élever plus haut.

Ma peau s'enflammait à la tienne. Je devenais brasier et tes sources jaillissaient de partout, ma ruisselante. Eau et feu, nous devenions l'aurore d'un univers. Nous étions l'un et l'autre enlacés dans un début de monde, défiant l'éternité de pouvoir nous séparer.

C'était le temps des certitudes et des évidences, le miel de la rencontre où chaque événement devient pollen. Je te butinais sans réserve. Tout était bon sans réticence, sans choix, ô toi mon abondante.

Quand je te pénétrais, c'est toi qui me remplissais, quand tu m'inondais, mon corps-galaxie s'envolait pour féconder la Voie lactée. Je te disais d'une voix mourante :

« Retiens-moi, retiens-moi, ne me lâche pas, ne me

perds pas », tant je craignais de me dissoudre, de ne pas revenir de là où tu m'emportais.

Et toi tu murmurais :

« Je suis là, je suis là, je te sens si fort, si doux, mon précieux, mon doux, mon tout doux, mon tant aimé... »

C'était le temps coloré de mots rares, qui n'existaient que par nous. Plus jamais je ne les ai entendus ailleurs. Les mots s'inventent, naissent et se perdent dans le surgissement des rencontres, dans l'éveil d'un étonnement unique.

Mon amourante, t'ai-je aimée comme aucune ? T'ai-je perdue à trop te désirer ou me suis-je égaré à trop te chercher ?

Je n'avais pas encore appris ce que tu as nommé un jour le miracle du papillon.

« J'étais, enfant, fascinée par les papillons, leur vol-scintillement me ravissait, la palpitation des ailes tissait la lumière d'un après-midi d'été. Un jour, un papillon s'est posé au creux de ma main et, dans le regard de mon père qui était présent, j'ai su que je ne devais pas refermer mes doigts. Je retenais mon souffle, j'avais une envie soudaine de faire pipi, je ne bougeais pas, laissant ruisseler mon eau. Puis le papillon s'envola. J'en ai gardé l'empreinte à jamais.

» Je la retrouve, cette empreinte, dans ma paume chaque fois que je te caresse. Je n'ai jamais eu honte de ma culotte mouillée, quelque chose d'essentiel s'était accompli.

» Mon père, bien plus tard, me rappela le papillon et ce jour-là il me confia un des secrets à jamais blessé de son enfance : “Moi j'avais refermé la main, pensant le garder. En ouvrant mes doigts je n'ai trouvé dedans qu'un peu de poussière décolorée, des pattes éperdues qui se débattaient. Ce jour-là, j'ai su ce qu'était un sacrilège... J'avais transformé en vide un espace de vie..."

» La vie d'un papillon m'importait peu. Toi je voulais te garder, non pour t'enfermer mais pour m'agrandir à ton contact. Tu prenais toute la place dans mes pensées. Tu m'habitais en entier, chaque cellule de moi te contenait et cependant j'éprouvais le sentiment douloureux que mon corps, parfois, était trop petit pour t'accueillir dans ta vitalité si fraîche, si expansive.

» J'aurais voulu grandir plus vite, grandir de l'intérieur. Ouvrir en moi des grottes, dégager un espace du ciel plus profond, bâtir un palais pour mieux te recevoir, ô mon ultime. »

Comme je t'aimais alors, comblé par ton amour. J'aimais pleinement ta façon de m'aimer en liberté.

Ce ne fut que plus tard, quand j'ai voulu te faire croire qu'aucun homme ne pourrait t'aimer comme moi, que ton amour à toi s'effrita, se liquéfia, devint moins dense. Ce fut terrible et dévastateur. Je ressentais comme une hémorragie en toi, chaque fois que tu marquais ton besoin d'une distance, d'une différenciation. Comme si tout cet amour, le tien à moi seul destiné, se dissociait, se perdait, s'évaporait avant même que je puisse l'accueillir et le recevoir.

Pourtant rien dans ton apparence n'avait changé. Ton regard s'illuminait à ma venue, ton corps se donnait, m'accueillait, me remplissait, fondait dans mes étreintes avec autant de fougue et d'enthousiasme. Tu restais abondance, offrande de bonheur et j'étais toujours inassouvi, assoiffé, appelant. Et cependant rien n'était plus pareil.

Je ne savais pas qu'un autre amour en toi croissait et t'emportait bien au-delà de nous vers des pays inconnus où je n'avais pas accès. Mille signes auraient dû m'avertir mais j'étais aveuglé par mes propres sentiments. J'imaginais que, puisque je t'aimais, nous devions être éternels toi et moi. Combien aurait pu être infini le temps où je t'aurais aimée encore et encore ! Mais justement, je ne savais pas vivre le temps de nous. Je ne savais plus m'inscrire dans la durée de toi.

Notre vie s'est désorganisée, émiettée, éclatée en morceaux antagonistes qui ne reconnaissaient plus leur origine. La mienne, surtout, s'est dévitalisée, asséchée car toi tu étais si comblée par tes deux amours portés au cœur de toi, diamants inaltérables. Tu dansais ta vie dans tous leurs éclats.

Jamais tu ne fus autant en accord, en harmonie avec toi-même. Tu étais somptueusement aimante.

Souveraine de ta vie, chaque fois que je voulais t'entraîner à me parler de l'autre, sur cet autre aimé, tu me recentrais : « Je t'aime, toi. » Tu n'ajoutais jamais : « Toi aussi », je le faisais pour toi, me torturant à l'infini. Réclamant pour moi seul la part de l'autre.

« Je t'aime, toi. Ne m'impose pas l'impossible. »

Alors j'ai commis le sacrilège. J'ai refermé la main pour garder le papillon, pour l'empêcher de voler, pour lui interdire de tisser la lumière... pour immobiliser sa scintillance.

Je n'ai pu m'empêcher de t'imposer l'impossible, l'insupportable, le choix. Je te voulais inconditionnellement à moi, mais d'une façon si intolérable qu'il n'y avait plus de place en toi même pour seulement m'accueillir. Je ne voulais pas te posséder et je te dépossédais de tout, du meilleur de toi, de ton abondance, de ta générosité, de ta vivance. Je m'insurgeais contre ta qualité la plus merveilleuse, celle d'être libre d'aimer et d'avoir suffisamment d'amour pour combler deux hommes.

Avec toute la violence que je ressentais contre moi-même, je luttais contre tous les dons, contre tous les abandons possibles. Je sabotais tes rires, je torturais le moindre émoi, je traquais les soupçons de plaisir. Je me suis mis à te haïr, à simplement te sentir heureuse. J'ai osé maltraiter ton bonheur et ainsi assassiner le mien.

Je ne pouvais même pas me réjouir de ta présence tant j'anticipais ton absence. Ton « sans moi » dans un projet de week-end ou de vacances était un crève-cœur, un porte-chagrin plus fort que ta présence. Quel gâchis ai-je construit avec autant d'acharnement pour tenter de tout refuser, et surtout le meilleur de toi !

A cette époque-là, je ne voulais pas savoir, je refusais d'entendre. C'était pour moi inconcevable, inconciliable, impensable d'avoir plusieurs amours en soi. Je m'accrochais désespérément à la mythologie d'un seul amour occupant tout l'être, ne le déviant vers rien d'autre. Un amour unique porteur de tout l'amour du monde. Je ne savais rien de tes richesses réelles, je n'entendais pas que tu étais miel et pollen, abeille et reine, envol et ciel. Je ne voyais rien de cette immense respiration qui te portait à la fois vers moi et vers un autre. Je ne savais rien de ce souffle puissant qui t'agrandissait, te transportait avec plus de ferveur encore de lui vers moi, de moi vers lui. Ma si vivante, que je voulais plus esseulée pour lui faire entendre le manque de moi.

Dans mon angoisse je t'aurais enfermée, attachée, réduite à l'ombre de ma possessivité.

Pathétiquement, désespérément, brutalement, je t'ai fait la guerre des sentiments, des émotions, des pleurs, des mots tueurs, des gestes froids. J'ai voulu déposer la responsabilité de ma vie sur tes épaules, te laisser croire que tu en étais seule garante.

Une guerre tous azimuts, féroce, injuste, si violente parfois qu'elle me déséquilibrait, m'entraînait jusqu'aux portes de la folie. Quand la tête, le cœur et le corps se dissocient, le chaos engendré morcèle la lucidité, tue la tendresse et abaisse le respect de soi dans une vie en dérive.

Et toi tu continuais de m'aimer, de m'accepter même odieux, et le plus terrible est que je le sentais, tout en n'ayant aucun pouvoir sur mes comportements, pas le moindre changement dans mes conduites mortifères. Mon amour et le tien ne s'amplifiaient plus, ils se réduisaient en présence l'un de l'autre. Ils se rétrécissaient, s'appauvrissaient par les rétentions et les manques que je semais. Nos amours bien différenciés se délitaient avec le désir et la peur, chez moi, de te blesser, de te rendre souffrante de ma douleur. Chez toi, ils tentaient de se protéger, de faire le gros dos sous la violence de mes silences, sous l'assaut de mes tentatives de culpabilisation, sous le poison de mes ressentiments.

Nos amours magnifiques, triomphants, généreux quand nous pensions l'un à l'autre, en étant séparés ou éloignés, se desséchaient, se désenchantaient, se désespéraient dans les moindres tentatives de rapprochement.

C'est loin de toi que je nous aimais le plus fort avec l'illusion de tous les possibles.

Je crois que c'est cette folie-là dont tu t'es séparée quand tu m'as quitté, aimante, toujours désirante. Plus espérante que je ne le fus jamais en mon propre changement.

Je demeurai blessé, sans appel, accroché à l'inconciliable. Tu étais déchirée, meurtrie, me témoignant bravement les possibles de ton amour. Je n'en voulais plus. J'ai préféré rester dans le plaisir malsain de la privation et la jouissance perverse de la victimisation.

Nous ne nous sommes jamais revus.

Je garde dans ma solitude habitée un rêve impalpable de toi. Avec le sentiment de n'avoir rien appris. Je tente simplement par des mots de révéler l'indicible de moi à moi-même. Avec pour seule rassurance une double injonction : je ne veux plus aimer, je ne veux plus être aimé. Comme si je ne savais pas qu'on ne peut dicter à ses sentiments, et encore moins... à ceux de l'autre !

Et j'écris pour ne pas me perdre, me dissoudre, pour garder la trace en moi de cet amour de toi que je n'ai pas su accueillir, agrandir et protéger de mes propres violences.

Monologue d'un homme

> Faire du plaisir un chemin vers la connaissance de soi.

J'aime les femmes et leurs mystères.

J'aime les vibrations de leur corps entre retenue et abandon.

J'aime leurs émois imprévisibles. Aucune ne m'a jamais lassé ou déçu. Certaines m'ont trahi ou abandonné, d'autres ont fait des choix de vie plus essentiels pour elles que celui de rester auprès de moi. Avec la plupart, cependant, j'ai gardé le plaisir des rencontres et des partages au creux d'une fidélité émue, même si elle est dispersée dans le temps.

J'ai fait souvent l'amour avec certaines, dans l'espérance d'un plaisir mutuel, ce qui est parfois arrivé.

Je n'en ai retenu aucune et aucune n'a su m'apprivoiser jusqu'à ce jour, du moins m'approcher suffisamment de temps pour me donner le désir de vieillir ensemble.

J'en garde caché au profond de moi un regret nostalgique.

Et comme je ne suis plus jeune, je n'ai plus le temps d'attendre, j'ai renoncé à l'espoir même d'une vie en couple, sur un même territoire, partageant tous les temps d'une journée.

J'aime ma solitude, même si parfois elle m'étreint si fort que j'envisage de la quitter ! Je crois que la solitude m'aime aussi, qu'elle se trouve bien en ma compagnie et je sens que nous formons ensemble un duo harmonieux, pour l'instant...

La première, la première, ah ! je m'en souviens !

J'étais vierge, je me dois de le dire. Vierge sur beaucoup de plans et en particulier sur celui de l'approche de l'intime d'une femme. Elle aussi. J'ai lu son corps avec des mains incertaines, soudain si maladroites. Je lui ai abandonné le mien dans des gestes très anciens. Cette première nuit fut un voyage immense.

Elle accompagnait chacun de mes frissons d'un mouvement imperceptible qui me rejoignait chaque fois, là, au creux de mon ventre. Elle me berçait et m'ouvrait de ses caresses, me buvait et m'apaisait de ses lèvres.

C'était en montagne, dans les Pyrénées de mon enfance, au seuil d'un chalet ouvert. La nuit n'était pas de passage comme nous, elle était là comme un berceau, accueillant dans son éternité le temps fragile des amours naissantes.

Ce fut elle qui me guida avec une patience infinie. J'étais raide non de désir mais de peurs !

Son sexe à elle était intensément chaud et souple, incroyablement mobile. Il m'aspirait, me maintenait à distance puis me reprenait pour me relancer dans les éblouissements de mes interrogations. J'étais dessus, même si personne ne me l'avait appris mais c'est elle qui me guidait, m'apprenait. J'avais la sensation d'être dans un bateau. J'ai eu besoin de lire son corps avec mes yeux, avec mes mains, avec ma bouche, avec mon nez, avec chacune des fibres de mon être. J'étais ébloui.

A un moment, près du matin, elle a dit simplement : « Toi, toi, oui toi. » Et j'ai senti sa chair non pas se déchirer, mais se déplier, se défroisser doucement, si doucement à l'intérieur, que j'en gémissais d'étonnement.

Mon sexe étonné de se sentir si puissant et si doux à la fois s'enfonçait, s'égarait, s'irradiait en elle.

Seulement guidé par ses murmures : « Doucement, oui, doucement, oh oui encore... », je me suis abandonné à sa confiance. Elle m'accompagnait, me guidait avec l'intensité de son regard. Elle tenait ma tête dans ses mains en corolle, me regardait, lumineuse, éperdue, attentive à ce nous qui se créait simultanément en chacun.

Ses yeux plus que ses paroles m'encourageaient.

J'ai gardé d'elle cette attention si pressante, si confiante, qui reste pour moi, avec le mot oui, le plus beau de la création, une invitation absolue, une ouverture à entrer dans l'ivresse du monde.

Elle s'appelait Manon, elle venait d'Alsace et ses cheveux blonds dansants et moussants captaient tous les regards. Le mien fut captif de ses yeux durant de longues années. Jusqu'au jour où elle fut captée à son tour par un... qu'elle aima. Elle me quitta, me disant qu'elle ne pouvait aimer deux hommes en même temps. Mais j'ai bien entendu qu'elle n'en aimait qu'un seul, l'autre. J'ai imaginé longtemps qu'elle reviendrait, qu'elle sentirait que mon amour était plus fort, plus beau, plus vivant que celui de l'autre. J'ai compris plus tard que cela importait peu qu'elle fût aimée ou non puisqu'elle aimait, elle, et qu'elle pouvait vivre sur cet amour-là de longues années...

Peut-être que je l'attends encore mais elle ne semble pas le savoir. Pas plus qu'elle ne sait que j'ai appris à aimer les femmes au travers de son absence. J'aime les femmes et leurs mystères, leur liberté d'être dans le présent, dans l'imprévisible de l'instant. Et j'en garde au fond du cœur la mémoire impérissable. Elle s'appelait Manon, son nom chantait autrefois dans ma bouche comme une prière. Aujourd'hui je ne peux qu'en effleurer doucement le souvenir.

Le plaisir

A la fin du IVe siècle de notre ère, une patricienne romaine écrivait patiemment son journal sur des tablettes de buis odorantes. Dans la liste des « signes du bonheur » elle fit figurer ceci : « la compagnie d'un homme qui aime le plaisir, c'est-à-dire la politesse du plaisir ».

Pascal QUIGNARD,
Les Tablettes de buis d'Apronenia Avitia.

Pendant une grande partie de sa vie, Clément avait cru que c'étaient les hommes qui donnaient le plaisir aux femmes. Que c'était à lui de donner, de conduire l'autre vers l'éblouissement de tous ses sens. Il croyait fermement à cette mission et s'y employa courageusement durant des années.

Et différentes expériences amoureuses, comblantes, l'avaient confirmé dans cette croyance qui était devenue chez lui une conviction profonde.

D'ailleurs, il avait du mal à accéder à sa propre jouissance quand il n'avait pas donné, senti ou vu s'épanouir le plaisir de sa partenaire. Il guettait sur son visage, écoutait sur sa poitrine, tentait de percevoir dans ses yeux le basculement irréversible des sens. Et quand il avait la confirmation de l'explosion ou de l'implosion du plaisir, il pouvait enfin s'abandonner, se donner en entier.

Pendant des années, il accorda ainsi beaucoup de soins et d'attentions à respecter ce qui devint une constance et même une loi dans toutes ses relations passionnelles : pas de plaisir hors du plaisir de l'autre.

C'était l'une des grandes certitudes sur lesquelles s'appuyaient les quelques prémices qui régissaient implicitement à la fois son approche et ses relations avec les femmes de sa vie.

Il aimait les femmes et elles devaient le sentir car elles accueillaient avec bienveillance ses regards, ses attentions et le don qu'il avait de les écouter et de les rejoindre au lieu secret de leur imaginaire. Il aimait la femme inconditionnellement, c'est-à-dire sans réserve, avec gratitude et ferveur. Il éprouvait chaque fois un sentiment de reconnaissance émue à l'égard de la moindre marque d'intérêt, d'attention que l'une ou l'autre pouvait manifester dans sa direction, à son égard. Il avait avec son seul regard une manière particulière de les accompagner, de dialoguer silencieusement avec elles et en même temps de rester en retrait, pudique et respectueux. Dans cet échange subtil se tissait un fil invisible où circulait une énergie libératrice.

Certaines s'ouvraient brusquement, se donnaient dans un seul élan, s'offraient des yeux, de la bouche ou du corps, avec un tel abandon qu'il ne pouvait que les accueillir. Elles avaient un mouvement imperceptible du cou, une inclinaison légère de la tête pour l'apprivoiser qui le rejoignaient dans une dimension de lui certainement des plus archaïques de son être. Il s'étonnait toujours, où avaient-elles appris ces antiques signaux pour ouvrir chez l'homme cet appel au désir, pour le recevoir, pour atténuer et distraire en lui la conquête ou la possessivité ?

C'était, pour Clément, chaque fois un étonnement incroyable, plus qu'une liberté, une aisance qui l'émerveillait et le sidérait en même temps.

Ainsi se souvenait-il d'une des premières à l'avoir reçu inconditionnellement. Elle s'appelait Roselyne, elle l'avait ouvert au premier regard, emporté dans le premier geste, comblé dans le premier abandon.

Il gardait encore en lui présentes les sensations aiguës et fines de cette rencontre, avec dans la gorge, près de dix ans plus tard, la même apnée, la même apesanteur, le même saisissement de tout son être. Elle lui avait pris la main et l'avait pressée directement contre son sein, à même la peau. Ils étaient au cinéma, il n'avait pas vu à quel moment elle avait ouvert son corsage et pourtant sa paume contenait d'un seul coup tout le doux, le moelleux et le plein de sa chair. Le téton charnu et vivace grossissait entre ses doigts, comme s'il cherchait une issue. Son propre bras semblait ne plus lui appartenir, l'obscurité de la salle s'était accélérée et grondait comme un torrent au printemps.

Clément avait maintenu de toute sa raison son regard fixé sur l'écran, sans rien y voir qu'une succession d'ombres et de lumières. Roselyne haletait légèrement, de sa main libre elle pressait violemment, lui sembla-t-il, son autre sein, le corps tendu vers quelque chose d'indicible qui l'appelait de très loin.

Il avait cru, jusque-là, que la poitrine des femmes était fragile, douloureuse et peut-être dangereuse. Il découvrait une force, une fraîcheur et une violence de vie qui le laissaient démuni.

Puis elle prit son poignet et fit glisser toute sa main sous sa jupe, la poussa sous le flexible de sa culotte. Il sentit soudain la vasque de ses cuisses s'ouvrir, il sut alors qu'il arrivait enfin au pays chaud et humide qu'il espérait depuis si longtemps.

Il abandonna sa main contre la fente onctueuse et joyeuse de la vulve. Ses doigts pétillaient sur des bulles de plaisir. Il chercha plus profond, pour tenter de rejoindre sa propre main qui dérivait dans l'émotion d'un début de vie. C'était immense, mousseux et liquide comme les tourbillons d'une rivière de son enfance. Il entrait dans un mouvement, une palpitation continue, puissante qui l'attirait, le retenait sans contrainte.

Roselyne étreignait son avant-bras comme une naufragée, son ventre vibrait si fort que Clément n'entendait plus rien du film, toute l'obscurité mouvante de la salle amplifiait cette vibration. Il ferma les yeux, emporté, roulé dans une eau épaisse, piquante, appelante.

De petits geysers perlaient sous ses doigts, sur le dos de la main, autour de son poignet. La vulve libérée pulsait une vie joyeuse. Elle sourçait, ruisselait sans retenue. Une odeur de mer enveloppait le corps de Clément, émouvante comme un cri silencieux. Un univers de sensations nouvelles faisait éclater les limites de tout son être.

Son propre sexe brûlant s'était raidi, bloqué contre son coude, mais là n'était pas l'essentiel. Il plongeait dans la découverte somptueuse d'un savoir indicible, lui révélant des connaissances plus anciennes que toutes ses espérances à venir.

Le plaisir de Roselyne semblait sans fin, ses spasmes se bousculaient de façon si poignante qu'il n'osait rien d'autre, sinon rester entier dans l'intense de l'instant, avec la peur de se dissoudre, d'éclater.

Quand il sentit qu'elle retirait sa main pour lécher doucement la trace de ses émois, il en fut si troublé qu'il pleura doucement. Et le sel de ses pleurs l'emporta encore plus loin, jusqu'aux confins de cette part d'éternité qui habite chaque être dans la rencontre inouïe du plaisir offert et reçu.

Un peu plus tard elle plongea vers lui, caressa sa poitrine, son ventre, descendit plus bas encore. Son propre plaisir ressurgit, le surprit comme jamais.

Son sexe se libéra bien après sa nuque.

Quand ses épaules s'ouvrirent plein soleil, le bas de son dos prit une densité insoupçonnée, large, ondulante comme l'étrave d'un voilier au plein cœur d'un océan.

Une hélice de vent éclata dans sa tête. Il cria et tout son corps se mit à vibrer par saccades joyeuses. Il lui sembla même qu'il tournoyait dans une spirale de lumière comme dans les jeux de son enfance quand l'ivresse d'un élan l'emportait bien au-delà du présent.

Il retrouva de l'air quand son sperme jaillit à la limite de la douleur.

Il ne sentait pas encore qu'elle le buvait joyeusement, à pleines gorgées ardentes avec un rire dans son ventre.

A la fin du film, un couple les dépassa et l'homme le regarda plusieurs fois, ébahi, interrogatif. Sa partenaire impatiente le pressait, le tirait, mais lui hésitait à la suivre, le corps tourné, vrillé vers Clément et Roselyne, attentif à recevoir encore un peu de la lumière dansante qui sourçait de leur étreinte.

Ils se rencontrèrent souvent avec la même folie pour des voyages immobiles, laissant leurs corps trouver des chemins inattendus. Offrant à leurs gestes la liberté de se dire, de se rejoindre et de s'amplifier sans limites. Roselyne donnait pour son propre bonheur qui était d'offrir du plaisir, de rendre heureux, d'agrandir le meilleur ou l'inestimable de l'autre. Elle avait une générosité à fleur de peau, inconditionnelle, et Clément se sentait souvent en retard d'un plaisir à lui donner.

La relation avec Roselyne ne s'épuisa pas durant les cinq années où ils se rencontrèrent et s'agrandirent mutuellement du plaisir d'être ensemble sans autre enjeu que le plaisir donné et reçu. Puis elle resta en suspens, quand elle partit en Italie et n'en revint jamais.

Il erra encore quelque temps, de relations tièdes en relations passives, sans jamais pouvoir revivre le goût inouï de cette liberté d'être entrevue avec Roselyne.

Quelques années plus tard avec Michèle ce fut si rapide qu'il n'eut pas le temps d'avoir peur, de s'interroger, ni même de décider. Il entra sans hésiter dans l'effervescence tumultueuse de sa vie, plongea dans l'abondance de son désir, s'oublia pour mieux se fondre en elle.

Plus tard elle lui dira : « J'avais une telle crainte de te perdre, de passer à côté de cette relation que j'aurais provoqué un incident, suscité un esclandre, ou créé un scandale pour te rencontrer seulement une soirée. Je t'avais vu, parlant à un collègue. Tu as regardé un instant vers moi et je ne sais ce qui se passa, mais c'est à ce moment précis que tu as pénétré en moi. Je t'ai senti me faisant l'amour et mon propre sexe s'accordait au tien, sans réticence, comme si je te connaissais intimement depuis toujours. Ton regard n'était plus hors de moi mais bien dans mon corps. Il occupait tout l'espace de ma chair, semblable à une lumière chaude et bienfaisante.

» Je savais que tu étais de passage et je ne voulais pas te manquer.

» Sans aucun sens critique, sans autre raisonnement, j'ai téléphoné à une amie pour qu'elle prenne mes deux enfants à la sortie de l'école en lui demandant de les garder jusqu'au lendemain matin car je serais absente de toute la soirée. Cela ne faisait aucun doute en moi.

» Je suis venue vers toi comme à une source. Je t'ai proposé de boire un café, de discuter, avec déjà le désir de t'embrasser... ce sont tes lèvres qui m'ont séduite, elles m'appelaient. »

Michèle non seulement l'embrasa mais l'emporta

dans un tourbillon qui, des années plus tard, le tenaillait encore et l'entraînait au plus loin, c'est-à-dire au plus près de lui-même.

Dans la voiture qui devait le ramener à la gare, elle le déshabilla, le dénuda presque entièrement avec des gestes si familiers qu'ils en étaient naturels. « Ce n'est pas la connaissance qui est importante c'est la co-naissance. C'est comme si je te savais en moi depuis très longtemps... »

Quand elle lui prit le sexe dans la bouche, le ventre de Clément bouillonna de plaisir. Il gémissait en se mordant les lèvres et ne sentait plus où étaient ses mains, ne savait plus où était sa vie.

Elle connaissait tout de son corps, trouvant intuitivement, au plus intime de lui, les vallons, les rivières, les sources et les clairières de son abandon. Elle l'inventait, le renouvelait et l'étonnait en lui permettant de découvrir ce qu'il recelait de possibles sans même le savoir.

Son sexe vibra doucement, pulsa presque douloureux, épuisé de désirs, puis irradia son dos pour devenir un soleil, puis un météore de feu qui l'emporta si loin, qu'il douta durant plusieurs jours de sa propre existence.

Michèle explosa longtemps après lui et tout son corps se transforma en une immense caresse de reconnaissance. Ses cheveux dansaient sans même que sa tête bouge.

Il sentit pétiller des bulles sous sa peau, l'espace de la voiture éclata. « Attends, attends encore j'ai tant à te donner », murmurait-elle. Un peu plus tard elle balbutia : « Je t'attendais, je t'attendais et tu es là. »

Elle osait l'incroyable : sa langue, ses yeux, ses doigts, la pulpe de ses seins, les vagues de son ventre, tout son corps était langage. Un langage si primitif qu'il ne recelait aucune interrogation, aucune attente, aucune frustration ou exigence, seulement du donner et du recevoir, la pureté d'un échange à la source même de la vie.

Il en fut ainsi de chacune de leurs rencontres durant les quatre années de leur relation.

Il avait coutume de lui dire :

« Si tu savais comme tu me purifies, si tu savais le goût, le plein, le soleil de mon ravissement.

– Je n'ai pas besoin de le savoir, je le vis », lui répondait-elle à chaque fois.

La rencontre avec Marianne fut totalement différente.

Marianne semblait capter le plaisir par tous ses sens, mais seulement pour elle, avec une vitalité secrète, ardente, inépuisable. Elle buvait les sensations à même la vie, sans intermédiaire, avec une sensualité dans laquelle Clément n'avait aucune place, aucun espace et peut-être aucun rôle. Mais cela, il ne le savait pas.

Au début, il s'étonna qu'elle ne jouisse pas dans l'amour. Aussi retenait-il avec une maladresse pathétique son propre abandon. Il se débattait dans une attente désespérée. Il se sentait prisonnier de sa propre obsession, cherchant un passage, un chemin pour atteindre une fusion avec elle.

Le corps de Marianne lui apparaissait comme un

immense labyrinthe dont il explorait avec un mélange de rage et de compassion chaque parcelle, chaque possible.

Marianne ne se refusait pas, elle accordait son rythme au sien avec un abandon passif qui le séduisait et le désespérait chaque fois.

Vers trente-cinq ans, Clément se maria avec Marianne. Union conjuratoire pour traquer ce qu'il croyait être un refus de lui, un rejet de l'homme, une fixation infantile à dépasser. Commença alors pour lui une quête secrète, pathétique, infinie, celle du plaisir de l'autre...

Quand ils se faisaient l'amour, Marianne n'accédait jamais au plaisir, son ventre se creusait, s'éloignait et se retranchait dans quelque espace inaccessible.

Elle proposait l'enveloppe de son corps pour permettre à Clément de rejoindre, d'atteindre le sien. Avec elle, il ne connut jamais d'orgasme, son éjaculation gardait la tristesse de ce qu'il vivait comme un échec et, plus encore, comme une injustice.

Des années plus tard, ils purent se dire la folie de leur acharnement réciproque à vouloir s'accoucher mutuellement d'un plaisir qu'ils recherchaient l'un chez l'autre et qu'elle trouvait, elle, partout ailleurs, sans effort, hors de lui.

« Je voulais engendrer et mettre au monde ton plaisir qui se dérobait, se voilait ou se cherchait hors de moi », put-il lui exprimer avec encore dans la bouche la densité de la blessure dont il aurait voulu exsuder toute l'amertume.

« Et moi, lui répondit-elle, je cherchais le tien pour le combler, le rassurer, le porter en moi pour te l'offrir illuminé de mon amour... »

Clément mit plusieurs années à découvrir les mille chemins par lesquels Marianne osait son abandon. Il put enfin entrevoir les multiples facettes de la sensualité si particulière, si secrète de sa femme.

Un dimanche après-midi, il la surprit dans le salon à demi obscur, les yeux fermés près d'un livre abandonné, les mains légèrement ouvertes au-dessus de sa poitrine, le souffle court, les lèvres pincées. Il fut stupéfait, puis fasciné par l'humidité brillante qui entourait sa bouche pour s'évaporer sous le menton. Avec une de ses jambes, elle frottait lentement, lentement sa cuisse et son genou droits. Quand son corps se tendit, de petits sons graves, semblables à une plainte ancienne sortirent de sa poitrine. Clément recueillait chacun de ces sons avec une attente si douloureuse que sa nuque se nouait à l'écho de toute sa désespérance.

C'était comme un rituel dans lequel il n'avait aucune place.

Le plaisir de Marianne scintillait au-dessus de son corps, telle une aura de poudre bleutée, luminescente. Jamais il ne l'avait vue dans un aussi intense abandon. Le voile déchiré de ses aveuglements lui révéla, dans les semaines qui suivirent, l'immense capacité au plaisir de Marianne.

Debout dans sa cuisine, lavant un bol ou une assiette, elle collait son ventre contre le bord émaillé de l'évier. Un espace du temps s'agrandissait avec infiniment de douceur. Le mouvement imperceptible du début prenait de l'ampleur, devenait si fort qu'il irriguait tout son corps. Ses cheveux mêmes semblaient plus brillants, plus soyeux. Elle avait d'ailleurs un mouvement brusque de la tête pour les jeter dans l'espace au moment où tous ses sens l'emportaient.

Clément, maintenant éveillé, découvrit que plusieurs fois par jour Marianne s'abandonnait à la lente montée du plaisir en elle. Un tressaillement infime, un geste, une rougeur sur sa gorge et parfois même un son perdu, autant de signaux par lesquels elle s'engageait sur des chemins connus d'elle seule. Elle semblait capter par quelque radar intime une odeur, une image, une couleur subtile ou un mouvement infime de la vie qui la rejoignait, implosait en elle. Une succession d'émotions rapides ou extrêmes qui se rassemblaient soudain dans un émoi, dans un séisme intime, pour se transformer en accord, en béatitude.

Son plaisir si personnel n'appartenait qu'à elle. Il échappait à Clément. Il en était exclu à jamais. Il sut dès lors qu'il ne pourrait jamais mélanger le sien à celui de Marianne, encore moins naître de lui.

Au fil des années, Marianne accepta de lui offrir seulement la vue du plaisir qu'elle seule pouvait se donner. Au moment le plus intense, quand son corps se cabrait et gémissait sous l'impulsion du feu, des orages ou des images qui la traversaient, elle saisissait sa main, enfonçait ses ongles en lui, puis ouvrait les yeux avec un immense regard de reconnaissance, comme si elle le remerciait de lui permettre de vivre son plaisir sans honte, sans rejet, sans tragédie. Il veilla avec une tendresse renouvelée sur ce qu'il considérait comme une addiction, l'équivalent d'une dépendance à la drogue la moins nocive mais la plus puissante, celle sécrétée par son propre plaisir.

Il ne se délia jamais d'elle, gardant, tout au fond de lui, l'espoir fou que son amour ou sa patience l'ouvrirait un jour vers lui, qu'elle pourrait lui faire le cadeau inouï de jouir par lui, peut-être... Il l'aimait à temps plein.

Jonathan ou les trahisons d'une vie...

> Pendant longtemps au temps de ma jeunesse, j'ai cru que Dieu pouvait évoluer dans le bon sens.

Jonathan allait souvent le jeudi matin – c'était encore l'époque du jeudi –, après le catéchisme obligatoire, près de la rivière.

A cet endroit, les berges de terre friable se creusaient dans une courbe de l'Ariège. Il connaissait le chemin invisible pour atteindre la façade ocre où se nichaient les martinets. Il restait un long moment à observer leurs vols aigus, tranchants comme les arabesques du sabre de Shanshi, le samouraï aveugle, dans le feuilleton du mercredi soir qu'il avait le droit de regarder...

La vie de Jonathan était tissée d'événements qui tous se reliaient, s'ajustaient, s'emboîtaient les uns dans les autres avec une cohérence illogique tout à fait parfaite.

Dans cette période de sa vie au débouché de l'enfance, tout avait du sens. Chaque instant était porteur d'un imprévisible habité par des forces, des personnages et des manifestations qui tissaient à côté de la réalité le réel de la vie de Jonathan.

Vous ai-je dit que Jonathan avait huit ans ?

Jonathan n'avait pas de questions, pas d'interrogations concernant le monde qui l'entourait. Il savait, il se contentait de savoir ce qu'il savait.

Les faits de sa vie s'inscrivaient dans un savoir plus ancien que sa jeune existence, plus immense que sa vie à venir. Un savoir ondulatoire qui donnait aux circonstances une coloration, une odeur, une énergie et des sens qui chaviraient, bousculaient, amplifiaient le monde des apparences, peuplé d'adultes trop souvent sourds et aveugles.

A six ans il avait dit à sa mère : « Tu sais, Maman, je suis plus vieux que toi. Je sais des choses que je n'ai jamais apprises, et que toi et Papa vous avez oubliées. Des fois, ma mémoire, elle m'entraîne loin, loin en arrière, mais aussi en avant. Je me retiens, Maman, d'aller trop loin, car si le fil cassait je ne sais pas comment je reviendrais ni jusqu'où je me perdrais... »

Sa mère émue, soudain plus grave, lui avait confirmé qu'elle avait entendu mais qu'aujourd'hui il était avec elle, dans la cuisine de leur maison, avec un peu de dentifrice séché au coin des lèvres, qui lui dessinait une moustache.

Le jeudi donc, le jeu de Jonathan consistait après avoir observé, rigoureusement immobile, le ballet des martinets, à s'approcher d'un trou où l'un d'eux venait de s'engouffrer, puis à placer ses mains autour de l'entrée en veillant à ce que le soleil n'inscrive aucune ombre sur les bords de l'ouverture. Depuis le début de ce printemps, il savait refermer ses mains avec le geste juste pour capter, emprisonner un oiseau en plein élan.

Les martinets paraissaient s'élancer d'une piste profonde, ils débouchaient de leur nid souterrain, tel un éclair, qui éclaboussait l'air de sa vivacité.

Il fallait à Jonathan une attention vive, une vigilance dense pour retenir l'éclat de leur envol dans ses mains.

Il gardait quelques secondes seulement l'oiseau dans la sphère de ses paumes, où la boule de plumes ne semblait être qu'une immense palpitation.

A travers les battements de son propre cœur, il écoutait comment un jour il pourrait peut-être voler, comment tout son corps, à son tour, scintillerait dans la lumière pour devenir l'énergie ou la force d'une lame de sabre. Il imaginait, visualisait son propre envol, la force et la précision d'un battement des pieds, d'une inclinaison des mains ou du cou pour plonger dans la rivière et remonter d'un seul élan jusqu'à la cime du ciel.

Il ne cherchait pas un secret, sa quête ressemblait à un apprentissage.

En ouvrant brusquement ses mains, le martinet sans aucune perte d'équilibre ni aucune hésitation, sans effort jaillissait, devenu en un instant une balle de plumes et de vent. Aspirée par son cri, déjà haut dans le ciel, serti dans la pupille bleutée de l'enfant.

Jonathan immédiatement modifiait sa position. Se plaçait plus loin, plus haut sur la façade de terre, attentif à nouveau aux exploits subtils et inattendus d'un autre martinet de feu.

Une seule expérience par jeudi.

Il regardait longuement ses mains, comme si elles contenaient le secret des vols libres et fous dans l'espace immense du ciel.

Ce ne fut que des années plus tard, durant son analyse, le corps lourd, fatigué, écrasé sur la couverture douce du divan, vaguement coupable et en colère de ne pas trouver d'associations ou de rêves, comme en attendait son psychanalyste, qu'il se rappela la berge, la falaise, le bruit lumineux de la rivière et surtout, surtout le cri acide des martinets en vol. Ce jour-là seulement, il put parler plus librement des trahisons de sa vie.

Les voisins de Jonathan, ceux de la maison verte à gauche, partirent à la fin de l'été de ses huit ans. Et quelques jours avant la rentrée, les nouveaux locataires arrivèrent.

Il croisa Gabrielle dans le couloir de sa propre maison. Comme il s'était déjà engagé, il ne put reculer, la fillette marqua un temps d'arrêt, s'avança, le frôla de face et ses grands cheveux noirs balayèrent le visage de Jonathan. Elle avait une odeur chaude et crépitante, qui l'immobilisa quelques instants. Jonathan, de sa vie, n'avait jamais approché une fille d'aussi près. D'infimes particules jaillirent de lui vers le corps tendu de Gabrielle, son corps ne se vidait pas, au contraire il semblait se remplir de chaleur, osmose presque parfaite, dans cet échange invisible.

« Elle est gentille, mais elle en fera tourner des têtes, celle-là. »

Ce fut par ces paroles que sa mère lui parla pour la première fois de la fille des nouveaux voisins, envoyée en émissaire pour emprunter le moulin à café, introuvable dans le fouillis de leur emménagement.

Toute la journée, Jonathan tenta de garder près de son nez ses deux mains. Par je ne sais quel phénomène, elles avaient recueilli l'odeur de Gabrielle qu'il appelait pour l'instant la fille d'à côté. Cette odeur le captivait, mobilisait son présent, suscitait des images nouvelles dans l'imaginaire immense de Jonathan.

Durant une semaine, les voisins ne se manifestèrent pas, puis à nouveau Gabrielle fut là. Cette fois-ci elle était à l'entrée du couloir donnant sur la rue, l'entrée bleue, toujours à l'ombre. Lui se tenait dans l'entrée jardin, orange ou verte, celle du soleil, ouverte sur le ciel et sur les arbres. Ce fut elle qui traversa le couloir pour venir jusqu'à lui. Tout près, elle s'arrêta, le regarda, déroba son regard, tendit un paquet, frôla sa main.

« Pour ta mère, pour le moulin. »

Elle semblait attendre qu'il parte le premier, qu'il remplisse sa mission de messager car arrivé en bas de l'escalier qui conduisait à l'entresol où il habitait, sans se retourner il sentit le regard de Gabrielle qui l'accompagnait.

Ce regard lui procura une semaine de sensations chaotiques, à la fois douloureuses et bonnes. C'est ainsi que commença l'amour bleuté de Jonathan. Un sentiment d'acceptation inconditionnelle, infini, jamais totalement comblé.

Il gardait longtemps, longtemps en lui le moindre signe d'elle.

Quand elle avançait de trois pas dans sa direction, ses trois pas étaient amplifiés, magnifiés. Le soir, les yeux ouverts dans le noir, il se les répétait longuement, voyait toujours plus distinctement le pli de la robe entre ses cuisses, le mouvement du bras, l'éclat vif du regard qui le fouillait un instant pour se dérober aussitôt. Il adorait quand elle rejetait ses cheveux d'un mouvement vif à l'arrière et que l'air devenait plus vibrant.

Gabrielle, elle, paraissait regarder toujours au-delà du présent.

Jonathan aurait aimé l'emmener près de la rivière aux martinets mais il y avait trop de distance entre ses rêves et le mouvement résolu de la tête qu'arborait Gabrielle pour affirmer toutes ses décisions, c'est-à-dire son silence.

Cette réaction désarçonnait chaque fois Jonathan et le tenait à distance. Il tentait de remplir ce silence avec tout son imaginaire éveillé, stimulé.

Il y avait entre sa maison et celle des parents de Gabrielle une grande bâtisse bien entretenue mais sans locataire. Elle devint leur territoire commun.

Au bout de quelques semaines, Gabrielle prit l'habitude de s'asseoir sur une des marches du perron arrondi qui ignorait superbement le temps. Sitôt qu'elle rentrait chez elle, Jonathan venait s'asseoir au même endroit, posait ses fesses sur la pierre tiède, lustrée. Il restait rigoureusement immobile, captant les vibrations infimes, légèrement parfumées de Gabrielle. Avec l'hiver qui, cette année-là, ne donna pas à l'automne l'occasion de s'épanouir, Gabrielle disparut. Elle fréquentait une autre école. « Privée », disait le père de Jonathan sans lever les yeux de son journal *L'Equipe*, et il y avait dans ce mot toutes les privations du monde. « Libre », renchérissait sa mère, et l'écho de sa voix agrandissait soudain tout un espace de possibles. Pour Jonathan c'était beaucoup plus simple, elle n'allait pas à l'école des filles, ce qui signifiait qu'elle ne pouvait croiser son chemin, d'autant que c'était le père de Gabrielle qui l'accompagnait en voiture. Comble de malchance, ils sortaient de chez eux par le fond de leur jardin, rue des Fontaines, juste à côté de la maison des fous.

Au printemps, Jonathan se dirigea vers la rivière, mais une crue avait modifié l'accès à la falaise aux martinets. Le chemin invisible s'était effacé. Après une ou deux tentatives, il renonça, et ne revint plus jamais.

Il ne savait pas qu'il vivait sa première trahison.

A quarante-deux ans, lorsqu'il fit sa première dépression, il n'entendit pas au travers de son désarroi le retour, l'éveil brutal de cette blessure ardente en lui, déposée au seuil de ses huit ans. Les dépressions, qu'il ne faut pas confondre avec les déprimes, nous renvoient aux fidélités héroïques de notre enfance et surtout aux trahisons silencieuses, secrètes ou cachées qui gargouillent en chacun, rivières souterraines sous le granit des oublis ou sous l'opacité mouvante de l'action et du faire.

Dans ce printemps nouvellement arrivé, surgi aux premiers matins d'avril, il essayait de capter Gabrielle, de la retenir, de la garder quelques instants dans ses mains. Non pour l'emprisonner, juste pour la sentir vibrer.

Ce fut lui que Gabrielle capta un jeudi de pluie. Il revenait du catéchisme. « Viens, lui souffla-t-elle, j'ai trouvé l'entrée. »

Elle tenait sa main avec une douceur si confiante et si ferme qu'il avait envie de se coucher, de se laisser traîner, butant sur chaque obstacle pour ralentir, retarder le plus longtemps possible le dénouement de cette proximité inouïe. Ils étaient ainsi arrivés par-derrière, par l'autre rue au bout du jardin. Oui, c'est simple, imaginez un grand rectangle, sur l'un des petits côtés la rue, les façades, et les entrées des trois maisons. Sur l'autre côté, le grand, la longueur des jardins, et tout au bout, bien visibles, trois rectangles l'un à côté de l'autre. Le premier, à l'est, était constitué par la maison de Jonathan, un peu assoupie contre le rectangle du milieu, la maison vide que les gens du quartier nommaient la maison de la folle. A l'ouest, le dernier rectangle, la maison et le jardin des parents de Gabrielle qui encadraient de façon encore plus étroite le jardin à l'abandon.

Toute la rue était bordée de rectangles semblables ou différents, tous sans intérêts, sans importance. Et, juste derrière le garage du père de Gabrielle, un portillon de guingois, fermé depuis toujours.

« Depuis quinze jours je mets de l'antirouille, puis de l'huile de la moto de papa, j'ai trouvé la clef sous la tuile, c'est la bonne, elle marche au poil. » Gabrielle savait ce qu'elle voulait. Aux antipodes de Jonathan, elle ne rêvait pas, elle réalisait, avec une efficience qui le remplissait soudain de doute sur lui-même.

Ils traversèrent le jardin, longeant silencieusement celui des parents de Gabrielle, ils marchaient courbés, abrités par des seringas en attente de fleurs, encore chargés des odeurs de l'an passé.

La façade de la maison inconnue était apaisée, chaque volet à sa place, solidement fermé, la maison de la folle ne présentait aucun signe de décrépitude ou de laisser-aller. Elle restait solide, présente, palpable. Elle dormait depuis tant d'années, confiante, bercée par les murmures discrets d'un jardin à l'abandon mais dont l'équilibre entre plantes vivaces et arbustes indiquait qu'il avait été choyé.

« J'ai trouvé le truc », l'informa-t-elle.

Avec un fil de fer, elle dégagea une cale et un volet s'ouvrit sur un fenestron libre.

Elle pénétra la première dans ce qui paraissait un cellier. Alors l'enchantement commença. « Ne me quitte pas », lui ordonna-t-elle.

Ce jour-là, ils visitèrent les deux étages. A l'entrée d'une chambre elle désigna un lit : « Ce sera le tien ! Le mien est là. » Il vit une alcôve, voilée par une tenture grenat. Elle s'élança, sauta à plat sur une couette immense qui sembla soudain respirer. Quand elle émergea, elle fixa longuement Jonathan et décida brusquement : « Si nous nous aimons vraiment, tu pourras dormir avec moi, sans avoir peur... »

Sans peur, voilà le plus difficile. Dormir sans peur peut-être, mais aimer sans peur ?

Ils revinrent souvent. Fantômes silencieux et affairés à mille tâches. Jonathan ne vit pas venir l'été. Il disait : « Je vais jouer chez Gabrielle » et invariablement sa mère s'inquiétait :

« Tu as bien demandé à ses parents ? Ils sont d'accord, au moins. »

Bien sûr, comme était d'accord sa mère, même si elle ne le savait pas, puisque Gabrielle jetait à ses parents la même phrase : « Je vais jouer chez Jonathan. »

Ils se plaisaient à explorer, à toucher, à bouger les choses, à déplacer les objets de cette maison qui leur appartenait de plus en plus.

Donnant une vie nouvelle à chaque pièce, ils prirent l'habitude de chuchoter et même de se parler sans mots, avec des gestes simples, avec des mimiques, avec des regards.

Telle moue voulait dire « quelle pagaille ! » et la même un peu plus tard : « Quel trésor ! » Tel plissement du front : « Je commence » et tel autre : « C'est à toi de faire ! » Tel clignement des yeux signifiait : « On est bien ensemble » et tel autre, quasi semblable : « Eloigne-toi, laisse-moi rêver seule. »

Jonathan se trouva être tour à tour servant, page, mari, enfant dans certains jeux et chevalier, roi, prince dans tels autres.

Gabrielle modelait les émotions de Jonathan, colorait ses initiatives, suscitait de nouvelles aspirations ou dévoyait ses attentes au gré de ses humeurs ou des projets qui l'habitaient. Elle était l'inventeur du chemin et donc détenait des droits sur la maison qu'ils investissaient ensemble chaque fois qu'ils le pouvaient mais sur laquelle elle avait une prééminence.

Une règle tacite les guidait, ils devaient y aller ensemble, jamais l'un sans l'autre.

La trahison ne viendrait que plus tard, inattendue

et violente comme savent l'être les trahisons du cœur. Elle vint l'année de la confirmation, cérémonie religieuse qui peut se comprendre comme un rituel de passage entre l'enfance et l'adolescence.

Gabrielle s'absenta huit jours pour une retraite préparatoire à cet événement dans l'abbaye Notre-Dame-de-Pibrac. Quand elle revint, elle sembla ne plus reconnaître Jonathan. Il attendit un signe, une invite. Un soir il alla au fond du jardin, juste pour avoir une confirmation de leur complicité. La clef qu'il n'avait jamais touchée de ses doigts n'était plus dans la cachette, l'accès de la maison de la folle restait interdit.

Quand il tenta de l'aborder, le soir de la Saint-Jean, elle virevoltait au milieu d'un groupe de filles, il tendit une main vers elle, n'osant la toucher, pour lui signaler seulement sa présence. Elle se retourna et lui fit face avec une brutalité inouïe par sa façon de le regarder juste à la hauteur des épaules qu'il sentit comme une barre sur sa poitrine. Il s'arrêta à trois mètres, incapable d'approcher. Il n'entendit pas les mots, ils furent pourtant prononcés et arrivèrent bien à lui, impitoyables. La sécheresse injuste du ton augmenta son incompréhension : « Je ne veux plus te voir. »

Non pas : « Je ne peux plus, mais je ne veux plus. »

C'était bien sa décision, irrévocable, sans appel. Terrible dans son inflexibilité réduite à six mots. Jonathan, bien que rigoureusement immobile, s'envola à cet instant même. Il se vit s'élevant au-dessus de lui et de Gabrielle qui restait fermée, attentive, décidée à ce qu'il s'éloigne le premier. Il survola lentement toute la place du Fer-à-Cheval où la fête de la Saint-

Jean se déroulait. Le grand feu allumé depuis longtemps avait pris toute son ampleur, il léchait les rives de la nuit avec une joyeuseté dansante et capricieuse.

Il s'arrêta un instant au-dessus des flammes, en saisit une dans ses mains, plongea ses yeux dedans, et vit les mille faisceaux de lumière qui la constituaient. Il descendit, déposa cette flamme aux pieds de Gabrielle où elle s'éteignit d'un seul coup.

Il s'envola encore une fois à l'aplomb du ciel, droit, telle une fibre éclatante, dense d'énergie pure. Plus tard, la seule fois où il parla de cette expérience, il ajouta comme pour lui-même : « J'étais plus haut que le ciel. Je me voyais immobile, sidéré tout près d'elle et en même temps bras écartés planant au-dessus de nous deux. »

Quand il revint brusquement sur terre ce soir-là, d'un seul coup il retrouva la géographie de son corps, vacilla, tendit les bras pour retrouver son équilibre. Il tenta un pas vers Gabrielle qui, à ce moment-là, se détourna de lui et rentra dans l'ombre, absorbée par un mouvement du groupe des filles, qui l'enveloppa et la rendit encore plus absente.

Jonathan, sans le savoir, inscrivit dans cette partie de sa mémoire vitale un message qui ne devait plus le quitter : « Que toutes les femmes un jour nous quittent. Qu'il ne faut surtout pas les aimer. Se laisser aimer peut-être, à la rigueur, mais ne jamais en aimer une seule. »

Plus tard, bien plus tard à l'aube d'une autre de ses vies, il écrivit à une qui s'aventurait vers lui : « Les femmes ne sont fiables que lorsqu'elles aiment, jamais quand elles se sentent aimées. Etre aimées c'est trop fort certainement, trop risqué pour elles. »

Il avança ainsi, dans ses vies multiples, sans oser aimer, sans pouvoir déposer l'immense amour qui le contenait, plus véloce, plus scintillant qu'un martinet dans un ciel d'orage, ce vif amour qu'il tenait enfermé entre ses mains, sans pouvoir les écarter.

Il mourut à soixante-neuf ans d'un cancer généralisé qui le dévasta en trois mois. Au matin de sa mort, on le trouva assis, le buste penché, les yeux ouverts, ses deux mains serrées en boule sur un espace invisible, si tendre, si plein de tant de rêves inachevés, emprisonnés sur les berges de son enfance.

L'immense paradis inaccessible de l'amour

> Je te retrouve, amour, avec mes mains tremblées.
>
> ARAGON

Je désirais tellement être aimée à cette époque-là, j'avais un tel besoin d'amour, plus qu'un désir : une espérance, une faim si avide, une soif si ardente que ma quête attirait tous ceux qui, se croyant aimants, ne savaient pas encore que je ne les aimerais jamais.

Chaque homme devenait une cible, un objectif, une île où aborder. Je courais après chacun, pour mieux me convaincre que si l'un répondait, s'il commettait l'erreur de m'accepter, c'est qu'il était malade, anormal ou vraiment inconscient. Je pensais immédiatement que tous ceux qui prétendaient m'aimer devaient être aveugles, fous, que quelque chose était dérangé chez eux.

J'ai mis si longtemps à découvrir que moi, qui réclamais l'unicité d'un seul amour que je n'aurais jamais, j'étais en fait incapable de me laisser aimer. Je n'étais pas digne d'amour.

Tous ces hommes qui ne furent pas tous des amants, loin s'en faut, ne faisaient pas le poids face au non-amour de mon père. Si j'avais accepté leur amour, il aurait pris la place de celui, le seul que j'attendais, que je n'avais jamais eu, l'amour espéré de papa.

C'est terrible de découvrir cela à quarante-sept ans. D'entendre enfin le sens de tous les alibis que je m'étais donnés, de tous les scénarios que je m'étais joués et rejoués depuis des années. Quel vide, quelle insécurité soudaine, devant tant de violences entretenues. J'ai eu quelques remontées de culpabilité en repensant à ceux que j'avais pu faire souffrir et surtout à Jean, ma dernière belle relation. Il m'écrivait des textes si beaux, si tendres, si enflammés. Il osait me trouver exceptionnelle, merveilleuse, quel gâchis !

Il n'entendait pas combien il me mettait mal à l'aise avec ses déclarations. Ce ne pouvait être moi, c'était inacceptable, insoutenable ! Par moments j'avais envie de le haïr, de le rejeter, il devenait trop encombrant, envahissant avec son amour tour à tour grave ou joyeux, ardent et respectueux, mais aussi tendre et irrévérencieux.

Toute petite, j'essayais désespérément, violemment parfois, d'être malade. Je devais et je savais faire gonfler quelque chose dans mon ventre, qui alors se ballonnait de façon spectaculaire, ma fièvre montait. Ma mère s'affolait calmement, mon père ne voyait, n'entendait rien, sinon l'irritation qui le saisissait quand sa femme prenait trop de temps avec moi, qu'elle s'attardait près de mon lit. Il venait à la porte de ma chambre, regardait vers le fond de la chambre, dans ma direction, puis vers sa femme et repartait sans rien dire de plus. Je voyais dans son dos toute la rancœur qu'il sécrétait à mon égard. Ma mère, soumise, me tapotait la tête, puis s'éloignait vers lui. Ils refermaient alors la porte de leur chambre et, quelques minutes plus tard, j'entendais des gémissement. Je cachais ma tête sous l'oreiller et je descendais dans le noir.

Dans ces moments-là je me sentais vomie, abandonnée, rejetée, oubliée, seule comme une minuscule coquille de noix sur l'immensité d'un océan sans ciel.

Les yeux grands ouverts, je voyais mon ventre gonflé, rempli de malheurs noirs et visqueux. J'imaginais alors que j'étais morte, une immense paix m'habitait, j'étais libérée, j'allais enfin entrer au ciel pour l'éternité. Là, je regarderais mon père, je le suivrais partout, je le guiderais dans ses maladresses, je prendrais soin de lui puisqu'il ne pouvait m'aimer, alors je l'aimerais gratuitement, sans contrepartie. Je l'aimerais malgré lui, au besoin contre lui. Mais cela, c'était dans mes rêves éveillés, mousse légère qui rendait presque suave la réalité.

Dans le réel de chaque jour, je ne pouvais m'empêcher d'attendre son amour. Je savais dans mon corps la place exacte où il viendrait se déposer, juste sous le nombril, dans mon ventre, bercé dans les creux de l'aine. Cette place-là, je l'ai gardée longtemps ouverte à l'intérieur, disponible. Personne ne pouvait me toucher à cet endroit.

Aussi, quand Jean posait sa main, sa bouche, son regard même, sur mon ventre, quelque chose s'évadait en moi. Je n'étais plus là, je m'absentais en sa présence. Mais comment lui dire ce que je ne savais pas moi-même ? Comment me faire entendre dans le brouhaha incessant de tant d'irrationnel, de surdité et d'aveuglement ?

Il y avait parfois entre nous des silences limpides, cristallins, fluides, qui perlaient doucement entre nos corps, enflammés de désirs, seulement de désirs. J'avais envie de lui chuchoter : « Jean, je te désire si fort, si fort, mais ne bouge pas, ne réponds pas, ne me dis pas ton propre désir. Laisse le mien danser en moi, laisse-le batifoler entre nous. Jean, mon Jean, ne dis rien, ne me montre rien, laisse-moi être pleine avec le si peu de moi-même... »

Je viens de lire, d'un Anglais, je ne sais plus qui : « Ce ne sont pas les choses que l'on fait qu'on regrette toute sa vie... ce sont les choses qu'on ne fait pas. »

Cette phrase me taraude, me perce, me dérange. Quelle idiote j'ai été ! Peut-être...

J'ai dépensé beaucoup d'énergie à me nier, à me trouver grotesque, imbuvable. Et puis, depuis hier matin, une incroyable tristesse est entrée par mes oreilles.

Je suis des cours Tomatis depuis deux ans et soudain, la semaine dernière j'ai commencé à entendre. J'entends enfin le barrage de mes tympans, les défenses subtiles de mes conduits auditifs, les écrans ouatés, les ourlets liquides que j'ai sécrétés depuis mon enfance. Mes oreilles me protègent. Dans quel sens ?

Celui de la sortie ou de l'entrée ? Elles ne veulent pas laisser entrer la tristesse dans mon corps ? Elles ne veulent pas laisser sortir la colère... Je crois qu'elles ne veulent pas laisser sortir ma détresse. Oui, c'est cela.

Des fois que je l'entende enfin. Des fois que je découvre toutes mes privations, toute la violence de mes propres refus, de mes propres interdits. Des fois que je me réveille entendante ! Entendante de mon cœur, devrais-je dire. Ai-je vécu tant d'années pour surtout ne pas entendre battre mon cœur, dans l'attente d'écouter, de recevoir les battements de celui de mon père ?

Jean me disait en riant : « J'aime tes seins pointés en direction de mon désir ! »

Mes seins étaient pointés, oui, c'est sûr, pas toujours dans la direction de son désir mais du mien, et je ne le savais pas. Mes seins sont souvent douloureux, si sensibles, électriques. Ils sont comme un cri qui ne peut être audible, surtout pas. Un cri qui s'élance seulement, qui n'est pas destiné à être entendu. Ce serait trop grave.

Après un si long silence, depuis que je me suis éloignée de lui, Jean m'a écrit : « J'ai encore suffisamment d'amour pour ne pas te souhaiter de vivre ce que tu me fais vivre depuis un an, mais j'ai tant de peine parfois que j'ai envie de souhaiter que tu vives un seul jour seulement, un seul jour, ce que parfois je vis... Cela me donnerait, enfin, le sentiment d'être entendu. Je sais que je ne le serais pas mais cela me fait du bien parfois de l'imaginer. »

Jean était quelqu'un de profondément vivant, de

créatif, de joyeux, sa pensée scintillante m'étonnait et me transportait toujours. « Tu m'aimerais si j'étais idiote ?

– Oui, me répondait-il, mais pas de la même façon !

– De quelle façon alors ?!

– Je t'aimerais mieux ! »

J'avais besoin de ses réponses folles dont les sens étaient multiples, c'était un homme qui m'embellissait. Son regard, son écoute changeaient en eau et en feu le désert qui m'habitait. C'est lui qui m'a fait sentir combien tristesse et bonheur vont de pair. Combien ces deux sentiments ou ressentis ne sont jamais dissociés, opposés ou antagonistes en moi, mais interdépendants, mêlés si étroitement qu'ils se répondent parfois.

Quand j'étais dans ses bras, après avoir éloigné ou satisfait son désir, le corps enveloppé par sa poitrine, son ventre et ses cuisses, je m'endormais instantanément de bonheur. Puis j'entrais dans des rêves tristes, un peu opaques. Je m'éveillais pleine du bonheur d'être triste.

Chaque fois que nous allions nous quitter après une rencontre, j'avais soudain une oppression ; pas un vide : un plein trop lourd. Lui s'éloignait léger, rieur, lumineux du plaisir de me savoir à lui. J'étais jalouse de le voir ainsi tout heureux, sans même savoir qu'il n'y avait pas de quoi. Il aurait dû être malheureux, sombre, abattu, alors là j'aurais peut-être pu, non le consoler, mais comparer son malheur au mien et vérifier que le sien ne faisait pas le poids.

Ces sensations étranges que j'appelais mes gouzis-gouzis s'agitaient encore plus et je lui en voulais, non de me quitter, mais d'être bien. Comme s'il m'avait volé du bon durant les jours passés ensemble, dérobé en quelque sorte le meilleur de moi.

Il me disait souvent : « Le plus difficile est d'accepter de recevoir gratuitement, sans rien devoir. » Et je pensais, amère : « Toi, tu as la chance de savoir ! »

J'ai tant de colère en moi contre les hommes, je préfère la jeter contre eux et surtout contre Jean plutôt que de la déposer sur mon père. Jean, je sens que je ne le détruirai pas, j'userai peut-être sa patience mais il restera entier. Je le sens suffisamment solide pour ne pas se défaire à mes coups. Je l'ai choisi certainement pour cela, pour sa solidité.

Avec mon père, sa vieillesse, sa sclérose en plaques, sa difficulté à respirer, ses régressions physiques me laissent sans possibilité de lui dire mes ressentiments, mes reproches, mes accusations. Bon Dieu, pendant combien d'années vais-je déposer sur les hommes qui m'aiment ma violence silencieuse, si intense, si injuste, si nécessaire ?

« Salauds qui osez m'aimer, alors que lui ne m'a jamais aimée ! »

Il y a des blessés de guerre, ceux du travail ou de la vie. Moi je suis une incurable blessée du cœur. C'est le cœur qui est atteint, docteur, depuis si longtemps, si longtemps. Je vous montre mes fibromes, vous vous intéressez à eux, c'est puéril, je joue votre jeu. Vous êtes un vrai docteur, qui croit voir ce qu'on lui montre, mais n'entend pas là où ça se joue. Chez moi c'est le cœur, béance sans fond, remplie par le vide du non-amour de mon père.

« Ils ne vous font pas trop souffrir, là, ici ? » Il

posait sa main sur deux grosseurs symétriques au bas de mon ventre.

« Non, je ne sens rien, je sais qu'ils sont là.

– N'y touchons pas, surveillons-les régulièrement.

– Et le cœur, docteur, et le cœur ?

– Oui c'est un muscle auquel on demande parfois beaucoup. Chez vous il est parfait.

– Ce n'est pas un muscle, chez moi, c'est un gouffre noir habité par une petite fille apeurée, mais endurcie, volontaire, tenace.

– Oh, vous savez, si on écoutait les histoires de chacun, on ne soignerait plus rien !

– Oui, mais si on les entendait, on ne soi-nierait plus. » Il fait comme s'il n'avait pas compris, il n'a pas compris, d'ailleurs. Je reviendrai, j'enfoncerai encore un peu le clou de son incompétence à entendre qu'au-delà des maux il y a des cris silencieux qui hurlent.

Voilà qu'au retour je pleure, que je me défais. Dans le cabinet aseptisé j'ai tenu le coup. « Ta bouche amère, me disait Jean, avec ses deux grands plis qui descendent jusqu'à ton ventre heureusement que lui il reste doux », ajoutait-il avec une infinie tendresse. Avec Jean, même si je lui en voulais, je savais rire, je m'épanouissais en surface, je fondais de gratitude, un peu. Pas trop, attention, il me fallait rester sur la défensive, ne pas me faire avoir, ne pas laisser entrer l'amour de l'autre trop profond en moi. Il ne fallait pas qu'il prenne la place de celui de Papa qui ne viendra jamais, d'accord mais la place est inviolable, « lieu sacré où rien d'autre ne doit se déposer ».

C'est pour cela que la place doit rester libre, pour lui, seulement pour lui. Un jour tout était sorti.

« Pourquoi tu ne m'as jamais parlé de cela avant ?

– Parce que je ne faisais qu'y penser ! »

A la soudaine gravité de son rire, j'ai senti que je l'avais blessé, meurtri. Jean était une sorte de spécialiste de l'amour, il savait en décrire les émerveillements, les soleils et les scintillements bleus mais aussi les pièges, les violences et les malentendus. Il était à sa façon un mémorialiste des amours malheureuses.

« J'ai été meurtri par quatre amours, m'a-t-il confié. A douze ans, celle que j'aimais au point de risquer de devenir un bon élève en aima un autre, plus grand, plus beau, plus complet que moi. Il l'avait embrassée sur la bouche, ce que je n'avais jamais osé faire, ce que je ne savais pas faire. Car j'ai longtemps pensé qu'il fallait fermer la bouche, pour que les lèvres puissent se rencontrer, se presser exactement l'une contre l'autre. J'avais une grande bouche, des lèvres lippues, disait une voisine de mes parents avec un mélange d'envie et de dégoût. Comment, avec ma grande bouche, aurais-je pu embrasser la sienne si petite, si discrète, si étroite !

» Ainsi j'ai ouvert ma première blessure.

» Puis il y a eu une fée, miracle vivant, qui s'était intéressée par erreur à moi. J'ai pressenti très vite qu'il devait y avoir un malentendu. Elle savait l'allemand et l'italien en plus du français. C'était une reine égarée dans mes tourments. Elle n'avait ni faille, ni défaut, ni désirs. Je l'aimais de façon absolue, sans contrepartie, à corps perdu. Elle était mon double, en mieux, en plein, alors que j'étais tout en creux. Un jour elle est partie pour l'Argentine. Et puis à vingt ans, il y a eu Madeleine. Nous nous sommes croisés, ce fut elle qui m'aima la première, longtemps, passionnément, avec dévotion et créativité. Attentive à ma désespérance, soucieuse de me préserver, elle m'ouvrit le cœur. Quand mon amour s'éveilla enfin vers elle, elle me quitta, rassérénée, belle comme une déesse de passage. Je suis alors devenu très prudent, désespérément vigilant et attentif aux dangers de l'amour. Nous ne sommes jamais aussi sincères que lorsque nous sommes dans le rêve, l'anticipation bénie de la réalité. Jamais aussi spontanés, limpides, chatoyants que dans l'imaginaire de la rencontre.

» Depuis, mes rires sont devenus plus précaires, je n'ai plus jamais chanté. »

Jean lui aussi lâchait tout d'un seul coup. Il se dévoilait à dose non homéopathique, puis entrait à nouveau dans une écoute tendre, pleine qui me donnait le sentiment d'entendre réellement ce qu'il disait, de l'entendre comme une vraie révélation.

« Et le quatrième amour meurtri ? lui ai-je demandé.

– Il est en cours... C'est toi », et il éclata en sanglots.

S'il ne m'avait pas permis d'entendre le plus difficile de moi, je serais certainement encore avec lui. Nous avons besoin d'amour pour naître, pour venir au monde de l'amour. Le sien a été fabuleux, indispensable, vital à ma vie de femme. L'amour est souvent injuste. Il est injuste et sans pitié pour celui qui le donne et plus encore pour celui qui ne peut le recevoir.

Tout s'est passé comme si j'étais déjà adulte avant

de le rencontrer et lui un enfant découvrant, au-delà de la vie, l'immense paradis toujours plus inaccessible de l'amour.

Ah, juste dire encore l'intense présence du silence dans la chapelle de l'abbaye de Sénanque, un lieu de forces vives rassemblées là pour parer à l'égarement des siècles. C'est là que je l'avais rencontré, c'est là aussi que nous nous sommes quittés.

L'amour de Jean si inscrit au présent me renvoyait malgré moi, contre moi, contre lui surtout, à mon passé de petite fille, inéluctablement punie, privée de l'amour de son père.

Jean, Jean, pourrai-je aimer ton amour un jour et te rencontrer vraiment... avant que tu ne disparaisses à jamais ? Je me suis éloignée de lui, d'accord, mais je ne veux pas qu'il me quitte. Je veux son attente présente.

Elle me rassure, me donne la force de grandir encore un peu, d'espérer un jour renoncer au non-amour de mon père.

Dialogues

Puisque j'ai cru parler de moi en parlant sur toi, alors maintenant parle-moi de toi en parlant sur moi.

« J'aimerais m'appartenir, me retrouver, me...

– Mais tu es libre, je n'exige jamais rien de toi ! Tu penses ce que tu veux, tu fais ce qui te semble bon, tu vas où il te plaît...

– C'est de toi en moi dont je souffre. Je voudrais que dans ma tête, dans mon corps tu sois plus là et moins là. Que je puisse compter sur toi à la demande et non dans l'obligation, parce que soudain tu te sens gêné de m'avoir oubliée.

– Tu n'es jamais contente... Mais qu'ai-je fait, qu'ai-je dit qui ait pu encore te déplaire ?

– Ce n'est pas de toi dont je parle, c'est de moi. C'est un dialogue de moi à moi, que je commence, dont tu es seulement le témoin. Thomas, ne prends pas tout sur toi, ne t'empare pas de mes contradictions pour me coincer encore un peu plus. C'est vrai que tu as eu beaucoup d'importance, que tu as occupé tout l'espace de moi, que je t'ai aimé plus que moi-même. Mais aujourd'hui je commence à m'aimer, juste un soupçon de plus que toi. J'ose me donner un peu plus d'importance. C'est toute ma découverte, c'est le cheminement que j'ai fait ces derniers mois.

– Je ne comprends plus rien. Depuis quelque temps avec toi, tout se complique. Tout devient difficile, labyrinthique. Je me perds à tenter de te retrouver, je me décourage, je m'irrite, et je cherche désespérément pourquoi. Pourquoi nous en sommes arrivés là ! Pourquoi il n'est plus possible d'être heureux ensemble, pourquoi ?

– Je ne te demande pas de comprendre, de chercher des causes ou des raisons, mais de m'entendre. Simplement m'entendre ou seulement m'écouter, si m'entendre est impossible pour toi. »

(Un long silence.)

« Je voudrais me réveiller, me secouer pour être moins immobile, moins passive, plus présente et plus vivante...

– Je ne te demande pas d'être plus vivante, tu l'es suffisamment pour moi, parfois trop même ! Je te demande seulement d'être là, plus près de moi... comme une compagne, une partenaire, une femme mariée, quoi !

– Quand je dis vivante, je veux surtout parler de liberté d'être. J'aimerais retrouver ma pleine capacité à faire des choix, c'est-à-dire à prendre le risque de renoncer à la facilité, aux compromis. Pouvoir prendre le risque de m'égarer, de m'éloigner sans te perdre peut-être. Te perdre, j'en ai si peur !

– Tu veux me quitter, alors !

– Oh non, pas te quitter, trouver la bonne distance. Protéger le vivant de nos rencontres. J'aimerais ne pas t'aimer autant pour pouvoir m'éloigner sans m'effondrer, sans paniquer, sans avoir le sentiment que je vais disparaître ou me blesser à jamais en tombant dans le vide... Pouvoir me distancer, tout en gardant ton amour, tout en préservant le mien pour toi. Je suis déchirée, en conflit permanent à l'intérieur de moi, si épuisée à chercher une issue qui ne fasse mal ni à toi ni à moi. J'ai si peur des conflits, de ta violence retenue. J'ai déjà mal de toi et je crains d'avoir mal par toi.

– Tu me vois comme un monstre insensible !

– Au début de notre mariage, vois-tu, j'imaginais tout échange, même maladroit, comme une ouverture, un espace de vie. Je croyais que tous nos monologues – car ce n'étaient pas des dialogues, ces échanges fous, impossibles qui ne devenaient jamais des partages entre toi et moi – pouvaient quand même agrandir et sceller un peu plus de notre intimité. J'étais persuadée que ces tentatives à me dire, mes invitations à te dire, pouvaient nous rapprocher, embellir et dynamiser notre relation.

» Aujourd'hui je ne le crois plus, non par désespérance mais par évidence. Nous nous parlons, oh oui, nous discutons mais sans partage réel, sans échange comblant. Chaque discussion tourne à la disputation, comme s'il y avait un enjeu de pouvoir entre nous. Nos intimités respectives ont du mal à se rencontrer, elles ont de plus en plus de difficultés à se côtoyer dans leur différence, dans leur sensibilité si particulière. Je me sens unique, je te sens unique et je ne veux ni te réduire ni m'aliéner pour te faire plaisir ou avoir la paix. »

(Un silence.)

« Je garde trop souvent une sensation aigre, acide quand je n'ai pas réussi à être entendue par toi, là où je suis. Je me sens polluée par ma propre insatisfaction. »

(Un silence.)

« Je me sens blessé, amer de ne pas savoir te combler. J'ai l'impression de n'être plus rien pour toi !

– Je me sens à la fois mauvaise de te décevoir, et irritée de te voir, chaque fois, te disqualifier pour mieux me culpabiliser. Alors j'hésite, je survis en faisant le yoyo, je me rapproche, je m'éloigne, je m'approche, je fuis, j'ai envie de toi et je ne te supporte plus... Et j'ai aussi ce sentiment malsain que je devrais toujours aller sur ton terrain, là où tu domines, là où tu as des réponses, là où tu es à l'aise.

» Thomas, si tu pouvais ne pas me répondre chaque fois que je tente de me dire, si tu pouvais seulement me recevoir, seulement m'entendre !

– Mais j'essaie de te recevoir... je fais des efforts, bon sang, pour...

– Thomas, chut... ne confonds pas toujours ma tentative de mise en mots, même maladroite ou moche, avec une mise en cause de toi. Nous avons joué longtemps, chacun, au jeu de la victimisation, de l'incompris à jamais, à celui de “plus malheureux que moi tu meurs”. Nous ne pouvons continuer cet enfer, même en alternance !

» Quand je tente de me dire, bien sûr que tu es dans mon discours, bien sûr que c'est bien de ma relation avec toi dont il est question... De ma relation, entends-tu. Ne ramène pas tout ce que j'exprime à toi, ne le nivelle pas à ton seul ressenti, ne le réduis pas à ce que je réveille chez toi ! Je ne sais plus qui a écrit que, dans un couple, nous sommes toujours trois, l'autre, moi et la relation qu'il y a entre nous.

» Puis-je te parler de ce troisième qui est sans cesse présent à la fois entre nous et en nous ? Omniprésent, du moins en moi, très fort actuellement. Puis-je te dire ce lien si important, si doux, si violent qui circule entre nous et qui me dévore ? Puis-je t'en parler sans que nous mélangions sans cesse sentiment et relation ?

» T'emparer chaque fois de mon vécu, commenter ce que j'éprouve, fait que je m'en sens dépossédée, niée dans l'intime de moi. Il est vraisemblable que je fais la même chose avec ton propre ressenti, que je te pollue aussi, même quand je m'en défends. J'essaie depuis quelques mois d'être plus vigilante, de mieux dissocier toi et la relation que tu me proposes.

– Je ne t'aime pas, mais alors pas du tout psychologisant ainsi, sûre de toi, me parlant de toi, de la relation et en même temps discourant sur la façon dont nous ne communiquons pas. C'est vrai qu'en ta présence, depuis des années, je me vis sans cesse en échec. Je suis sans arrêt dans l'insuffisance, dans le dérisoire ou dans l'impuissance face à l'incompréhensible de tes attentes. Je sens trop de rancœur en toi, tant de frustrations que j'aimerais effacer d'un seul coup, pour redevenir plus neuf, lavé de toutes mes erreurs, de tous mes manques, pour retrouver un point de départ, pour pouvoir nous envoler à nouveau, ensemble.

» Combien de fois ai-je eu envie de te crier : Arrêtons de nous persécuter avec des mots, faisons l'amour, rapprochons-nous, simplifions la vie, retrouvons-nous...

– Moi je ne peux pas simplifier, j'aurais l'impression de me réduire, de me trahir. Tout est trop lié, tissé si étroitement en moi, le présent, mon passé, le tien, le nôtre, l'avenir. Tout s'interpénètre, se mêle dans une osmose redoutable.

– Je ne sais plus que dire...

– Par moments, et je sais que ce n'est pas juste, j'ai quand même envie de te reprocher la dépendance qui fut la mienne dès notre première rencontre.

» Dès nos premiers échanges, tout de suite j'ai dit oui à tes propositions, à tes suggestions. J'ai fait comme si c'étaient mes propres demandes. Comme si ce que tu énonçais était exactement le reflet de mes désirs, de mes choix, de mes goûts.

» Cela dura plusieurs années, sans même que j'en sois consciente un seul instant, sans même que je le ressente mal. J'entrais naturellement, sans contrainte, dans tes projets, tenon ou mortaise parfaitement ajustés. Cela ne me coûtait pas dans l'instant. Aujourd'hui, ce qui me pèse le plus et me donne envie de pleurer, c'est que j'ai collaboré activement, aveuglément à un système que je ne supporte plus, qui soulève une révolte plus ancienne que notre relation. Je sais bien que je te fais payer une partie de mon histoire inachevée. Je suis devenue infidèle à toi, pour être plus fidèle à moi. Cela s'est fait tout seul. Oh tu n'as pas besoin de sursauter, je n'ai pas eu besoin de te tromper ou d'aller avec un autre. Ce fut une infidélité à toi plus redoutable, je commençais à privilégier la fidélité à moi.

– C'est vrai, ça, je me suis senti souvent escroqué...

– C'est donc toi qui te sentais escroqué quand moi j'avais le sentiment de devoir tout payer. Oh, bien sûr, tu n'exigeais rien, tu ne demandais même pas. Tu avais simplement la conviction sincère que tout me convenait. Sauf que cela ne venait pas de moi, sauf que je ne savais même pas que j'étais sans attente, dépossédée de mes propres désirs, étouffée ou censurée dans des projets plus personnels, plus intimes, dont j'ignorais même la présence cachée en moi.

– Tu n'exprimais aucun souhait, c'était toujours à moi de faire des propositions, d'énoncer le futur, ou de construire le lendemain, qui ensuite te décevait, nous décevait. Tu me dis que tu m'as donné toute la place et je ne savais même pas que je l'avais.

– Oui, oui, tout à fait ! J'avais trop de désirs en jachère pour oser en exprimer un seul.

» Ce qui m'a donné envie de naître, c'est un matin où tu étais absent. Je me suis vue vieillir. Dans ma glace, en me peignant, j'ai entrevu une ride de bouche amère et sur mes lèvres comme un appel. Quelqu'un en moi m'appelait, oui ! Quelqu'un tentait de me parler, de me tirer à lui, de me sortir de cette irresponsable illusion de bien-être. Une partie de moi me chuchotait : Eveille-toi, ose des gestes à toi, risque un espace ou un temps pour toi, respecte ton rythme... Cette voix devait être trop faible, trop fragile pour s'imposer du premier coup parce que je l'ai vite oubliée.

» Le soir même, nous étions invités, il y avait plein de choses à régler, à planifier. J'étais, comme souvent, en représentation. Ai-je oublié ma ride ? J'aurais voulu t'en parler, te demander de l'aide, un soutien même si j'avais la certitude que ce n'était pas le moment, que c'était trop tôt. Mais le déclic avait eu lieu. En moi je ne pouvais plus ignorer que j'étais en survivance !

» L'infidélité commença quand j'ai cessé de penser uniquement à toi ou de passer essentiellement par toi pour trouver des réponses à ma vie. Mon infidélité a germé quand j'ai envisagé de penser à moi, quand j'ai senti qu'il était possible de m'aimer, de me privilégier un peu plus. Oh, non pas de façon narcissique ou égoïste, comme tu me l'as lancé à la tête un jour devant des amis, mais d'un amour de bienveillance, de respect envers moi.

» J'ai découvert ensuite que je t'aimais en vain, à côté, en deçà ou au-delà de toi mais pas au bon endroit de ton être.

– Moi je t'aime sans condition. Je t'aime à foison même si je ne sais pas te le dire, même si je le montre mal. Je t'aime tout court. Je n'ai pas besoin de discours compliqués pour te le dire, je n'ai nulle envie de découper mon amour en tranches...

– Là aussi, vois-tu, je ne te parle pas réellement de mes sentiments mais plutôt de relation, de mon attachement pour toi que j'ai senti trop fort, trop dangereux, de ton attachement pour moi que je sens trop envahissant, trop étouffant... Nous avons été, toi et moi, trop dans le trop, trop peu dans le pas assez.

» Avant de te connaître je croyais que l'amour servait à nous inventer, à nous rendre plus beaux, meilleurs, plus intelligents. Ce furent d'ailleurs les premiers mots que tu me dis lors de notre première rencontre : "Chaque nouvel amour nous réinvente." Avec cette phrase-là, tu es devenu d'un seul coup, par magie, l'homme de ma vie. Je me suis sentie inventée, portée par toi. C'était fou et tellement dérisoire. Je me sentais enfin comprise. Quelqu'un m'entendait sans que je dise. Quelqu'un me comprenait sans réserve. Mon cœur, nouvelle formule 1, est parti plein pot vers toi. Cela t'a émerveillé, m'as-tu dit, la confiance inouïe que je te faisais dans cet élan, l'importance que tu prenais avec mes enthousiasmes brûlants.

» Depuis je n'ai cessé de rouler en aveugle dans ta direction, de me consumer, aussi.

» Aujourd'hui je te demande ton aide, je te demande de m'aider à mieux t'aimer. Je te demande, ne me refusant rien, de m'aider à te faire entendre que je peux aussi t'aider à mieux m'aimer. Pas plus m'aimer, mieux m'aimer ! »

(Un silence.)

« Tu ne dis rien.

– Non, je ne comprends plus, je me sens perdu.

– Ma quête est difficile, exigeante, je le sais. J'ai semé quelques cailloux bleus pour nos égarements, quelques balises pour nos errances, quelques repères pour le présent. J'ai un espoir fou que c'est possible, toi et moi, et en même temps tant de doutes... tant de peurs.

– Je ne sais si je suis prêt pour cette quête-là, car je n'ai pas les mêmes attentes. J'étais bien avec toi avant que tu ne changes. Moi, je voudrais que tu redeviennes comme avant, que tout redevienne comme avant ! J'ai tellement mal parfois que j'ai envie de te frapper pour te réveiller, ou encore de tout arrêter, de partir. Je ne suis pas prêt à la souffrance liée à l'errance, pas prêt aux malentendus que je sens inévitables, engendrés par des égarements. J'ai trop peur de l'imprévisible pour rester dans ce présent trop mouvant. Laisse-moi le temps de grandir un peu... »

(Un silence.)

« Tu ne dis rien, lui dit-il.

– Oui, je ne dis rien, lui répondit-elle, je t'écoute parler de toi et c'est bon. »

Et d'abord pourquoi faut-il toujours se battre pour avoir la paix ?

Les hommes construisent plus de murs que de ponts ou de passerelles. Peut-être préfèrent-ils rester enfermés !

L'instit depuis le début de l'année, avec le changement de siècle et tout le cirque qu'ils font à la télé et dans les journaux, il veut nous apprendre la paix. Il nous a dit, avec une voix grave, en nous regardant tous au fond des yeux : « Regardez autour de vous, il y a la guerre partout dans le monde, au Rwanda, au Kosovo, en Turquie, en Birmanie, en Tchétchénie, en Amérique du Sud, au Timor. Presque partout dans le monde on torture, on emprisonne. Des millions d'enfants meurent de faim chaque année et la violence déferle même dans les banlieues.

– C'est quoi déferler, monsieur ? a demandé Aldo.

– C'est comme les vagues de la mer, quand il y a un raz de marée qui recouvre tout.

– Moi, j'ai jamais vu la mer déferler dans mon quartier, il n'y a que les sacs d'ordures qui déferlent partout dans la rue quand les Blacks des poubelles, ils font grève...

– Bon, d'accord, je voulais dire que la violence sous ses multiples visages, vols de voitures, drogue, agressions de personnes âgées, viols, pillages de boutiques, taguage de murs, est aujourd'hui présente et peut faire irruption dans la vie de chacun d'entre vous ! Et même ici dans la cour de l'école, dans les couloirs où, à la sortie, c'est souvent la bagarre. Il n'y a que dans cette salle où je maintiens un îlot de paix ou bien dans vos familles que vous pouvez respirer...

– Dans ma famille c'est pas la paix, maman fait la guerre à papa, ma sœur à mon petit frère, et mon grand frère à moi, chaque fois que je ne suis pas d'accord avec lui, a risqué Chloé.

– Ça, c'est des conflits normaux, a dit l'instit, des conflits qui peuvent s'arranger en discutant, en proposant des concessions, en faisant preuve de tolérance. Avec un peu de bonne volonté, on peut toujours arriver à s'entendre.

– Alors quand c'est un conflit normal on peut se taper dessus normalement ! a suggéré Julie qui est jalouse de Chloé.

– Non, bien sûr, mais ne vous inquiétez pas, on va parler de tout ça un peu tous les jours. Je voudrais qu'on réfléchisse ensemble à tout ce qu'il serait possible de faire pour qu'il y ait un peu plus de paix dans le monde ! »

Alors Bébert est intervenu. Et comme chaque fois qu'il veut « se faire l'instit », le coincer, le mettre *out*, il parle de cul.

« Mon oncle Antoine, qui sait tout, nous a dit

qu'autrefois il y avait les maisons de tolérance où on pouvait tout faire, mais on les a fermées ! Alors il dit que c'est pour ça que l'intolérance est arrivée jusque dans la chambre conjugale, que les femmes aujourd'hui elles refusent même de faire l'amour quand nous les hommes, on a envie ! Mon tonton, il dit que ça marche pas avec lui. Il lui donne sa dose à tous les coups à sa meuf ! » Et Bébert a poussé deux ou trois fois son bas-ventre contre le bas du pupitre, pour montrer qu'il savait de quoi on parlait. Il y a eu quelques rires parmi ses copains.

Le maître est resté silencieux un moment, puis il a dit : « De ça aussi on va discuter sérieusement. Des relations hommes-femmes sans violence ! Apprendre à vivre en paix ensemble, c'est possible, d'ailleurs...

– Faire la paix, c'est trop con. Si c'est se faire baiser par un plus fort, sans rien dire, moi je marche pas dans cette combine pourrie ! Moi, la paix, je l'encule toute crue, je vais pas me faire avoir par tous les tordus... La paix, c'est comme Canal + quand t'as pas le décodeur, t'es camembert !

– Ahmed, je t'ai souvent demandé de ne pas toujours utiliser de l'argot ou des mots grossiers pour donner ton point de vue. Je sais qu'il est toujours intéressant et percutant, mais il y a d'autres façons de s'exprimer...

– Je suis pas grossier, je dis les choses normalement. Quand je veux parler comme vous à la maison, ils me disent : “Arrête de déconner avec des mots qui sont pas à nous !” Dans mon HLM, ils sont tous prêts à me foutre une giga-baston, à me tomber dessus si je parle pas français comme eux. Et puis vous ne les connaissez pas, dans mon coin ils démarrent sans déclaration de guerre. Joff, mon meilleur copain pourtant, il n'a qu'à dire au gros Zia : “Tape-lui sur le museau à ce con, il nous fait gerber avec ses salades” et c'est tout de suite ma fête ! »

Ahmed, il pourrait continuer comme ça pendant tout le cours mais le maître sait comment le prendre : « D'accord, Ahmed, tiens, si tu veux porter ce dossier chez le directeur et dis-lui que j'ai confiance en toi. »

Le maître a une technique à lui, il nous dit souvent : « Je ne m'occupe ni du fond ni de la forme, mais du sens. C'est le sens qu'il faut atteindre ! » Le sens, nous on s'en fout, on connaît que les sens interdits, c'est pour ça qu'on les prend.

Le maître ne se décourage jamais. Mais je vois bien que, quand il nous parle de paix, il est en pétard à l'intérieur, tout au fond de lui. La guerre chez lui, c'est au-dedans. Ça doit faire un boucan du diable dans son bide, parce qu'il doit faire sans arrêt la paix avec lui-même, pour essayer d'avoir un peu de paix en classe !

Le maître, son point faible, c'est qu'il veut comprendre, expliquer et tout arranger. Chaque fois qu'il y a un conflit, normal ou pas, sitôt qu'il y en a deux qui se pètent la gaufrette, il arrive et nous oblige à discuter, à nous parler.

Il voudrait qu'on soit copains à nouveau, alors qu'on l'a jamais été !

« En mettant des mots on évite de mettre des maux ! » C'est sa phrase favorite, on l'a entendue cent fois et il ne se passe pas de jour sans qu'il nous la serve. Alors nous, sitôt qu'il commence : « En mettant des mots on évite de mettre... », on gueule tous en cœur. « DES MAUX ! »

La semaine dernière par exemple, il nous a demandé de travailler sur les expressions suivantes : « faire la paix » et « être en paix. »

« Mais avec qui, a dit Farid, ils sont tous contre moi !

– Avoir la paix, c'est simple. Mon père, il a la paix en foutant une bonne avoine à ceux qui le dérangent quand il écoute la télé. Lui il veut avoir la paix pour s'endormir à tous les coups devant sa téloche, a souligné Myriam.

– Etre en paix ! C'est presque comme reposer en paix, c'est trop tard ! » Ça, c'est Julie, qui est souvent triste et nous dit souvent : « C'est pas marrant d'être jolie. » C'est vrai ça, tout le monde dit que Julie c'est la plus jolie de l'école, qu'elle devrait faire du cinéma... « J'en fais du cinéma, mais c'est pas celui que vous croyez ! »

Chercher la paix. D'abord, faudrait la trouver. « On n'a pas le temps quand l'autre te cogne sur la tronche sans prévenir », se met à hurler Martin.

Foutre la paix à l'autre. Ne pas lui marcher sur les pieds ou chercher à le contredire ! C'est difficile pour moi, j'ai un point de vue sur tout. Vous avez compris, c'est moi qui raconte !

« Vivre en paix. Il paraît qu'autrefois il y avait des gens qui ont vécu en paix, après qu'il y avait eu la guerre pendant cent ans ! » chuchote Sophie qui a toujours peur de dire des bêtises.

Notre maître, il est vraiment particulier. Il ne s'énerve jamais avec nous. Il le fait exprès de pas s'énerver, ce qui nous énerve d'ailleurs. Faut dire que nous, on a souvent envie qu'il se fâche un peu, parce qu'après il a comme honte, il devient tout doux. Comme ça on gagne toujours un peu de temps sur le calcul et la géo ou d'autres matières chiantes. Il a une sacrée réputation dans l'école. Nous, on l'appelle Victor Riant, son vrai nom c'est Jean Rieur. Il rit souvent, mais jamais de nous.

C'est un homme gai qui a dû être très malheureux, ça se voit quand on le laisse un peu tranquille, il devient rêveur !

Ce matin, avant notre arrivée, il avait écrit au tableau :

C'EST EN FAISANT LA PAIX AVEC SON ENNEMI INTÉRIEUR
QU'ON PEUT FAIRE LA PAIX
AVEC SON ENNEMI EXTÉRIEUR.

Kévin, il a aussitôt commenté à haute voix : « Je vais pas perdre du temps, moi, avec mon ennemi intérieur, je le connais même pas, je préfère garder mes forces pour les guignols qui veulent me faire une grosse tête à la sortie, parce que j'achète pas leur poudre ! »

Moi, je ne l'ai pas encore dit, je m'appelle Jérémy, j'ai onze ans et demi, presque douze quand je me tiens droit. J'ai jamais connu la paix à l'intérieur de moi. Il y a trop de choses dans ma tête qui se bousculent et même qui se combattent dur ! Entre ma tête et mon corps, il y a plein de désirs contradictoires. Je veux tout, des fois en même temps et d'autres fois pas en même temps ! C'est jamais en paix à l'intérieur de moi !

Vous l'avez compris, j'ai du mal à être d'accord avec moi-même, alors avec les autres, vous pensez, j'arrive toujours en retard.

Le maître, souvent, il est du côté des filles. Il veut nous donner l'exemple. Comment il faut se conduire avec elles, ne pas les bousculer, leur parler gentiment, accepter leurs points de vue. Parce que pour nous, les belettes, elles font pas le poids. Il faudrait qu'on soit des moins que rien pour être d'accord avec elles, surtout en public. Devant les autres, faut les jeter, les gisquettes, sinon elles se croient ! Et après, elles nous en font baver pour sortir avec...

Ce que le maître n'a pas l'air de savoir, c'est que faire la paix avec les autres ou simplement vivre en paix avec soi-même, c'est vachement pas facile quand on est petit. Je veux dire quand on est plus petit que tous les autres enfants du même âge que moi !

Au fond de moi je ne suis pas méchant, j'en veux pas aux autres, je leur fous la paix. C'est jamais moi qui cherche la bagarre, c'est la bagarre qui vient toujours me chercher. En plus, depuis un mois je suis calme, méga-calme. Je suis dans mon coin, je rêve, je pense à Monica. Je pense qu'à elle depuis que je suis amoureux et qu'elle le sait, parce que je l'ai dit à sa meilleure copine qui devait pas le lui dire, mais qui devait quand même s'arranger pour le lui faire savoir ! Monica elle a dix ans, c'est une beubon. Elle a pas encore d'airbags, là où il faut comme sa sœur, mais je sens qu'ils vont pousser très vite. Et puis moi c'est pas ça qui m'intéresse pour l'instant.

Ce que j'aime chez elle c'est les yeux quand elle me regarde, comme ça, je me sens plus beau et plus gentil. J'y peux rien, c'est comme ça depuis le premier jour où elle est arrivée dans notre classe, il y a à peine deux semaines.

C'est drôle, les autres c'est comme s'ils ne supportaient pas que tu sois bien, que tu sois simplement content, joyeux. Ils trouvent ça suspect, ça les inquiète, alors ils te foutent la haine. Il suffit que tu souries, que tu te sentes bien, alors ils te tombent dessus, sans prévenir. On dirait qu'ils sont ennemis du bonheur.

Moi, tout au fond de moi, mais je l'ai encore jamais dit à personne, je crois que la source de la paix, c'est l'amour, le vrai. Depuis que je suis en amour, je vois les autres plus sympas, plus beaux, plus vivants, même les plus cons je les trouve changés, presque sympas. Mais il y a quand même plein d'embrouilles qui m'arrivent dessus. Parce que je suis devenu distrait, inattentif, dit le maître. « On dirait que tu ne vis plus avec nous, que tu planes, Jérémy, reviens... », m'a dit Victor Riant en me mettant la main sur l'épaule. J'avais envie de pleurer mais je me suis redressé, j'ai dégagé mon épaule d'un coup sec. Il va pas me faire chier avec sa gentillesse, sinon je vais passer pour un trouduc.

Le maître, lui, il poursuit son idée, ma parole, il nous prend la tête avec son année de la Paix !

« On approche de l'an 2000 et ce sera l'année de la Paix !

– Alors on pourra plus se bagarrer, on devra se laisser taper dessus sans rien dire ? Moi je ne suis pas d'accord ! », ça c'est Ricco qui cherche toujours un prétexte pour balancer un coup.

Théo, qu'on appelle Julos parce qu'il aime un chanteur écolo qui n'est pas du quartier et qui s'appelle Julos Beaucarne, il va au plus simple, lui : « Moi je suis pour la paix, je voudrais qu'on s'aime tous. »

Gus, les grandes idées sur la paix, il s'en balance, il veut du concret. Il réclame : « La paix dans la cour de l'école et surtout dans les chiottes, qu'on soit pas toujours sur le qui-vive, même avec un copain devant la porte, quand on fait ses besoins. »

L'école, quand elle est trop loin de nous, qu'elle nous entraîne dans les grandes idées sur le vaste monde, l'humanitaire, la politique, nous on décroche tout de suite. Quand on est gosse, on galère entre tellement de choses, la famille, le quartier, les copains, les autres, tout ce qui échappe aux grandes personnes, que nous on n'a même pas le temps de vivre !

Les adultes c'est comme des zombies, ils passent au-dessus de nos têtes sans rien voir, sans rien entendre. Dans notre coin, je veux dire notre cité, « le tendre monde de l'enfance », comme ils disent à la télé, il n'a pas beaucoup d'espace, « coincé qu'il est entre l'impuissance des grandes personnes et le désespoir des loubards ».

Et puis, autour de nous il y a la vraie vie, une vie pleine de vide, celle où on n'est sûr de rien. Bien sûr, il y a le ciné, la télé surtout, les vidéos. Là, tout est différent, on sait que ce n'est pas vrai, mais on fait comme si c'était vrai quand même, pour boucher les trous qu'il y a dans la réalité.

Le maître, il sent bien qu'il doit être concret, réaliste, qu'il doit nous faire un enseignement de proximité, comme j'ai entendu, dans l'écran, un ministre le dire. Un qui parlait avec des mots à lui, c'est-à-dire qu'on n'entendait même pas les trois quarts de ce qu'il disait.

Notre instit, je l'ai pas vu venir avec son truc, toujours au ras des pâquerettes. Après les vacances de la Toussaint, il a arrêté de nous faire des discours avec des grandes idées sur la paix tout autour, il s'est mis à notre niveau. Depuis on discute de la vie, de la nôtre, enfin ce qu'on peut en raconter, parce que dans notre cité il faut surtout savoir la fermer. Et puis il a fait son numéro, l'instit, là il a fait fort !

Ce qu'il a fait, je vais vous le dire, c'est un vrai travail de pro pour la paix ! Alors là, chapeau. Maintenant que c'est terminé, je peux tout vous raconter en détail.

Ça a commencé, mine de rien, sur une petite phrase de rien du tout.

« Ce n'est pas tous les jours Noël, que signifie cette expression ? » a demandé le maître.

D'abord il faut que je vous dise pourquoi les élèves des autres classes ils l'appellent pas Jean mais Victor, notre prof. C'est à cause de l'instit du feuilleton. Pas seulement à cause de sa doudoune et de sa moto, de moto il n'en a pas, mais c'est parce qu'il est gentil. C'est lui qui a appris à Aïcha, la grand-mère de Leïla, à lire et à écrire en français. Il est fort, Victor !

« C'est pas tous les jours Noël, ça je le sais ! car en

classe on doit toujours répéter la question du maître ! a hurlé Lucas.

– C'est pas tous les jours Noël, parce que c'est l'anniversaire de Cédric, mon frère », a répondu Jan-Noël (sans *e*, il y tient !).

Jan-Noël, il veut toujours répondre en premier, surtout quand il ne sait pas. Il n'a pas sa langue dans son blouson.

« Non, répond aussi sec Arnaud, qui a toujours besoin d'être contre quelqu'un, si c'est pas tous les jours Noël c'est parce qu'il y a classe. A Noël, on s'embête pas à aller en classe, à Noël c'est tous les jours jour de congé... !

– C'est pas tous les jours Noël, parce qu'il y a la guerre chez les Yougos, en Bosnie. » Ça c'est Kévin. « Mon grand frère même qu'il a vu plein de macchabées dans un trou ! Il était Casque bleu, mon frère, même que je l'ai mis son casque et que les keufs ils voulaient me le piquer. Dans le trou, au Kosovo, ils étaient tous mélangés et même qu'on savait plus s'ils étaient des hommes ou des femmes, il a dit mon frère, même qu'il les a vus violés ! C'est pas beau à voir ! »

Là, c'était bien parti, chacun pouvait dire son point de vue, c'est chouette la classe quand on peut parler de tout !

Victor, notre maître, il prend tout ce qui vient de nous, c'est sa technique et il en tire toujours quelque chose d'intéressant. Un jour, dans la cour de récréation, Mélanie l'a entendu dire aux autres profs :

« Moi je prends tout ce qui vient de la classe, comme si c'était du Molière, et j'en fais quelque chose avec eux. C'est passionnant... de s'appuyer sur ce qu'ils disent ! » L'autre prof il lui a répondu : « T'es pas difficile, t'as vu comme ils nous parlent ces débiles !

– Je vois pas comment ils me parlent mais j'entends bien tout ce qu'ils ne disent pas », a répondu Victor. Mais ça, c'était trop fort pour l'autre fonbou.

Le lendemain, Mélanie nous a dit qu'elle avait reçu une gifle de son père parce qu'elle avait répété le soir même : « On est des Molière » et qu'il avait cru entendre qu'elle disait : « On est des Meulières. » Meulières, dans le quartier, c'est une insulte de ceux de la cité des Erables, où il n'y a jamais eu d'érables.

« Les érables, c'est tout en sirop, au Canada, m'a dit Monica.

– Les Meulières c'est des béciles, ils ont rien dans le disque dur, ils bossent tous à l'usine ! » répètent les gosses des autres cités, dont les parents chôment dur.

« C'est pas tous les jours Noël, parce qu'il faut travailler tous les jours, surtout quand on veut pas être chômeur. » Ça c'est Momo, le jumeau de Zoé.

Du chômage, ces deux-là, ils en parlent tous les jours, c'est leur pain quotidien.

« Parce que quand on est au chômage, il faut quand même travailler tous les jours, mais en cachette, si on veut pas crever de faim. Le travail, il ne tombe pas du ciel, il faut aller le chercher loin, à l'autre bout de la ville. Et d'ailleurs aujourd'hui, il faut se cacher pour travailler. Il est fainéant le travail, il se déplace jamais vers vous, il faut toujours courir après... »

Une phrase comme ça, aussi longue et dite d'un seul coup, sûr c'est le père des jumeaux tout craché, qui parle en eux.

« Nous, c'est Noël quand papa ne crie plus ou qu'il ne frappe pas trop fort, quand il a bu. Des fois, c'est quand même chouette, quand il a bu il tombe tout de suite dans l'entrée, dès qu'il voit maman qui l'attend derrière la porte avec le balai. Mais des fois, il tombe de suite sur le divan avec elle et maman dit en riant : "Vous pouvez faire un tour dehors, ce soir les enfants, c'est Noël !" » se marre Jeannot qui a beaucoup vécu.

Et quand Jacky nous dit certains matins : « Hier soir c'était Noël ! », on comprend qu'il n'a pas été battu.

Le maître, il s'est justement appuyé sur la phrase de Jacky pour lancer sa fusée sur la paix. Maintenant c'est vraiment parti dans l'autre sens, grâce à Jacky.

« Alors pour vous, a dit l'instit, c'est Noël quand il se passe quelque chose de nouveau, d'inattendu, d'insolite.

– Alors là on en a à dire ! a dit José qui veut être bon en classe. Parce qu'on peut faire des études ensuite et devenir quelqu'un ! »

Nous, à partir de ce qu'a dit José, on prend la roue, on est plutôt plus pour ce qui est que pour ce qui n'est pas. Quand on est pauvre, on préfère ce qu'il y a à ce qu'il n'y a pas.

Antoine a enchaîné aussi sec : « C'est Noël quand

ils se sont trompés aux allocations. C'est le père Noël qui a posé son doigt sur l'ordinateur, a dit mon frère qui s'y connaît. Ils ont payé deux fois, et la deuxième fois en comptant onze enfants au lieu de quatre. Ce mois-là, le père Noël il était beurré ! »

Sara a levé le doigt pour dire : « L'autre jour c'était presque Noël ou tout comme, parce que maman, elle voulait donner ma poupée au Secours catholique pour les enfants de Roumanie. Celle qui avait un bras cassé et un œil en moins, mais qui m'écoute et me console toujours quand je suis triste, parce que ma poupée elle m'aime ! Parce qu'il faut donner à plus pauvre que soi, c'est le bon Dieu qui l'a dit. Le bon Dieu il nous le rendra. "Il nous le rendra, mon œil, a dit mon père, on peut compter que sur nous... Dieu il y a longtemps qu'il ne croit plus en l'homme."

» Maman, de toute façon elle vote pas communiste. "Je ne veux pas être une rouge ! elle crie chaque fois qu'il faut voter. – Mais on n'est plus des rouges aujourd'hui, a dit papa. On est normaux, même les Américains, ils nous parlent, ils cohabitent avec nous, ils veulent implanter le capitalisme en Russie, d'ailleurs Poutine est d'accord !" Il sait parler de tout, comme à la télé, papa ! Alors maman, pour ne pas contrarier papa, elle a pas donné ma poupée, même si elle me disait : "T'en as plus besoin maintenant, t'es grande, tu peux jouer à des jeux téléguidés comme tous les enfants."

» Oui, mais mes jeux téléguidés, je les avais demandés au père Noël, pas pour moi, mais pour mon frère qui m'avait dit qu'il me laisserait tranquille, qu'il arrêterait de me tripoter sous la jupe si je faisais ça pour lui. Je l'ai fait, mais il m'a pas laissée tranquille. Alors ma poupée, même cassée, j'en ai quand même besoin. Maman n'a pas osé la donner. Car au dernier moment elle a pensé que les enfants de Roumanie, ils auraient pu croire qu'on était plus pauvres qu'eux, comme lui a dit la voisine. C'est ça qui l'a retenue maman... Elle n'a pas donné ma poupée qui m'aime, parce qu'elle voulait pas que des étrangers ils sachent qu'on était pauvres nous aussi ! »

Victor on l'aime bien et même on le respecte, lui. On lui crève jamais les pneus de sa voiture. Surtout depuis qu'on sait que c'est grâce à lui que Leïla n'a pas été placée à la Dasse.

Là aussi il faut que je vous raconte en clair, car c'est une histoire compliquée, qui a duré tout le reste de l'année scolaire. La dame de la Dasse, l'assistante pas sociale du tout, à la rentrée des vacances de Noël elle avait été catégorique en parlant d'Aïcha, la grand-mère de Leïla : « Cette petite, elle peut pas continuer à vivre avec cette femme (la grand-mère de Leïla, elle l'appelle une femme, comme si c'était un chien !) qui est trop vieille et qui ne sait même pas lire le français ! »

C'est là qu'on avait tous vu que la dame de la Dasse, elle connaissait pas Aïcha. Elle que toute la cité connaissait comme quelqu'un de respectable, et même d'honorable. Tout le monde, quand on la voit passer, s'incline vers elle. Et en plus dévouée et « très intelligente pour une musulmane ». C'est la caissière de la supérette qui l'a dit à maman.

C'est pas parce qu'elle a soixante-dix-neuf ans, Aïcha, et qu'elle tient debout avec le vent. On croit toujours qu'elle va tomber, mais un petit coup de vent à droite, un petit coup de vent à gauche, crac boum, elle tient toujours debout. Je ne l'ai jamais vue tomber et puis surtout, Aïcha elle sait raconter des histoires pleines de contes, qui nous font rire et pleurer en même temps.

Aïcha, elle a un conte pour toutes les situations de la vie.

C'est Victor qui a eu l'idée de la faire venir à l'école, tous les vendredis. On termine la semaine avec elle. Moi ce que j'aime, c'est le conte du grand paresseux. Mais l'assistante de la Dasse, elle ne sait rien de tout ça. Elle disait chaque fois : « Cette petite, elle ne peut pas rester avec quelqu'un d'aussi inculte, d'inadapté à la vie sociale, elle est en danger ! Il faut la mettre dans un foyer ou au pire dans une famille d'accueil, même si à la campagne elles n'aiment pas beaucoup qu'on leur place des Maghrébins, on en trouvera toujours bien une ! » Mettre Leïla dans une famille qui n'aime pas les Maghrébins, c'est comme la mettre dans la famille Le Pen !

Le pire pour Leïla c'est que ses parents, les vrais, ils avaient été embarqués par le FIS. Mon oncle Raymond il dit que le FIS « c'est des intégristes mais violents qui ne croient plus au père Noël depuis longtemps ! Il dit que le FIS, c'est des bougnouls, plus bougnouls que les bougnouls, qui veulent nous apprendre à vivre comme eux et que c'est pas demain qu'ils vont continuer à nous emmerder, si ça continue... ».

Là, Raymond il est un peu à court. Il attend les prochaines consignes. Depuis qu'il vote plus à gauche, il vote à l'autre extrême et des fois il est en manque, Raymond, dans les arguments !

Le résultat, c'est que Leïla elle n'a plus de parents, elle n'a que sa grand-mère pour mère, pour père, pour frère et pour sœur. Une grand-mère tout-terrain comme les Toyota du Paris-Dakar ! Donc, si vous m'avez suivi, c'est Aïcha qui l'élève et qui nous raconte en plus des histoires pleines de contes, tous les vendredis.

L'argument-choc de la dame antisociale de la Dasse c'est « que la petite ne pourra jamais passer en sixième s'il n'y a personne à la maison pour lui apprendre la propreté et lui faire faire ses devoirs en français. Et puis, et puis, avec tout ce qui se passe aujourd'hui dans les cités, faut faire attention, Leïla, elle va pas rester vierge longtemps, si elle a pas un grand frère pour la défendre... »

« De toute façon des vierges, il n'y en a plus au jour d'aujourd'hui, a dit papa, même ta mère elle était plus vierge après m'avoir connu ! » Là, papa et maman, ils ont ri ensemble, c'est pas souvent, puis maman a dit : « Arrête avec ça, qu'est-ce que va penser le petit ? »

Eh bien, tenez-vous bien, Victor, en trois mois et demi, pas un jour de plus, d'entraînement intensif et de sueur, chez lui et chez Aïcha, eh bien tout seul, accrochez vos ceintures, sans dopage comme ils font les athlètes du Tour de France et même des Jeux olympiques, il lui a appris la lecture et un début d'écriture, à Aïcha. C'est pas fort, ça ?

Nous, par la fenêtre de la classe, on voyait Aïcha qui tirait la langue et qui essuyait souvent ses lunettes.

On l'avait jamais vue avec des lunettes, elle faisait moins vieille que dans la vie avec ses yeux fatigués. Leïla nous tenait au courant des progrès, elle était chargée de faire réviser tous les jours sa grand-mère. Elle nous disait que c'était pas facile à cause de l'arthrose et des rhumatismes pour tenir le bic.

Et puis en juin, Victor il a convoqué la dame de la Dasse, qui affirmait haut et de plus en plus fort « que c'était un scandale, qu'on pouvait pas laisser plus longtemps cette petite dans un milieu aussi dangereux ! ».

La dame de la Dasse, elle s'est assise, dans la classe, à la place de Leïla, et c'est Aïcha elle-même, sans play-back, qui lui a lu le règlement de la Dasse, qui disait : « On doit laisser les enfants à leur famille chaque fois que l'intérêt de l'enfant est en jeu et même s'ils sont en sixième et plus tard encore. Parce que la famille c'est le fondement de la société... » et que des fois c'est plus économique pour tout le monde...

Aïcha ne comprenait pas tout, parce qu'elle est d'une autre société à elle, plus ancienne que la nôtre. Mais les mots qui sortaient de sa bouche étaient les mêmes que ceux du papier.

La dame de la Dasse a été écœurée.

« Si maintenant vous perdez votre temps à apprendre à lire aux Arabes qui en plus sont vieux, faut pas vous étonner s'ils savent lire des prospectus pour fabriquer des bombes... si c'est ça préparer la paix ! »

Là, elle s'est emmêlée dans les cocotiers, parce que mon frère, il m'a dit : « On n'a pas besoin de prospectus pour fabriquer des bombes, il suffit d'en avoir là. »

Il a montré sa braguette. Mon frère, il a toutes ses idées et tous ses arguments dans sa braguette, c'est inépuisable !

C'est vrai, c'est pas tous les jours Noël, mais il y a des jours où c'est mieux qu'à Noël.

Quand Leïla elle est arrivée, ce matin-là, avec le papier officiel du juge qui ordonnait qu'elle pouvait rester avec sa grand-mère, toute sa vie si elle voulait... ça voulait dire même après la sixième, vous auriez dû la voir, elle était si mignonne, qu'il y en a eu plusieurs à être tombés amoureux d'elle, à cet instant ! Moi un petit peu aussi, mais comme Monica m'a dit avant-hier qu'elle m'aimait, alors là je vais pas craquer pour une autre gisquette. En plus on doit bientôt se dire encore plein de choses, de bouche à bouche.

Leïla nous a demandé la permission d'embrasser Victor. C'est normal, parce que ça ne se fait pas en classe entre prof et élève et puis avec toutes ces histoires de pédophiles à la Dutroux, ça ferait mauvais genre dans notre classe, si on en venait à croire que Victor il est pas net.

Victor il ne savait plus où se mettre, il était tout rouge. Peut-être qu'il va voter communiste !

Même si on n'y croit plus, nous, au père Noël, c'est bien de l'avoir inventé, on en a besoin de temps en temps quand même !

Et puis, pour ne pas faire de la peine à Victor qui ne sait pas tout ce qui se passe dans notre vie, je veux parler de la cité, pour la paix d'abord, je crois qu'on n'a jamais vraiment essayé d'avoir la vraie paix dans le monde. Des fois dans l'histoire de France ils ont fait un effort d'accord, mais jamais tout à fait. Parce que la vraie paix, j'y ai réfléchi toute cette année, ça nous obligerait, chacun, à changer ! A changer notre regard sur nous-même, sur les autres et surtout à commencer à s'aimer un peu plus. Et là, je vous le dis en clair, on en est loin.

Alors moi j'ai envie de vous dire, l'amour, c'est un peu comme le père Noël, on n'y croit pas, mais on l'espère. C'est l'espoir qu'il y a quand même un peu de bonté en chacun.

L'amour c'est la base de la paix. Je ne sais pas dans le monde mais dans notre classe, ça marche parfois. Je trouve que c'est un bon début pour un avenir qui va à toute vitesse vers l'an 3 000.

Si vous n'êtes pas d'accord, moi je suis capable de vous péter la gueule !

D'ivresse et d'étonnement...

L'énergie de l'amour est certainement une des plus puissantes au monde...

« D'ivresse et d'étonnement, voilà l'état d'amour. Il faut la coexistence de ces deux sensations pour garder vivace en soi un sentiment amoureux. »

J'entends encore la voix douce et nostalgique de Daniel me parlant de l'amour. De ses amours plutôt, car elles furent nombreuses, j'allais écrire innombrables. C'est du moins ce que je suppose, à la qualité de son regard, de ses émotions, à l'intensité de sa voix quand il me parlait non d'elles, des femmes rencontrées, aimées ou simplement désirées, mais de tout ce qu'elles avaient éveillé en lui.

Quand il évoquait le moment, l'instant où se révèlent les possibles, les au-delà de la rencontre. Quand il se hasardait à me décrire le fragile de la mise en présence, le temps suspendu pour ouvrir un espace à la relation, pour créer l'infini d'un abandon, pour accélérer les vibrations de la vie dans la fête à venir des corps.

Je savais aussi comment par un simple regard, un temps d'attention imperceptiblement plus long, il savait faire s'illuminer le visage d'une femme et naître une onde de vie plus vivace dans son corps. Je n'avais aucun mal à imaginer, pour l'avoir vécu, je veux dire pour en avoir été le témoin, l'impact qu'il savait faire surgir dans l'éphémère d'une seconde arrêtée, quand les mains inventent des gestes inouïs, quand une inclinaison du cou, l'élan d'une épaule, un soupir retenu qui s'échappe, quand un souffle libéré pose les jalons et les envols des étreintes futures. Quand il n'y a encore rien et que tout est déjà là, dans la palpitation émue d'un présent qui ose s'inventer.

« Il y a des femmes qui m'emportaient au premier regard, qui m'ouvraient si profond que j'avais le sentiment de naître chaque fois. Je sais l'impalpable d'un émoi, les frémissements d'un ventre soudain appelé, étonné de se sentir si doux, si voluptueux, torrentiel, autant de signes, autant d'élans offerts à qui sait les recevoir. Quand parfois peuvent naître des gestes insensés, plus fous que les rêves les plus délirants, quand mes mains suscitent et trouvent des chemins, des ruisseaux, des brasiers ou des volcans. Quand le chemin s'ouvre sur une liberté incandescente, rayonnante. Et puis en un éclair l'apaisement immobile ou bruyant, avec cependant l'absolue certitude d'un désir à venir et la mémoire ouverte, vierge, blanche et pure à l'accueil de la vie en suspens. »

Je l'écoutais se parlant à lui-même, captivé par l'en-deçà du souvenir. Avec des mots éclatés par l'éclosion de réminiscences trop proches et en même temps si inaccessibles et si ténues. Il me fallait garder un regard ouvert, une écoute dense, pour soutenir le déploiement et l'irruption trop lumineuse de l'inattendu et du magique dans ses confidences.

« Je savais déjà que nos rêves s'entrelaçaient, se mêlaient avant même que des intentions se rejoignent. Des certitudes de plaisir surgissaient tellement vives, intenses qu'elles en devenaient soudain douloureuses. Quand le désir fait scintiller la chair, quand l'émotion sourd sous le voile d'un regard, aucun vêtement, aucun geste, aucune attitude ne peut cacher la tempête ardente, si secrète l'instant d'avant, encore cuirassée de non-savoir, qui circule entre deux êtres qui se rencontrent pour la première fois.

» Il faut savoir, ou entendre, quand deux chemins opposés se présentent, pour accueillir l'imprévisible du présent qui source de partout.

– Vous me regardez comme si je vous connaissais...

– Oui, je me sens connu de vous !

» Bien sûr, il faut quand même des mots, à condition de les laisser danser, de leur permettre de s'agrandir pour venir se déposer au creux des attentes. Il y a toujours une attente, surtout pour celui des deux qui l'ignore le plus. Il y a toujours une intention quand elle n'est pas niée ou engloutie dans les oublis de l'urgence.

» Le désir affamé se fait tourbillon, goéland des profondeurs, se dépose un instant dans l'effleurement d'un geste, puis retourne au silence. D'autres fois, il se crie silencieux, se fait suppliant.

– Oui, c'est bien vous, vous êtes là. Je vous reçois comme un cadeau.

– S'il vous plaît, ne me donnez pas l'heure je veux garder l'éternité de l'instant.

– Les longues soirées de juin donnent aux baisers plus de goût et de rêves aussi... »

Daniel se confiait surtout le soir, quand l'hôpital silencieux déposait ses angoisses, quand la lumière semblait attendre la fin du jour, pour se laisser aller, se lâcher un peu, quand les bruits pouvaient s'éteindre sans regret.

« Je savais, à l'époque, déposer des baisers au coin de ses yeux, avant même que son regard ne me rencontre, bien avant de la voir me regardant. Le doux de sa gorge venait à ma rencontre. Nous avions ainsi parfois des gestes impudiques et si vrais, si nécessaires à l'instant.

– Tu as fait le seul geste que j'attendais quand tu as posé ta main sur ma joue, avec ton petit doigt, se glissant juste derrière le lobe de mon oreille. C'est la douceur de ce doigt qui m'a fait fondre...

– Mes yeux vers vous vont partout, jusqu'à ce qu'ils trouvent où se poser. Ils s'accordent alors à votre accueil. Ils se déposent loin, si loin, si vous saviez où je les ai reçus ! »

Il parlait lentement, avec une diction parfaite. En fait il ne disait pas, ne se racontait pas, il recueillait ses souvenirs, comme pour lui-même, pour pouvoir mieux les rassembler afin de les emporter quand il partirait à jamais.

« Je venais à certaines, m'a-t-il dit encore, en état de grâce. Dans un état de pureté, de fraîcheur et de légèreté extraordinaires, porté par un sentiment de transparence, d'intense ouverture. J'avais une réceptivité aux miracles de l'abondance d'un être déjà ouvert mais qui ne le savait pas encore. Il était là tout proche, lui aussi, intensément accueillant, libéré des peurs et des attentes, offert à tous les dons de l'imprévisible. C'est l'accueil, c'est l'accueil qui m'émeut, qui m'appelle, qui réveille mes sources, qui amplifie une palpitation accordée.

» Je ne savais pas que la vie recelait tant et tant de cadeaux. Jusqu'à trente ans, j'ai vécu a minima, en état de privation, d'ignorance surtout. J'étais un aveugle insensible, un barbare imbécile, un boulimique du recevoir. C'est moi qui voulais recevoir à tout prix et je ne savais pas donner. Combien de femmes m'ont mis au monde, par couches successives ! Combien m'ont révélé, m'ont introduit dans les rires de la vie au-delà de tous mes rêves ! Combien ont lavé, rassemblé, cristallisé l'or éparpillé de l'amour ! Le don inépuisable du sensible quand il devient sensualité. »

Parfois sa voix s'accélérait, les mots se bousculaient pour dire tant et tant d'émois, pour énoncer le fugitif d'un geste, le fugace d'un regard, l'éphémère d'un abandon, l'inattendu d'un élan.

« Je ne sais comment cela se fait mais elles sont toutes présentes en moi. Elles sont là, lumineuses, scintillantes, comme des étoiles dans ma nuit. J'ignore pour la plupart ce qu'elles sont devenues, mais je garde de chacune le meilleur, le plus flamboyant, le soyeux et surtout le bon, reçu, partagé, amplifié. »

Daniel me confia ainsi ses souvenirs, durant ces longues soirées passées au chevet de son lit, jusqu'à la fin. Dans ces toutes dernières paroles, sa voix était plus rauque mais encore avide de se dire, de ne rien laisser se perdre de ce que furent ses amours. Plus elle se faisait faible, plus le son devenait murmure et plus je m'approchais et plus encore il retenait ma main, un bout de drap, un de mes doigts, tout le corps délité des violences du cancer généralisé qui allait l'emporter quelques jours plus tard.

Il est parti, je crois, rejoindre toutes ces femmes aimées, chacune pour elle-même, chacune unique. Elles furent nombreuses, certes, et certaines même se connaissaient ou du moins se fréquentaient, se croisaient dans la vie, jamais chez lui. Il les rencontrait toujours en des lieux qu'il inventait chaque fois, pour les accueillir dans leur unicité. Elles furent plus que des compagnes, elles furent des ancrages, des balises, des chemins. Et j'imagine qu'avec beaucoup il fit une longue route, car, à sa façon, il fut fidèle à chacune de ses relations multiples. Il fut fidèle à chacune, car aucune ne prenait la place d'une autre, aucune ne remplaçait une précédente, chacune venait partager un parcours de vie. Daniel aimait les femmes et plus encore il les vénérait, gardait pour chacune un respect unique, premier. Je n'en ai rencontré aucune qui accepta plus tard de me parler de lui. Je ne connais donc pas leur vécu, leur ressenti, je ne peux imaginer que leur sentiment. Chacune a pu garder en elle, au-delà du plaisir partagé, de l'affection, de la tendresse, cette sorte de complicité joyeuse au souvenir de cet homme qui n'avait vécu que pour elles.

Le Bout du Monde

> Sortir du ventre de sa mère c'est faire irruption dans l'immensité de l'univers et de cela on ne se remet pas !

Quel que soit le temps, quelle que soit la saison, le dimanche matin, tout de suite après le petit déjeuner Papa nous disait : « Je vous emmène à la découverte du monde ! »

Lui seul avait le droit de prononcer ces paroles magiques : « Je vous emmène à la découverte du monde. » Nous les enfants n'aurions jamais osé demander ou rappeler qu'on voulait aller « au bout du monde », on avait appris très tôt qu'on ne demande pas un cadeau, on attend qu'il vous soit offert.

Et Papa, qui d'habitude était toujours pressé, ce jour-là prenait tout son temps. Peut-être pour nous rendre plus attentifs à l'aventure que nous allions vivre. Avant de quitter la table il restait un moment silencieux, semblait interroger au-dedans de lui quelques voix lointaines, puis d'un seul coup refermait son Opinel. C'était le signal, on se levait, on s'habillait, on se chaussait, puis assises, ma sœur et moi, sur les marches du perron, on attendait, les bras croisés. Lulu mon frère restait à la maison. Papa ajustait ses grands pas d'homme à nos sautillements de petites filles. J'étais à l'époque sèche comme une brindille de gratte-cul après l'hiver. Ceux qui ignorent ce qu'est un gratte-cul, c'est qu'ils ne se sont jamais assis ou couchés dans l'herbe pour regarder le ciel ou simplement rêver. C'est ma sœur Lili, la plus petite, qui avait seule le privilège de lui tenir la main gauche. Papa ne donnait jamais sa main droite, il en avait trop besoin pour parler, pour convaincre, pour expliquer le visible et surtout l'invisible du monde.

Je marchais derrière lui, légèrement sur le côté, quêtant, espérant que ma sœur lâcherait la main de Papa. Ce qui n'est jamais arrivé. Car si elle manifestait une quelconque curiosité, Papa s'arrêtait et la suivait, sans lâcher sa main.

Nous devions marcher près d'une heure, coupant à travers champs, escaladant les mêmes barrières, suivant le même petit sentier qui n'avait certainement connu que nos pas. Le Bout du Monde, c'est ainsi que se nommait l'endroit qui constituait la limite la plus extrême de mon univers d'enfant : la chute extrême d'une falaise qui coupait brutalement un champ à la sortie d'un petit bois.

Arrivés au bord, les pieds quasi à l'aplomb du vide, nous nous installions, tous les trois, sur un petit monticule d'herbe jaunie par les longues stations que nous y faisions. Mon père au milieu, ma sœur et moi de chaque côté, moi à sa droite, suivant des yeux sa main quand il nous expliquait quelque chose. Cette main que j'avais tellement envie d'embrasser, de poser sur ma tête et de garder ainsi, pour moi toute seule. Au pied de la falaise s'étalait, parfaitement visible, le Rhône, bleu ou boueux, irisé d'écume, profond, mystérieux, inaccessible dans l'entrelacement des peupliers et des saules qui le bordaient.

Le Rhône tel qu'il était alors, avant d'être tué par le canal de dérivation qui le double sur plusieurs dizaines de kilomètres, depuis quelques années, le Rhône vivant, non pollué par les centrales atomiques, pas encore défiguré par l'autoroute ou le TGV, le Rhône entier, immense, fleuve superbe, opulent, bouillonnant en ses eaux mousseuses fascinait mon père qui le craignait, l'admirait et le respectait.

« C'est un fleuve royal, charriant des millions de tonnes d'alluvions, un jour il gagnera sur la mer et nous conduira directement en Afrique, jusqu'au désert ! »

Cette phrase me faisait rêver. J'avais tracé sur la carte un gros trait en bleu plus foncé qui traversait la mer Méditerranée jusqu'au Sahara où je crayonnais une mer intérieure, que j'avais nommée : la mer du Bout du Monde.

Papa adorait expliquer les évidences de la vie. « Seulement les évidences, car il faut laisser beaucoup de place aux mystères », ajoutait-il.

Alors je lui demandais : « Raconte-moi encore une évidence... »

Il ne se faisait jamais prier. Une de ses évidences les plus évidentes était que les hommes étaient bons même s'ils ne le savaient pas. « C'est souvent une surprise pour eux de découvrir qu'ils sont bons, il suffit de leur en donner l'occasion et cela bouleverse tout le reste de leur vie. »

Il aimait aussi raconter la guerre, sa guerre à nulle autre pareille. « On avait tous bu ce soir-là. On était heureux d'être en Allemagne, et dans le village, près du lac de Constance, où nous étions stationnés, il n'y avait plus d'hommes depuis longtemps. Même les enfants jusqu'à douze ans avaient été réquisitionnés pour le front qui entourait Berlin. Hitler voulait certainement qu'il n'y ait plus d'Allemands après lui... » Cela le laissait songeur, cette décision d'utiliser les enfants pour faire la guerre. Heureusement qu'il est mort avant d'apprendre ce qui se passera en Afrique à la fin du siècle.

Papa parlait avec une grande simplicité de ce qu'il appelait « les choses de la vie ». Il pouvait parler de tout, des cruautés de la vie, de ses splendeurs et de l'amour physique, en particulier. « Pendant la guerre les femmes avaient besoin d'amour, on sentait bien chaque fois qu'on arrivait pour dormir dans un village ou une ville, qu'on était des hommes, pas plus mauvais que leurs maris. » Nous savions, ma sœur et moi, que Papa était un donneur d'amour, toutes nos tantes, ses sœurs, le disaient régulièrement.

« Il y avait, dans une des rares maisons qui avaient gardé leurs fenêtres, et où nous venions d'entrer, une femme et ses trois filles, déjà femmes. Nous étions quatre aussi.

» C'est le sergent qui commandait : “Tu prends la femme, m'a-t-il dit, moi je prends la plus grande”, et de la main il balaya la pièce, s'adressant aux deux troufions : “Vous verrez si vous avez envie pour les deux autres !”

» La femme qui m'était destinée s'adressa aussitôt au sergent, elle parlait un français taillé à la hache. Elle s'approcha de lui, tout contre lui, la poitrine contre sa vareuse, les seins pressés dans ses mains : “Moi prendre toi d'abord” et nous regardant dans les yeux : “Vous pas laisser filles voir ça !”

» Elle désigna ensuite, sans se tromper, les deux d'entre nous qui avaient des enfants, c'est-à-dire Ernest et moi : “Toi et toi pères. Vous, vous avez fille, toi, petite et grande, toi, deux petites. Vous, pas vouloir que soldats allemands faire mal à tes filles. Vous savoir aimer votre fille, vous pas accepter que homme fasse chose à tes filles. Viens voir toi.” Elle avait pris la main du sergent et le conduisait à s'asseoir à la grande table de ferme, puis fit la même chose avec chacun d'entre nous. Elle ouvrit un tiroir et en tira un album de photos. Il y avait en premier son père et sa mère, puis elle tout enfant, puis grande, en mariée, en fête, en mère, puis les trois petites, toutes petites, puis plus grandes, le mari en soldat, puis l'avis de sa mort tout encadré de noir, avec un aigle au-dessus.

» On a parlé toute la nuit, chacun de ses enfants, puis des femmes que nous avions aimées, perdues, espérées. Les trois filles étaient parties se coucher depuis longtemps après nous avoir gentiment embrassés. La mère parlait à chacun de nous, en posant chaque fois sa main sur le bras de l'un ou de l'autre, pour faire sentir le poids des mots. Même le sergent a pu nous dire sa tristesse de n'avoir jamais eu de fille, seulement trois garçons. “Je les aime bien, mais c’est pas pareil. En plus je n’ai jamais eu de sœur, je ne sais pas ce que c’est une femme, je cours toujours après…”

» On est tous repartis au petit matin, ensommeillés, étonnés, apaisés. Chacun d’entre nous était reconnaissant envers cette femme de nous avoir fait découvrir et sentir qu’on était bons, qu’on n’était pas des sauvages, ni des Russes ou des Cosaques, comme on entendait à l’époque. »

Papa ajoutait toujours à ce moment-là : « Quelqu’un qui te fait sentir le bon qu’il y a en toi, c’est un vrai cadeau qu’il te fait, c’est quelqu’un de bien. Vous voyez, mes enfants, cette femme c’était quelqu’un de bien. Quand nous sommes repassés quelques jours plus tard, il n’y avait plus de maison, plus aucun signe de vie dans le village, plus rien que notre regard pour se souvenir de leurs existences.

» Le sergent a été tué un mois après. Je crois qu’il est mort heureux d’avoir été bon au moins une fois dans sa vie ! Parce que c’était une vraie peau de vache, ce sergent…

– C’est quoi une peau de vache ? demanda Lili.

– C’est quelqu’un qui est capable de tout, du pire et du meilleur, mais qui ne distingue pas ce qu’est le pire et ce qu’est le meilleur. »

Après la guerre, des Arméniens vinrent s’installer près de chez nous, dans les ruines d’une ancienne distillerie. Des hommes bruns, boucanés, avec des moustaches terribles. Ils paraissaient terrifiants, mais surent nous apprivoiser en quelques semaines. Ma mère montra aux femmes comment utiliser la source voisine, avec une petite vasque pour laisser décanter l'eau, et mon père les aida à fabriquer quelques meubles avec du bois de barrique.

Les hommes avaient une douceur menaçante qui inquiétait les maris plus que les femmes. Les enfants, eux, nous semblaient endeuillés pour la vie, ils paraissaient plus vieux que leurs parents.

Papa nous dit un dimanche soir : « C'est bientôt la Noël, vous avez beaucoup de jouets, pouvez-vous en donner quelques-uns aux enfants Karayon ? »

Mon frère Lulu s'élança, joyeux, vers l'appentis aux jouets et revint avec son cheval en bois roux, dont les deux pattes de devant étaient cassées. De toute façon, il préférait l'alezan moucheté de fauve avec lequel il jouait à l'Indien.

Mon père le regarda longuement. Dans ces moments-là, il cessait toute activité. Il avait une façon à lui de poser son couteau bien à plat sur la table, qui indiquait qu'il allait parler. Parler pour dire quelque chose d'essentiel. Il semblait songeur, puis redressait son buste et surtout, surtout affermissait son regard sur celui qui, par ses paroles, son attitude ou ses comportements, avait retenu son attention, provoqué son intervention. Ses yeux aussi, dans ces moments-là, devenaient plus clairs. Il regarda Lulu, replia la sangle qu'il réparait.

Lulu semblait n'avoir rien remarqué. Il tenait son cheval contre sa poitrine, les yeux brillants, la bouche comblée, tout le corps exposé pour recevoir le miel de sa largesse. Il donnait un de ses deux chevaux. Pas le meilleur d'accord, mais un qu'il avait quand même beaucoup aimé ! Plein de signes auraient dû l'alerter, Maman ne causait plus, lissait le bas de sa robe, moi je fixais Papa, le chien même redressait ses oreilles. Tous les bruits de la maison singulièrement présents semblaient ralentir leur rythme. Papa était capable de rester longtemps silencieux pour capter l'attention de celui à qui il voulait transmettre quelque chose... Lulu enfin le regarda.

« Je vois que tu as apporté ce cheval ! Que veux-tu en faire ?

– Eh bien, le donner !

– Le donner ? répéta Papa en fixant les pattes qui manquaient.

– Oui, rien que pour eux... Ils n'ont pas de jouets, ils seront contents...

– Je comprends que tu veuilles donner, mais tu ne peux pas donner un morceau de cheval. Si tu veux donner, c'est un cheval en entier. On ne peut donner que quelque chose d'entier. »

Lulu, tenant toujours son cheval, n'osait regarder dans le coin de la salle à manger où se tenait son alezan préféré. Papa ne mettait jamais personne en difficulté.

« Demain, si tu veux, on réparera le cheval ensemble. Je vais sûrement trouver à faire deux pattes dans un morceau de bois. A nous deux, on arrivera à le faire tenir debout, qu'il redevienne un vrai cheval !

– Oui, comme cela il sera lui aussi en entier, comme mon alezan », murmura Lulu.

C'est mon frère qui passa longuement le papier de verre sur les jointures de la réparation pour ajuster le tout. En peignant les sabots il murmura : « J'aimerais bien le garder lui aussi, maintenant. »

Il entendit au-dessus de lui la respiration de mon père s'arrêter et il ajouta : « Mais je l'ai donné, il n'est plus à moi ! »

La respiration de mon père reprit et les sabots furent bientôt parfaits.

Un soir Lulu demanda : « Est-ce que tu as tué, toi, Papa, à la guerre ? » Mon père réfléchit longtemps, détourna son visage, cela voulait dire qu'il retenait quelque chose qu'il ne dirait pas cette fois-là. Il respira plus profond, caressa le bout de son nez avant de répondre :

« Je ne sais pas, j'ai tiré souvent des coups de fusil devant moi. On savait que les Allemands étaient en face, qu'ils ne voulaient pas nous laisser passer. Je n'ai jamais tiré directement sur quelqu'un... Mais si j'avais été obligé, si cela avait été nécessaire, je crois que je l'aurais fait. »

Cette phrase m'a terrifiée, car j'ai compris à ce moment-là que Léon, mon cochon préféré, serait tué « parce que c'était nécessaire ».

Pendant toutes les vacances d'été j'avais espéré que, cette fois-ci, mes parents décideraient de l'épargner. Nous avions chaque année un cochon, mais cette année c'est moi qui le nourrissais, il était comme à moi et Léon me reconnaissait. On était amis. A Léon je pouvais tout dire, que je trouvais Monique, la fille du bazar, plus jolie que moi et que c'était pas juste, parce qu'en plus ses parents avaient une voiture. Que Jean-Noël, le fils du boucher, il voulait que j'aille jouer au docteur avec lui, mais que c'était toujours lui le docteur qui m'examinait et jamais moi. Et que même si j'aimais ça, je trouvais que c'était pas bien qu'il soit toujours le docteur. Moi aussi j'aurais aimé l'examiner, le palper de partout pour voir s'il allait mal et ensuite le soigner.

J'avais un grand secret, que seul Léon connaissait. J'avais vu, quelques jours avant, le charbonnier embrasser la main de Maman, qui était devenue toute rouge. Il l'avait embrassée comme dans les films où il y a des salons et de la musique, et plus tard j'avais vu Maman qui tenait sa main devant elle, qui l'avait regardée un long moment, puis l'avait posée bien à plat, je veux dire à l'envers contre sa joue, longtemps. Maman, qui n'avait jamais le temps de rêver, depuis ce jour était devenue rêveuse et moins patiente.

Le jour où Papa tua Léon contre la porte de la grange, j'étais arrivée en retard de l'école car ça collait partout sous ma jupe. Il y avait plein de sang qui avait débordé de ma culotte. Je n'avais pu courir comme d'habitude pour rentrer plus vite.

« Les règles, ça vient au moment où on s'y attend le moins », avait souvent répété ma mère. Moi je ne les attendais pas du tout, parce que Maman avait dit que « les règles c'est la fin de l'enfance », et moi j'étais encore une enfant. Même que Jeannot, quand je lui avais demandé de m'embrasser, comme il faisait avec les grandes, m'avait dit : « Mais t'es qu'une gosse ! »

Léon, sur la porte de la grange, était tout rouge de l'intérieur, tout ouvert, avec plein de son sang partout dans la bassine et moi, dans la cour, mouillée sur les cuisses de mon sang qu'on voyait pas.

J'ai compris ce jour-là qu'être adulte, être grand, c'est être obligé de faire des choses qu'on n'aime pas.

Je voudrais faire encore le plein de tout le bon que j'ai vécu avec Papa. C'est grâce à lui que j'ai pu aller à la découverte du Bout du Monde, toute seule même quand ce n'était pas dimanche matin.

J'ai vu que j'avais grandi, quand j'ai répondu à Papa. Il disait souvent : « Il faut de l'huile de coude pour travailler. » Ce jeudi-là je lui ai répondu : « Oui, mais dans ton coude à toi, il rentre beaucoup d'huile, c'est normal que tu travailles beaucoup, le mien est plus petit, il n'en rentre pas beaucoup, je dois moins travailler que toi ! »

Ce fut la première fois que je vis Papa lever ses sourcils, se gratter le nez, puis se frotter les yeux et rester plus silencieux que d'habitude. Je savais que j'avais raison mais je ne savais pas sur quoi ! « Tu veux dire que je te demande trop ?

– Oh non, pas trop ! Non, mais tu me demandes souvent au mauvais moment... »

J'avais envie de lui dire que j'en aurais fait dix fois plus pour lui. Je n'ai pas osé, souvent il me demandait dans les moments où je n'étais pas prête à donner.

La découverte du monde me réservait beaucoup de surprises. En grandissant, je suis allée bien au-delà du Bout du Monde, bien au-delà de celui qui nous arrêtait au bord de la falaise, que nous explorions des yeux le dimanche matin. Mais le monde que j'ai vu au cours de ma vie a toujours été moins grand que celui qui s'offrait à mes yeux d'enfant.

Aujourd'hui l'espace proche s'est rétréci, l'espace lointain s'est un peu élargi, mais l'un et l'autre sont moins clairs, plus brouillés que mes souvenirs d'enfant. Le temps s'est accéléré jusqu'à tuer les instants qui passent si vite que je ne peux les retenir. J'écris pour réapprivoiser un peu du temps de mon enfance. J'écris pour retrouver un Bout du Monde qui ne me déçoive pas.

La naissance du monde

> Il arrive parfois aux parents de faire des enfants, mais ce sont toujours les enfants qui font les parents.

« Mon petit papa », s'écria-t-il pour la première fois de sa vie, à cinquante-trois ans.

Il découvrait qu'il n'avait jamais dit cela, ni à son père, ni à personne d'autre de sa vie. Aussi loin qu'il remontât dans sa mémoire, jamais sa bouche d'enfant n'avait prononcé de tels mots. « Mon petit papa », cette expression, ce cri aurait pu indifféremment vouloir dire : « Je t'aime, papa », que « Je suis tout petit, papa ! », ou : « J'ai tant besoin de toi... » Mais un homme fait ne se laisse pas aller à imaginer un tel abandon, encore moins à prononcer de tels discours !

Depuis combien d'années gardait-il ces mots-là à l'intérieur ? Où les avait-il cachés, serrés, étouffés ? Combien de fois les avait-il rejetés comme ne le concernant pas et donc ne pouvant pas s'appliquer à lui ?

Depuis longtemps, sinon depuis toujours, il se

savait fragile des sinus, sujet à des infections, à des écoulements, à des rhumes d'hiver et aussi à des rhumes divers, c'est-à-dire de toute saison.

Certains matins, avant d'ouvrir les yeux, de se lancer dans l'agitation d'une journée, il fouillait sa mémoire pour tenter d'y découvrir quelques traces infimes, quelques signes même incertains. Il recherchait le souvenir du toucher d'un bout de peau, d'un tissu, d'un tweed ou d'un velours. Il essayait de retrouver contre sa joue le rêche d'un bleu de travail, le satiné ou le moelleux d'un pull-over, une odeur de cuir peut-être, d'écorce, une odeur d'homme.

Durant toute une période, quand sa femme fut enceinte, en marchant dans la rue, dans des lieux publics, il tenta d'exercer sa mémoire à reconstituer une odeur masculine : une bonne odeur, des effluves forts, distillés par des notes de tabac, de sueur, de cambouis, de terre sèche ou humide, de peinture même.

Dans une file d'attente, il essayait de recréer l'arrondi d'une épaule, la solidité d'une main, la douceur d'une paume, le sinueux d'une veinule, la rugosité d'une crevasse, la vibration d'une fermeté tendre, rassurante telle qu'il pouvait l'imaginer dans une étreinte entre un homme et lui, toute une archéologie subtile pour tenter de répondre à cette interrogation : « C'est fait de quoi, un papa ? »

Un père, il savait. Un père, c'est fait de silences, de mouvements brusques et imprévisibles, de menaces, d'interdits, d'exigences, certaines molles, d'autres dures ou rigides, parfois impitoyables. Un père, il savait que ça sent le froid, l'impersonnel, l'absence, pour avoir pratiqué le sien pendant plus de dix-sept ans.

Il connaissait, pour être devenu père à son tour, cette même difficulté à se transformer en papa, avec son fils et plus encore avec sa fille.

Du père, il connaissait les contours, les limites et même les tics : fausse joyeuseté, camaraderie de circonstance, fusion excessive ou maladroite, inconstance dans les engagements, trahisons dans les promesses, velléités dans les projets communs jamais réalisés, toutes les maladresses d'un homme s'exerçant à la paternité mais trop enfermé dans une image ou des interdits, des peurs, ou des croyances paralysantes.

Mais aujourd'hui, à plus de cinquante ans, Marc avait faim d'un papa. Un papa, vous savez quand même ce que c'est ! C'est un homme capable d'avoir des sentiments et de les dire. Surtout, c'est quelqu'un susceptible d'accueillir tous les élans, les besoins de contact, de proximité venant de son enfant, même plus tard quand celui-ci laisse croire qu'il est adulte.

Une fringale sauvage, abusive, évidente et terrifiante à la fois, commença à tenailler Marc. Une urgence qui prenait le pas sur tous les autres désirs, comme si tous ses rêves, ses projets étaient mis en veilleuse, en attente. Lui qui aimait tant faire l'amour voyait ses désirs se dérober, ses élans s'immobiliser, ses sens s'apaiser. Il se découvrait rêveur avec des espaces de solitude et des zones de silence. Il se sentait soudain attentif à un petit garçon tenant la main de son père dans la rue, capté par un tout petit bouchon de trois ans perché sur les épaules d'un homme et jouant avec ses oreilles. Il se découvrait étonné de percevoir l'existence de certains gestes qu'il n'avait jamais vus auparavant, jamais remarqués ou relevés : une tête penchée, une moue, l'abandon confiant d'un dos, un regard offert et surtout, surtout les rires, le rire léger et clocheton de certains enfants, le rire de ventre de certains autres, l'abandon éperdu d'une main déposée dans celle d'un adulte réellement présent.

Marc avait le sentiment d'assister à la naissance du monde, à l'éclosion d'un possible de vie jusque-là inexploité.

« Mon petit papa », ce jour-là ces trois mots semblèrent fondre dans sa bouche, se transformer en caresses, mieux encore, en miel.

« Mon petit papa », c'était comme une bouture qui allait se transformer en une tige superbe, élancée, puis en arbuste rayonnant, en arbre épanoui, en forêt bruissante peut-être. « Mon petit papa » devenait comme un réceptacle, un berceau, un nid, quelque chose de très doux, de soyeux, d'accueillant.

Et le soir venu, il se mit à pleurer, un sanglot-raz de marée, une vague déferlante qui monta du lointain de son ventre vers sa poitrine soudain sans défense, ouverte, déchirée. Il hoqueta éperdument, sans résistance, abandonné à une vulnérabilité si brusque, si nouvelle qu'il pensa fugitivement qu'il allait mourir. Un peu plus tard, lui vint comme une évidence une joie paisible, enveloppant de ses ailes la certitude qu'il avait vécu jusqu'à ce jour seulement pour cet instant, uniquement pour découvrir cet état de non-résistance fait d'abandon, de ferveur et de suavité. Puis le présent cessa de se perdre dans un interstice du temps, ou de s'égarer entre deux sensations semblables, pour redevenir consistant, solide, ancré dans l'instant.

Il sentit le goût du sel sur ses lèvres. Il ne savait pas que des larmes d'homme étaient aussi salées.

« Mon petit papa », la phrase s'échappa à nouveau, presque joyeuse cette fois-ci. Elle se déposa doucement près de son oreille droite, descendit ou plutôt dégringola vers son cœur, resta là un peu tremblante, doutant d'être accueillie, puis s'apaisa en trouvant sa place au milieu du sternum.

Ce ne fut que bien plus tard, à la fin de cette année-là, que Marc se rappela que son père était mort à cinquante-trois ans.

Un matin la sonnerie du téléphone le réveilla et la voix joyeuse de son fils ne l'étonna pas quand il entendit : « Alors, mon petit papa, tu fais la grasse matinée ? »

Il savait maintenant qu'il faut beaucoup de temps, d'expériences et d'humilité pour devenir un papa.

L'enfant aux pétas

Les mots qui vont surgir savent de nous ce que nous ignorons d'eux...

René CHAR

« Papa, je voudrais tellement que tu sois un vrai papa ! Un vrai papa qui m'aime... »

Aurélien se souvenait bien de cette demande exprimée par sa fille Lisa, au lendemain de ses cinq ans. Il fut impressionné par le ton grave et la sérénité balbutiante de cette exigence formulée avec une clarté si évidente, si blessante aussi.

Il ne savait même pas comment il était devenu géniteur à vingt-deux ans. A l'époque il faisait l'amour fréquemment, joyeusement, avec un appétit de vie qui le débordait chaque fois qu'il approchait Juliette.

« Dans ce temps-là nous faisions l'amour partout, presque à chaque instant. C'était une activité à plein temps qui mobilisait toutes nos pensées, nos énergies et nos ressources. Nous bloquions les ascenseurs entre deux étages, ça c'était le plus facile. Nous montions aussi tout en haut des nouveaux immeubles et découvrions quelques terrasses et, aussi dans quelques anciens, des galetas ou greniers pas trop occupés.

» Très vite nous avions renoncé à la 2 CV, trop inconfortable à cause de la barre métallique qui est au milieu.

» “Je ne peux pas avec ce truc dans le dos”, me disait-elle, mais elle ajoutait aussitôt : “Viens encore, c'est bon, c'est trop bon”.

» Faire l'amour était le premier langage qui me semblait vraiment le mien, je ne l'avais emprunté à personne. Nous faisions l'amour avec de grands éclats de rire. C'étaient des moments de fête et d'abandon inouïs. Mais j'étais à vingt ans une espèce de Cro-Magnon, car l'idée d'une paternité ne m'avait jamais effleuré depuis que je connaissais Juliette.

» Je ne liais pas le *faire-l'amour* à la procréation. Cela peut paraître fou ou puéril, mais tel était bien mon aveuglement ou mon inconscience de l'époque.

» Par contre, la crainte de la maternité, toujours présente, revenait chaque fois chez Juliette, surtout après l'amour. Elle s'interrogeait, mais comme une grossesse lui paraissait tout à fait improbable, cela ne faisait pas écho en moi. J'en étais arrivé à penser que la conception, comme la grossesse, était quelque chose d'essentiellement féminin. Je croyais avec une sincérité affligeante que cela relevait de la seule responsabilité de la femme. Cet aveuglement avait un sens lié à ma propre histoire, mais il m'a fallu attendre d'avoir quarante ans pour l'entendre enfin, pour en saisir les multiples ramifications.

» Pendant l'amour, Juliette s'oubliait avec tellement

de fougue et d'ardeur que j'en étais ébloui et chaviré. J'avais un immense sentiment de gratitude, une reconnaissance profonde pour sa liberté d'être et sa capacité à m'entraîner au-delà de moi-même pour m'emporter si loin, si proche de mon propre corps. Elle avait un mouvement du buste qui m'offrait sa poitrine, elle guidait ma main vers ses seins, ouvrait son corsage, dégrafait son soutien-gorge sitôt qu'il y avait un possible de rapprochement. Dans les cafés, au restaurant, sous la table, j'avançais ma jambe, je glissais mon pied déchaussé entre ses cuisses, j'étais ivre de confiance et de plaisir. Nous pouffions en imaginant des regards qui ne nous voyaient même pas. La respiration du temps s'arrêtait ou s'accélérait soudain. Nous baignions heureux et comblés dans une bulle d'intimité.

» “Tu me connais mieux que moi, disait-elle, parce que tu peux visiter plein d'endroits où je ne peux aller. Tu me rencontres dans mes zones les plus inaccessibles et les plus secrètes, où je n'ai pas accès. Et je me laisse même agrandir aux chemins de tes baisers sans me perdre, tant est grande ma confiance. Car cette connaissance que tu as de moi me donne une sécurité incroyable. Mon corps devient une offrande renouvelée à chacune de nos rencontres.” »

Ils partageaient ainsi une appétence commune d'abandons et de plaisirs sans jamais épuiser la faim de leur désir. Elle savait nommer l'envie et la fougue, elle osait se dire dans l'intime de ses ressentis. Ses tétons gémissaient quand l'envie de sa bouche se faisait plus pressante et, lorsqu'elle sentait ses lèvres et sa langue fraîche les aspirer, un influx de chaleur descendait dans son ventre et la tendre corolle de son sexe frémissait d'impatience. Elle lui demandait d'enfoncer ses doigts pour presser sur l'endroit magique qui libérait les flots de sa fontaine. Il s'étonnait toujours de cette générosité, de cette abondance et ses yeux s'embuaient de reconnaissance émerveillée.

« Nous étions à l'époque, Juliette et moi, des chercheurs avides de beauté. Nous fréquentions les galeries somptueuses de la rue des Saints-Pères et du septième arrondissement, nous nous laissions héberger pendant des heures par des librairies secrètes et profondes et nous avions un plaisir charnel à feuilleter des livres rares, à consulter des mappemondes, pour y découvrir la trace de pays oubliés, le nom de villes magiques, l'orthographe désuète d'océans et de mers qui avaient fait rêver tant de navigateurs et d'enfants avant nous... Nous allions à la recherche de petits musées, peu connus du grand public, laissés en legs par des collectionneurs qui savaient d'instinct protéger le fragile, l'éphémère, l'harmonie subtile entre matières et couleurs, entre usage et perfection, moyens et destination.

» Ainsi, nous avions découvert le musée Dapper, la maison de Balzac, les enchantements du musée Rodin ou encore les jardins d'Albert Kahn à Boulogne. Et bien d'autres lieux magiques qui se faisaient complices de nos errances. Le fait de fréquenter cette beauté à la fois si proche et si inaccessible, dont seul le parfum du regard nous parvenait, ou les effluves subtils d'une vie passée, nous emplissait du sentiment d'être uniques. Nous faisions ensemble provision de plaisir pour plusieurs éternités.

» Combien de fois avons-nous imaginé de nous emparer, de voler, de soustraire aux vitrines et aux murs un objet qui semblait nous être destiné, qui paraissait avoir été conçu uniquement pour elle et pour moi ! Avec l'intensité de notre regard, de toute notre énergie focalisée sur certains trésors, nous tentions d'en modeler les courbes et les formes pour en capter l'empreinte et en garder la trace durable, profonde, palpable dans notre souvenir. Nous faisions pour l'avenir un plein de souvenirs, une manne pour tous les jours heureux qui nous seraient donnés.

» Combien de miniatures de Russie, d'estampes japonaises, de marines d'Isabey surtout, mais aussi de cuillers à fard du Cambodge, de chevaux chinois, de miroirs hollandais et, bien sûr, de sculptures de Bouddha, d'apsaras, de divinités aux seins opulents avons-nous possédés en rêve !

» J'ai été amoureux d'une main de bronze, aux longs doigts effilés. Une main de compassion et de prières, volée certainement à quelque monastère de Birmanie ou du Siam, et qui hanta mes yeux durant des soirées entières. A chacun de nos passages à Paris nous revenions près du quai Voltaire, en pèlerinage pour la voir.

» Rituels de ces années de jeunesse où nous ne possédions rien, étant seulement possédés par nos rêves de beauté.

» C'est au beau que nous appartenions, aveugles aux violences du monde et sourds à toutes les injustices, en nomades légers, quasi asociaux, seulement dévorés par le goût du plaisir. »

Ils étaient censés réviser leurs cours ensemble. Ils se donnaient des rendez-vous sérieux mais, sitôt que la main de l'un ou de l'autre effleurait un bout de leur peau, la braise sous la cendre des attentes se réveillait à nouveau et le feu du désir se ravivait plus vif que jamais.

En public, avec des amis, ils étaient intenables. Elle avait une façon de le regarder et aussitôt il se mettait à éternuer. C'était quasi automatique.

« C'est l'orgasme du pauvre », déclarait-il très sérieusement.

« Au cours de l'hiver 1957, nous avions squatté durant une semaine entière un refuge dans les Pyrénées, près de Font-Romeu. Nous y avions vécu de longues nuits sans dormir, utilisant des jours trop courts pour la survie et les besoins secondaires, se nourrir, dormir, se laver. Nous avions transformé les duvets, rassemblés en grotte, ou plutôt en igloo dans lequel nos corps nus soupiraient d'aise et de chaleur animale.

» Comme nous inventions l'amour avec la sensation de n'épuiser chaque fois qu'une infime partie de nos possibles, tout était beau, limpide et lumineux, tout s'inscrivait dans l'éternité de l'instant. Quand mes gestes s'alanguissaient, Juliette s'emparait de ma bouche, y déposait sa langue, son épaule, un sein... C'est elle qui m'emportait au plus étonné de moi. »

Quand elle caressait de ses cheveux le ventre d'Aurélien, parsemait de baisers légers ou goulus son sexe, le buvait longuement, puis revenait vers lui, plongeait dans ses yeux, lui chuchotait dans une longue respiration : « Mon doux, mon tendre, mon tout moi », il ne savait pas encore que cette femme le déchirerait, ouvrirait ses entrailles au froid de la solitude et le déposerait plus démuni que jamais au seuil d'une vie imparfaite.

Il ne savait rien non plus d'une relation à construire dans la durée, pour se survivre au-delà des rencontres. Il imaginait confusément que l'amour suffisait pour traverser toutes les situations, pour vaincre tous les obstacles, que leur attirance physique était un ciment si puissant qu'il résisterait à toutes les imperfections et à tous les risques de la vie.

Il ne savait rien du rôle à tenir pour être un papa, ni de celui d'un père d'ailleurs. Comme il était devenu géniteur par surprise, la nuit de l'igloo, il traversa la grossesse de Juliette avec un sentiment d'injustice, celui d'avoir été trompé par l'amour. Il avait bien tenté de se sentir trahi, de jouer les incompris ou les bafoués mais, avant même qu'il n'ait pu développer sa plainte ou exposer ses doléances, elle éclata de rire et refusa de se laisser entraîner dans la dramatisation culpabilisante où il excellait.

« Un enfant dans ton dos, mon tendre, pas du tout ! Un enfant de l'amour simplement. Cela m'étonnait quand même un peu, trois ans à pratiquer, tous les jours, plusieurs fois par jour (elle souriait) sans contraceptif ni précaution ! Ce devait être à cause de mes orgasmes trop bruyants. Tes spermatozoïdes devaient se boucher certainement les oreilles, ils ont dû être effrayés, les malheureux, par mes cris et les tiens. J'imagine que c'étaient pour eux comme des coups de tonnerre, un tremblement de terre chaque fois que je hurlais de plaisir en toi ! Mes ovules, habitués depuis longtemps à mes émois intempestifs, n'ont jamais failli, sauf cette fois-là, dans l'igloo...

» D'ailleurs, la nuit de l'igloo, rappelle-toi, je n'ai pas sauté au plafond, c'était bon, plein, ouvert. Je t'ai reçu, apaisée comme jamais. Ce n'était pas un brasier, c'était de l'eau.

» Je coulais fontaine, je ruisselais rivière et torrent.

» Je me fondais dans le doux et l'ensoleillé de toi.

» Te souviens-tu, l'igloo était inondé, comme vaporisé de ma rosée. Tu avais peur de t'enrhumer mon fragile. A l'époque, tu prenais froid à ma seule nudité, aussitôt que j'étais nue, tu éternuais, "l'éternuement du pauvre", disais-tu, et toujours tu ajoutais, "c'est l'orgasme du pauvre"... »

Des années plus tard, elle restait encore rêveuse aux souvenirs de leurs étreintes, et la nostalgie de leurs emportements d'alors la rendait soudain plus présente, plus lumineuse et surtout plus vivante, d'une vivance bleutée qui lui donnait envie, à lui, de pleurer, de la prendre dans ses bras pour tenter de recréer le chaud et l'inouï de leurs rencontres.

« J'étais dans le désir ardent de toi, le seul fait de te désirer m'agrandissait, me multipliait, me rendait immense. Dans le plaisir je partais si loin, j'allais plus vite que la vitesse de la lumière, je visitais des galaxies, j'éclatais en mille étoiles.

– Je me souviens, tu me disais chaque fois : "Je suis

allée compter les étoiles." Et je te croyais, car je me sentais exclu de ces envols qui t'emportaient si vite, si loin de moi, qui me laissaient plus affamé encore de toi. »

La maternité, l'allaitement, les soins au bébé, mais aussi d'autres enjeux plus mystérieux et incompréhensibles, absorbèrent et peut-être même épuisèrent les désirs de Juliette. Aurélien fut, durant les dernières années de leur relation conjugale, le seul à être désirant. Il devint selon ses termes, « un mendiant de l'amour ».

Il allait avoir vingt-sept ans quand sa fille tenta de le transformer en papa avec cette exigence si impérieuse : « Je voudrais tellement que tu sois un vrai papa, mon papa ! »

Après ce premier appel, sa mutation commença, tout de suite après cette demande imprévisible, accompagnée d'un rituel. En effet sa fille était venue près de lui, déposer dans la poche de sa veste une petite peluche rouge en disant :

« Garde-la un peu, elle a vraiment besoin d'un papa. Tu sais pas encore, mais son papa l'a abandonnée quand elle poussait dans le ventre de sa maman et aujourd'hui elle veut un papa, un vrai. »

Aurélien éclata en sanglots. Une vague de fond venue du bout de son histoire emporta son ironie, noya la plupart de ses certitudes, bouscula ses habitudes, déchira ses croyances et les mythologies qu'il avait sur sa condition de parent. La petite Lisa l'entoura de ses bras, posa avec gravité la tête de son père tout contre son ventre, puis le berça en chantonnant : « Mon tout petit papa, je vais t'aider à grandir, mon tout petit papa à moi. »

C'est ainsi qu'il fut mis au monde comme papa par une petite fille de cinq ans.

Mais il dut encore attendre d'avoir quarante ans pour découvrir qu'il n'avait été qu'un fils insouciant, un enfant sans père ni papa, un adolescent sans racines, un adulte en attente de repères. Surtout un enfant naturellement naturel. Sa mère ne lui avait rien caché de ses origines et de son premier amour.

« Nous n'avons fait l'amour qu'une seule fois. J'ai su tout de suite que tu existais en moi et que j'allais le perdre. Il m'avait dit, dès le début de notre rencontre : "Je ne veux pas d'enfant j'ai trop souffert d'en être un." » Son jeune amant l'avait quittée au quatrième mois de sa grossesse et, à cinquante ans passés, elle se réveillait encore la nuit couverte de sueur et d'ardeur, la bouche pleine du nom d'Eric, de ce garçon qui ne voulait pas d'enfant et qu'elle avait passionnément aimé. Elle avait donc élevé Aurélien seule, à la fois comme maman et comme mère, apprenant tous les rôles au jour le jour. Elle ne s'était cependant jamais attribué les fonctions du père absent, elle avait appris à vivre sa vie de femme au grand jour, sans se laisser aliéner par la maternité et les soins à son enfant. Aurélien, lui, n'avait pas souffert d'être né sans père. Il portait cette particularité comme une marque de fabrique et, à l'école, il laissait ses copains imaginer pour lui le destin de l'inconnu qui l'avait conçu. Sa mère avait lâché quelques détails et déposé les germes d'une curiosité à venir. « Il s'appelait Eric Espérendieu. Malgré son nom, il restait un païen congénital, refusant de croire au ciel ou à toutes les balivernes, comme il disait, sur l'enfer et le paradis. A vingt ans on le prenait pour un monsieur, tant il se tenait droit et regardait ses interlocuteurs dans les yeux. Malheureusement il dépendait d'une mère terrible, qui avait envie de vivre sa vie. Quand elle apprit que j'étais enceinte des œuvres de son fils, elle partit pour le Québec où ses amants possédaient quelques milliers d'arpents de lacs et de forêts. Eric Espérendieu ne résista pas et suivit sa mère quelques semaines plus tard. C'est ainsi que ton père disparut de ma vie. Son passage éclair laissa en moi, au-delà de la souffrance, un tel appétit de vie que je lui en serai toujours reconnaissante. Je t'ai appelé Aurélien en souvenir d'Aragon, lui non plus ne connaissait pas son père, et ce n'est qu'à dix-neuf ans qu'il découvrit que celle qui se présentait comme sa tante était en fait sa mère. La seule certitude que je peux te transmettre, c'est que je t'ai porté avec passion et angoisse. Il en reste quelques traces dans les impatiences de tes colères, dans ton avidité à maîtriser l'imprévisible, à contrôler les possibles de l'instant. J'avais vingt ans, mais je me sentais habitée par une vie très ancienne, comme si j'étais en transit entre plusieurs existences. J'étais allé te chercher loin en moi, tu semblais venir du bout des siècles, comme pour achever un cycle d'injustices.

» Il paraît qu'un de mes aïeuls a combattu à la bataille de Lépante, contre les Turcs, qu'il fut ami avec l'amiral de la flotte commandée par don Juan d'Autriche qui avait rassemblé toutes les forces chrétiennes de l'Occident. Couvert d'honneurs et de richesses, il aurait pu vivre comme un prince, mais lui et l'amiral se disputèrent gravement pour une esclave circassienne prise aux Turcs. Apparemment, c'est l'aïeul qui gagna la femme et tu dois venir d'elle et de lui avec tes yeux de steppe, tes pommettes de Mongolie et ton ardeur aux conflits. »

Plus tard, les femmes qu'il rencontra demandèrent à Aurélien quelles étaient ses origines, d'où il venait, s'il n'avait pas des origines asiatiques. Il répondait invariablement : « Je viens du pays de mon enfance, c'est très loin dans la vie de ma grand-mère et tout proche dans la vie de ma mère. » Sa mère lui avait parlé souvent de sa naissance et des premiers temps de sa vie : « A vingt ans, enceinte de toi, je resplendissais. Mon corps habité de cette double vie rayonnait. J'ai été demandée en mariage plus de quatre fois, au moins quatre fois sérieusement. Le dernier mois j'étais impériale, je voyais l'horizon aux courbes de mon ventre et j'étais devenue invincible.

» A la clinique je me souviens du ciel clair, un ciel bleuté d'enfance. Et juste déposée au travers de la fenêtre, une vague de nuages, telle une île en voyage, qui s'étirait en différentes épaisseurs. J'ai su à cet instant que tu voyagerais beaucoup et que peut-être, comme ton père, tu resterais toi aussi insaisissable.

» J'avais comme de la buée sur mon visage, mon corps frissonnait d'impatience à te connaître. Je me suis vécue impuissante, dépassée quand je t'ai senti te débattre à l'intérieur de moi. Je crois qu'une partie de toi refusait de sortir, voulait rester en moi et l'autre partie se révoltait, voulait sortir pour plonger dans la vie.

» Et puis le soir, d'un seul jet tu es sorti de mon ventre comme un miracle qui s'éveillait. Quand ils t'ont déposé sur ma poitrine, j'ai bien perçu que tu aurais voulu revenir en moi et j'ai pensé, je ne sais par quelle association, que tu saurais aimer les femmes. Je te voyais aimant et aimé des femmes, ayant déjà d'elles cette compréhension intime de leur corps, cette connaissance intuitive de leur féminitude, de leur enveloppe charnelle.

» C'est drôle, les pensées et les songes qui peuvent habiter une femme qui accouche. C'est puissant, les idées et les rêves d'une mère sur son fils aux premières heures de sa vie. »

Aurélien mit plusieurs jours à digérer l'interpellation de sa fille. Il tenta d'en savoir plus.

« D'abord, papa, qu'est-ce que ça veut dire ? Je suis ton papa, a-t-il affirmé avec conviction, l'émotion passée, le désarroi apaisé, un peu plus décidé à ne pas se laisser définir par son petit bouchon.

– Non. Tu es le mari de maman, je le vois bien, et des fois quand vous vous disputez, tu deviens tout blanc, alors moi j'ai peur que tu nous fasses du mal à toutes les deux et que tu oublies que je suis ta fille ! Et puis un papa c'est quelqu'un qui est là, tout près quand je suis triste et même quand je suis heureuse. » Puis sans transition, avec un sourire plus clair : « Moi j'aime bien ton sent-bon. J'aime aussi quand tu fais rire maman, et que le chat se met à courir partout, puis à se rouler sur le dos ! »

Il apprenait à se souvenir de ses propres silences quand il ne savait ni reconnaître, ni nommer ses émois. A écouter en lui la tempête des violences qui l'agitaient, en imaginant que, dès son retour à la maison vers dix-huit heures, Juliette allait se refuser, elle qui avait tant aimé faire l'amour. Un peu plus tard, après leur séparation, Juliette lui rapporta comment Lisa se précipitait sur sa chaise, sitôt qu'il se levait de table, pour s'asseoir à sa place, se fondre dans son espace, fermer les yeux, les narines dilatées du plaisir de rentrer dans la chaleur du siège, de sentir l'odeur de son père, d'absorber sa présence pour elle seule. Et aussi comment, les dimanches où il n'était pas là, elle mettait un des grands pulls ou un tee-shirt d'Aurélien qu'elle allait chercher dans la grande corbeille à linge sale et se promenait, telle une reine antique, dans toute la maison transformée en campement berbère.

C'était l'époque où Aurélien était encore aveugle aux signes, imperméable aux mille langages de l'enfance, fermé à l'écoute de l'indicible.

La discussion sur le papa recommença souvent et dura plusieurs mois. Au cours des repas surtout et aussi des soirées où, chaque fois qu'elle était seule avec lui, devant le questionnement imprévisible de sa fille, il s'immobilisait, perdu et désarmé aux portes de son inconscient et aux limites de sa patience.

Il apprit lentement à se rendre disponible, à se construire comme papa dans les moments radieux et magiques du dimanche matin, quand ils partaient, elle et lui pour courir dans les champs, inventer un spectacle de cirque, tour à tour dompteur et tigre, clown et musicien ou acrobate.

Le cirque était sa découverte à lui mais une invention permanente de sa fille, qui renouvelait sans cesse les numéros. Dans un champ inculte près de la maison, tour à tour désert, océan, forêt amazonienne ou île déserte, ils avaient repéré une cuvette d'herbe sèche. Le rituel consistait à faire d'abord la course jusqu'au talus, puis à s'approcher silencieusement, pour ne pas déranger des ennemis toujours à l'affût et prêts à s'emparer de ce territoire recherché et précieux car unique. Ensuite à se laisser rouler jusqu'au fond de la cuvette et à s'installer, commencer à inventer. Dans un silence total, après un temps d'observation et d'apprivoisement, ils se regardaient avec des grimaces, des mimiques chargées d'interrogations, leurs yeux lançant des éclairs... C'était elle qui donnait le thème du jeu, le climat, l'enjeu, le moment du grand départ pour une heure de joyeuseté.

De folie aussi, car soudain, d'un seul coup, ils pouvaient hurler, gesticuler, se débattre contre des ennemis imaginaires et occuper tout l'espace avec une violence qui chaque fois les étonnait. Chacun criait, se débattait, à grands moulinets de bras et de déplacements rapides d'un bord de la cuvette à l'autre, ils semblaient occuper tout l'espace du ciel.

« A l'abordage » était le terme favori d'Aurélien, avec : « On épargne seulement les femmes et les enfants !

– On épargne aussi les hommes beaux et blonds, hurlait Lisa.

– Pas de partage !

– Chacun pour soi ! »

D'abordage en abordage, de cyclone en ouragan, de caravane en caravane, traversant des oasis en fête et des tempêtes de sable, d'orchestre délirant en course d'automobiles sauvages, ils partageaient des joies implosives, des vengeances terribles, des voyages féeriques et des emprisonnements terrifiants.

« Je suis Monte-Cristo !

– Non, non, tu seras l'abbé Faria, mais je reviendrai te chercher pour te mettre dans un palais et soigner tes pieds parce que ça fait trente ans que tu ne marches plus !

– D'accord, mais je serai d'abord un gardien, puis l'abbé Faria. »

Quand ils rentraient à la maison épuisés, joyeux dans leurs connivences, Juliette ne posait jamais de questions. Ce domaine ne lui appartenait pas, il échappait à la réalité de la vie familiale, mais la nourrissait de fous rires dans lesquels elle se laissait embarquer tant elle trouvait parfois drôles leurs mimiques ou leurs corps encore dilatés d'émotions fantastiques.

La cuvette magique avait une fois de plus bien rempli sa mission de libération et de réconciliation autour de deux enfances qui pouvaient se rejoindre et se comprendre au-delà des générations.

La question du papa fut ainsi débattue dans les moments les plus imprévisibles, à table, dans la voiture, en pique-nique ou à la piscine.

Le jour de l'entrée à la grande école, avant de descendre de la voiture d'Aurélien qui avait insisté pour la conduire ce matin-là, Lisa se pencha vers lui et posa une interrogation qui lui paraissait vitale :

« Tu resteras mon papa même si je grandis ?

– Bien sûr. Un papa c'est pour la vie !

– Même si je grandis trop vite ?

– Oui, même si tu grandis trop vite. »

Il ne savait pas alors que son temps de papa était compté, quelques années encore et ce serait fini. Il se croyait un papa éternel. Aurélien croyait naïvement qu'on était papa pour toujours. Il ne savait pas combien c'est difficile de rester un papa quand votre enfant, en grandissant malgré lui, vous découvre et vous voit un jour, non plus comme un papa, mais comme un père !

Pour l'instant c'était encore le temps béni où, le dimanche matin, elle entrait, tornade lumineuse et multiforme, dans la chambre, se jetait dans ses bras avec un abandon tel qu'il se sentait responsable de l'équilibre du monde et du bonheur de sa fille.

Ils jouaient à l'ours. Cela voulait dire se serrer très fort jusqu'à ce qu'elle crie, hoquetant de rire et de plaisir : *arrêtencore* dans un seul mot.

Des années plus tard, la blessure d'Aurélien s'ouvrit, émergea à nouveau du silence et de l'oubli dans lesquels il la maintenait immobile, en hibernation depuis si longtemps.

Il ne sut pas exactement comment sa fille Lisa s'évada, se sépara de lui en le transformant en père. Et cette incompréhension le persécuta longtemps.

Juliette, avec qui il put en parler quand les tourments de leur séparation s'apaisèrent, pensait que c'était l'année des dunes. Ils appelaient ainsi les vacances passées au Pila dans les Landes.

« Tu te souviens, il y avait Louis XIV, Richelieu, Jeanne d'Arc qui faisaient du naturisme sur la plage... !

– Tu crois que c'est là ? J'en garde un souvenir bleuté, ce furent de belles vacances, nos dernières vacances en famille ! » Le camping comportait une partie naturiste et, sur la plage immense, ils s'installaient à la frange de ceux qui osaient, qui débutaient. Certains jours habillés textile, et d'autres jours simplement culs nus et blancs au milieu d'une faune d'habitués du nudisme. Lisa faisait des commentaires sur la couleur du zizi des hommes, sur celui de Louis XIV, nommé ainsi dès le premier matin car il avait de longs cheveux bouclés qu'il portait telle une perruque disproportionnée sur un visage aigu. « Tu as vu, maman, il a le zizi tout tordu, ça doit lui faire mal ! »

Juliette, sans lever les yeux de son livre, avait jeté à la cantonade un avis d'expert international : « Les zizis c'est comme les nez, il y a autant de modèles et de couleurs que d'hommes. J'ai jamais vu un nez pareil, dit-elle en pouffant de rire.

– Moi j'aime bien le nez de Papa, il est petit mais on le voit bien au milieu de ses yeux », répondit très sérieusement Lisa.

Aurélien préférait lire sur le ventre, le corps bien tassé sur le sable, ainsi il pouvait échapper, du moins le croyait-il, aux comparaisons. Chacun y allant de son commentaire, la discussion débordait sur les seins, les fesses, les métiers possibles des possesseurs de zizi.

Chaque matin Louis XIV jouait à une espèce de volley-ball libre, avec quelques autres jeunes hommes. Richelieu, lui, avait un curieux zizi tout rouge qui se décapuchonnait chaque fois qu'il frappait une balle, le corps arqué par l'effort. C'était un phénomène qui fascinait la plupart des femmes sur la plage et suscitait des pensées qui, même muettes, n'en étaient pas moins porteuses de rêveries. Richelieu capta ainsi l'attention des unes et des autres pendant plusieurs matinées. Toute la famille riait à ce phénomène exceptionnel.

Jeanne d'Arc apparut le troisième jour, blonde, altière, avec une poitrine petite et dure. Son corps étincelait et l'espace de la plage s'illuminait quand elle s'élançait dans l'eau. Le plus extraordinaire était sa toison épaisse, touffue, friselée, qu'elle portait tel un bouclier. Aurélien pensait qu'avec une telle protection, elle pouvait rester vierge plusieurs étés.

Quasimodo ressemblait à un sanglier avec du poil partout. « Même entre les orteils », remarqua Lisa, à qui aucun détail scabreux n'échappait.

D'autres encore traversèrent l'été des dunes, dont les exploits animèrent plus tard de nombreux repas, tant les souvenirs furent multiples, incongrus et vivaces : Coccinelle dont le corps peluchait de grandes plaques rouges, Eisenhower qui même nu semblait toujours porter un uniforme de général, Hannibal, un Noir magnifique dont le sexe pendait au niveau des genoux.

« Quand même pas aux genoux !

– Si, si ! Je sais pas comment il pouvait s'habiller ce type-là ?

– Il devait porter des pantalons à deux places ! »

Saccharine, malgré les heures passées au soleil, restait tout blanc. Il descendait à la plage avec un gros livre relié qui ressemblait à un missel, qu'il gardait sous le bras sans jamais l'ouvrir.

« Ce doit être un évêque en vacances, commenta Aurélien.

– C'est plutôt un homosexuel refoulé, contesta Juliette.

– Ce n'est pas incompatible... »

Ce furent surtout les hommes qui captèrent leurs commentaires, les femmes échappèrent pour la plupart à leurs analyses. Leur nudité limpide s'accordait au ciel, au sable et à la douceur exceptionnelle de ce temps de vacances. Des vacances enchantées où chaque jour s'amplifiait du précédent, où des nuits trop courtes débordaient sur trop de projets, où le temps trop rempli n'épuisait pas les enthousiasmes, une période de ciel bleu et de vent, d'odeurs fortes, de générosité et d'abondance qui coulaient entre eux et les comblaient de gratitude.

Mais le désenchantement se préparait, ni les uns ni les autres n'en savaient rien. Au cours de ces vacances heureuses, aucune anticipation possible des orages et des tempêtes qui allaient secouer leur vie ne les aida pour vivre, absorber et dépasser ce qui allait suivre.

« Tu crois que c'est l'année des dunes que tout a changé ?

– Oui. A notre retour, la cuvette magique, l'ours, les discussions sur le papa, les grandes embrassades, tout ça avait disparu. »

Le grand livre du bonheur familial fut refermé à jamais. Une tranche de vie envolée, des rapports nouveaux dans le couple, mais aussi entre le père et la fille.

« C'est injuste, je n'avais rien fait, moi, pour mériter de ne plus être un papa.

– Justement, c'était impensable de le rester. Tu étais trop proche, trop présent, trop important. Tu prenais, sans t'en rendre compte, trop de place en elle, il fallait qu'elle t'élimine. Et puis, quand elle a commencé à rencontrer des garçons, elle a découvert que tu étais un homme. Tu es devenu d'un seul coup sexué pour elle. Tu aurais dû savoir ce que ni toi ni moi ne savions à l'époque : qu'un papa n'a pas de sexe, c'est tout simplement un papa. Tu te souviens, elle en avait plein la bouche, quand elle t'appelait ou simplement te nommait : Mon papa, mon paapaa !

» Un papa, on se jette sur lui comme une auto tamponneuse, on grimpe sur son dos, on lui fourre les doigts dans les oreilles ou la bouche sans danger. Un papa n'a pas de *badigoinces*, ce n'est pas un homme, c'est un papa, il n'est pas dangereux, il est bon de partout. Puis elle a dû découvrir que tu en avais, des badigoinces, comme tous les hommes qu'elle avait vus nus sur la plage cet été-là. C'est ainsi qu'elle a commencé à changer, tout au moins son regard sur toi. Ce n'était pas toi qui avais modifié ton comportement, c'était elle qui ne supportait plus le tien. Alors il lui a fallu mettre de la distance : plus de câlins, plus de grands élans, plus de jeux. Et moi je ne pouvais rien te dire, nous étions trop enfermés dans nos conflits... »

Depuis lors, Lisa avait toujours le corps en partance quand elle était près de son père. Celui d'Aurélien par contre se fermait, se dévitalisait, comme cassé, blessé.

« C'est vrai, tu dois avoir raison, c'est à partir de la rentrée des vacances du Pila qu'on ne se touchait plus, qu'on ne faisait plus le plein de tendresse, qu'elle, surtout, me fuyait chaque fois que je m'approchais... »

Le plein consistait en de grandes étreintes immobiles à plein corps où chacun emmagasinait de la tendresse pour plusieurs jours quand Aurélien devait s'absenter.

« Je me souviens aussi quand elle t'envoyait, de loin, des petits bisous à dose homéopathique, des bye bye désinvoltes qui te laissaient sur ta faim. J'imagine que c'était à la fois pour t'éviter et pour te donner le goût de revenir. »

Aurélien était devenu père par ce passage forcé, cette béance ouverte entre lui et sa fille. Passer sans transition de papa, bonhomme asexué, à être vu comme un homme sexué, avait été une épreuve violente et douloureuse, sans qu'il en comprenne le sens, sans qu'il en saisisse l'enjeu, à la fois si vital et nécessaire pour sa fille, si structurant et douloureux pour lui.

Aujourd'hui il aurait souhaité, rétrospectivement, que Juliette, comme mère de Lisa, l'aide à mettre des mots sur son incomplétude, sur ses aveuglements et sur ses silences. Il aurait souhaité qu'elle l'aide à ne pas s'enfermer dans des ressentiments, des bouderies ou des réactions agressives qui blessaient sa fille et l'éloignaient encore plus de lui.

« Mais j'étais aussi aveugle que toi. Je ne savais rien de tout cela. » En étant soudain perçu comme un être sexué, il n'avait pas compris qu'il devenait menaçant, inaccessible pour sa fille. Il tenta plusieurs fois, à contre-courant, maladroitement, d'imposer sa présence, sa parole, son influence. Alors la guerre entre Lisa adolescente et lui commença par des petites guérillas autour des opinions politiques. Lisa prit le maquis vers une gauche écolo, version Larzac. Lui campait sur des positions rocardiennes rectifiées Cohn-Bendit. L'affrontement se déplaça ensuite sur la nécessité d'avoir une auto : « Quand on peut marcher à pied ou rouler en vélo, c'est trop con, une auto, quand on vit en ville ! » Des discussions sans fin sur l'opportunité d'acheter des frusques neuves, alors qu'il y a tellement de vêtements offerts gratis, tant de gaspillage ! Des oppositions, des contestations sur tout, sur la nourriture, les lectures, les films, sur les études, la vêture, les cheveux. Ah ! les cheveux. Elle désira à onze ans couper ses cheveux. Aurélien l'adorait avec ses cheveux longs, il était fier quand elle se coiffait avec une queue de cheval qui dansait dans son dos.

« Ils m'embêtent ces cheveux, on ne peut rien faire avec, ma copine Noémie, elle se coiffe en deux secondes, elle est toujours clean ! »

Lisa profita d'une absence de plusieurs jours de son père, pour sacrifier sa chevelure. Comme elle avait dû pressentir que cela le toucherait au plus profond, elle avait dessiné sur un carton une petite fille en robe écossaise dont le visage était encadré par ses longs cheveux qu'elle avait soigneusement collés un à un. La légende, laborieusement inscrite en bas et se poursuivant au dos du dessin, ébranla Aurélien : « Je sais que tu seras triste de voir ta fille avec sa nouvelle coiffure, aussi j'ai pensé à te laisser le souvenir inoubliable de ta fille aux cheveux longs. »

Aurélien faillit craquer ce jour-là, s'abandonner à une tendresse possible, mais il garda intacte toute sa colère, se sentit trahi et entretint plus vivace sa violence contre cette enfant qui s'ingéniait, pensait-il, à le blesser. Il préféra nourrir son ressentiment avec un désespoir et une délectation mêlés d'amertume.

Il resta convaincu jusqu'à ses quarante ans, l'année où Lisa donna la vie à un bébé et où il retrouva son géniteur, le fameux Eric Espérendieu, que sa fille avait fait ça contre lui, seulement contre lui ! Il se persuada longtemps qu'il devait souffrir d'un geste qui ne lui était pas destiné et surtout qui ne lui appartenait pas.

Il cacha le dessin de la petite fille en jupe écossaise et aux longs cheveux dans un tiroir de son bureau et quand, au cours des années, un des cheveux auburn se détachait, il le recollait soigneusement pour ne pas en perdre un seul. Ce geste l'apaisait, et en même temps réveillait chaque fois sa rancœur.

Mais d'où Juliette tenait-elle, elle, ce savoir sensible, jamais formalisé sur la difficulté d'être père, sur celle d'être fille, sur la difficulté jamais dite, sur les pièges subtils inventés par une pré-adolescente pour s'éloigner de son père et le rendre encore plus dépendant d'un papa à se protéger de lui-même ?

Aurélien avait oublié que sa femme avait été une petite fille sans papa, courant pathétiquement depuis son enfance après son propre père pour obtenir l'amour d'un papa ! Quête vaine et sans fin, combat épuisant et versatile, affrontements houleux et souvent honteux où chacun perdait un peu plus de l'estime de l'autre et de l'amour de soi.

Juliette, à l'âge de trente-cinq ans, avait enfin retrouvé en son père un papa, six mois seulement avant qu'il ne meure. Elle avait pu se réconcilier avec la partie de lui comblante, pacifiée, celle de ses premières années de petite fille, quand il jouait, l'acceptait, osait la faire sauter en l'air, prendre son bain avec elle dans une liberté enveloppée d'innocence joyeuse.

Sa maladie avait fait tomber entre eux toutes les barrières. Elle pouvait enfin le toucher sans qu'il se sauve, l'embrasser sans qu'il se dérobe, lui parler sans qu'il se réfugie derrière : « Ta mère a dit... »

Elle avait pu lui offrir gratuitement, aux derniers jours de sa vie, un immense amour qu'elle gardait jusqu'alors jalousement caché, attendant de pouvoir l'échanger d'un seul coup contre une seule marque d'amour venant de ce père haï et aimé. Un seul signe même imparfait, un minuscule geste, un regard plus doux, aurait suffi, elle aurait tout pardonné, oublié, si seulement il avait su à l'époque de ses quatorze, dix-huit ans ou vingt ans, ouvrir ses bras pour qu'elle vienne s'y jeter. Durant des années, elle avait attendu de sa part un seul battement ému de la paupière, une ouverture amorcée de sourire, le palimpseste d'un élan qui aurait pu lui confirmer qu'elle restait importante pour lui, qu'elle demeurait sa fille adorée, unique. Jusqu'à sa maladie, il avait été un père présent/absent, un homme d'affaires plus ou moins militaires. Il travaillait dans les services parallèles, officieux, secrets, dans l'armement, dans le désarmement aussi, selon que cela arrangeait ou pas la France. C'était un homme de silence, barricadé derrière une expérience incommensurable du mensonge et du jeu des apparences. Il avait ainsi traversé l'essentiel de son existence à passer à côté de sa propre vie.

Juliette avait durement appris, au travers d'un travail personnel, qu'elle seule pouvait prendre en charge son besoin de l'amour d'un papa.

Après leur séparation, elle avait pu dire à Aurélien : « Tout au début de notre rencontre j'ai été tentée de te faire porter la responsabilité d'avoir à répondre immédiatement, inconditionnellement, à mon besoin d'amour d'un papa. Je t'avais donné la mission implicite de m'aimer comme un papa, dans la douceur, la tendresse, dans le non-sexuel. Mais il y avait en toi quelque chose de si atypique, de si barbare que cela m'entraîna bien au-delà.

» Avec toi au début, ma position de femme l'emporta sur celle de la petite fille pourtant si avide d'un tel amour en moi. C'est à cette époque, tu t'en souviens très bien, que nous faisions l'amour partout, dans une sorte de fête permanente des corps. Mais dans les années suivantes, celles qui suivirent la naissance de Lisa, avec l'arrivée de notre fille j'avais enfin un modèle. La petite fille en moi resurgit de son enfance et réclama l'amour dont elle avait toujours rêvé. Quand je te voyais si proche, si tendre, si aimant avec Lisa, cette petite fille en moi se réveillait et réclamait son dû. Je n'avais plus de désir, je ne voulais plus faire l'amour avec toi, seulement être bercée, câlinée. Et seulement sentir, dans le moindre rapprochement, le dur et le chaud de ton sexe me blessait. Je me refusais, pensant t'amener au plus près de moi, être prise dans tes bras, me fondre dans ton corps, me laisser bercer, m'ouvrir tout contre toi, sans autre besoin, sans autre attente, être là, à ma place. Le malentendu a été que tu prenais mes demandes, que tu vivais mon rapprochement comme une invitation à une rencontre sexuelle. Je voulais seulement que tu te comportes avec moi avec la même liberté d'être, la même joyeuseté légère, le même abandon jubilant que tu vivais avec notre fille Lisa. »

Ainsi, avec pudeur, dévoilait-elle les malentendus, les impasses de sa vie amoureuse avec Aurélien.

Juliette avait choisi, depuis près de dix ans, de vivre seule une solitude habitée de rencontres passionnées, toujours ardentes et platoniques.

« J'ai besoin d'un territoire à moi, d'un rythme où je me respecte, d'un temps ouvert et d'abandons, d'abandons dans lesquels je puisse exister sans être consommée. »

Cette notion de temps ouvert, voilà longtemps qu'elle en parlait, après l'époque de leur premier amour. Quand ils avaient décidé de vivre ensemble, elle avait revendiqué un temps ouvert ! Elle partait, s'absentait, ne se justifiait jamais sinon par une phrase qu'elle jetait en partant ou en revenant : « C'est mon besoin de temps ouvert, c'est mon temps d'intimité personnelle. » Elle n'expliquait jamais ses comportements ni ses conduites, d'ailleurs Aurélien les percevait tellement en accord avec ce qu'elle était que jamais il n'aurait posé une question intrusive ou inquisitrice.

Depuis leur divorce et l'apaisement de leurs tensions, Juliette et Aurélien se voyaient fréquemment, relation parentale oblige, et aujourd'hui elle pouvait lui chuchoter en caressant sa joue d'un geste apaisé :

« Tu restes le seul homme à qui je peux tout dire et avec qui je pourrais tout faire ! » Puis se reprenant : « Ne te fais pas d'idées, la nostalgie de toi a du bon, elle irrigue mon présent et ensoleille mon passé mais si tu peux rester à ta place, ne pas être trop proche dans mon avenir, cela est bon pour moi. Je te sens encore si désirant malgré les années, que même si cela m'émeut, je me tiens à distance... »

Ils pouvaient parler plus librement de leur sexualité maintenant qu'ils ne la pratiquaient plus ensemble. Sans le blesser, elle lui rappelait son habitude de vouloir s'introduire très vite, trop vite en elle. Avant même qu'elle ne fût prête à l'accueillir.

« J'avais besoin de mots, de caresses, de temps et d'attention pour te recevoir. Toi tu voulais tout et tout de suite !

– Et moi j'avais besoin d'être reçu inconditionnellement, d'être accepté tel que je suis. Avec toi je revenais sans cesse aux sources de notre rencontre. J'avais gardé les impatiences de nos débuts, celles des premières années, quand nous nous aimions comme des fous de l'amour. Rappelle-toi, tes copains comme les miens nous appelaient les frénétiques de l'amour ! Non seulement on ne pensait qu'à ça, mais on ne vivait que pour ça, l'offrande permanente de ton corps me tournait la tête.

– Oui, c'est comme ça que je me suis piégée avec toi. Chaque fois que je faisais l'amour avec toi, je fuyais, je croyais combler toutes mes déceptions de petite fille. Je croyais m'éloigner définitivement de mon père. En fait, je ne faisais qu'accumuler plus de manques encore. Je l'ai bien vu quand Lisa est née. En fait, je le saisis mieux aujourd'hui, je t'ai épousé pour donner à ma fille le papa que je n'ai jamais eu. Le meilleur papa du monde, celui que j'aurais tant voulu avoir. Et une fois qu'il a été là, ce papa idéal, je n'ai pas pu continuer à faire l'amour avec lui. J'ai mis beaucoup de temps à saisir, à comprendre ce paradoxe fou dans notre relation. »

Parfois il tentait de lui dire qu'au-delà de la sexualité il y avait quelque chose de plus archaïque, de plus vital pour lui dans le fait de la pénétrer, de faire l'amour avec elle, justement avec elle. « Quand j'étais en toi, je pouvais enfin te dire bonjour, te reconnaître, te magnifier.

– C'était scandaleux de me réduire ainsi à mon sexe.

– Le véritable scandale ne se situe pas dans cette protestation qui agite nombre de femmes, mais plutôt dans la méconnaissance qui fait se méprendre la plupart d'entre elles sur l'aspiration irrépressible, fascinante et pathétique qu'elles suscitent et qui n'a rien à voir avec la sexualité. Dans l'acte d'amour, l'homme est appelé à un retour aux sources, à un accueil bienveillant, à une acceptation inconditionnelle sur tous les plans : accéder librement au corps interdit, à cette partie de lui si méconnue dont il a été séparé.

– Et les femmes, comment font-elles pour retourner aux sources ?

– Les femmes sont le temple, les prêtresses de l'enceinte sacrée. Elles sont le nid, au cœur même de la vie. Elles sont le noyau de l'univers. Elles n'ont pas pour vocation d'être dans l'intrusion mais dans la réception. »

Discussions sans fin, qui leur permettaient de dire chaque fois un peu plus de l'inouï qui les avait reliés l'un à l'autre et un peu de l'indicible qui les avait séparés.

Bien plus tard, encore, Juliette se souvint des paroles d'Aurélien, quand il lui fut donné de lire l'écriture solitaire d'un chantre de la vie secrète. Dans son cœur, elle nomma Aurélien « l'homme saumon » quand elle sentit qu'il construisait sa vie autour de cercles de plus en plus étroits pour remonter jusqu'à ses sources.

Quand Lisa voulut annoncer qu'elle attendait un bébé, elle parla d'abord à sa grand-mère, la mère d'Aurélien, qu'elle appelait Mamie de soie et qui pleura de joie en écoutant sa petite-fille lui annoncer l'étonnante nouvelle.

La première chose que celle-ci lui dit avec un grand

sourire fut : « Alors tu as mis un petit en route pour une vie à vivre ! Tu as bien fait. Quand l'amour est là il faut le faire. »

La deuxième chose : « Est-ce que le petit aura un père ? »

La troisième : « En as-tu déjà parlé à ton père ? »

L'amour était là en effet, Lisa aimait Martin rencontré deux ans auparavant au Festival d'Avignon. Mais l'amour était d'un seul côté. Chez Martin, il y avait de la passion, du désir et surtout du plaisir, pas le projet de s'engager. Au troisième mois de la grossesse de Lisa, il revit une relation de retour des Amériques avec laquelle il se crut capable de s'engager plus avant, en partant avec elle pour le Mexique.

« Non, je n'ai pas encore parlé avec papa, je ne le sens pas suffisamment mûr pour comprendre ce que je vis. Je préfère en discuter avec toi avant. Tu ne peux pas savoir, Mamie de soie, combien je suis heureuse d'être une femme. Toute petite, j'imaginais qu'être une femme c'était quand on avait fait quelque chose de mal. Je me suis souvent interrogée sur ce que pouvait être ce quelque chose. J'avais peur, j'imaginais qu'on pouvait faire du mal sans savoir qu'on l'avait fait. Pendant trois à quatre ans ce fut terrible.

» Chaque fois qu'on me disait que je devenais une femme, je recherchais aussitôt ce que j'avais pu faire de mal. Mon corps se paralysait, se desséchait, s'enfermait tout à l'intérieur. Je devenais si godiche que je me faisais l'effet d'être débile. Quand j'ai rencontré Martin, il y a deux ans, j'ai eu l'impression de retrouver une forme, une cohérence, une immense réconciliation avec moi-même. Quelque chose en moi se remodelait, reprenait sa place, chaque partie de mon corps s'ajustait avec l'ensemble.

» Papa répète souvent qu'il y a du divin en nous, je le crois aujourd'hui.

» J'ai senti ce que cela voulait dire en me sentant amoureuse et capable de donner à mon amour tout l'espace, toute l'ampleur dont il aurait besoin. Et puis, il y a quinze jours, Martin m'a quittée, il est parti avec une autre, mais je sens tout au fond de moi que c'est moins grave que ne le laisse croire ma douleur actuelle. Je suis triste, c'est vrai, mais ma tristesse ne ronge pas mes racines, ne détruit pas mes ancrages, la colère qui déferle en moi tombe injustement sur ceux qui m'entourent. La violence qui m'habite est juste de passage, elle provoque des dégâts, ça me fait mal car elle fait remonter de vieilles blessures à la surface. Mais l'enfant que je porte me pousse vers l'avant. J'oscille entre désespoir et révolte, entre défaitisme et déprime, mais tout cela c'est la surface. Le cuir est touché, en lambeaux, la chair est éclatée, meurtrie mais l'âme reste entière. Tu crois à l'âme, toi, Mamie de soie ?

– Oui, oui, je crois à l'âme. L'âme, c'est ce qui se perpétue de corps en corps, de vie en vie, c'est cette part d'humanitude éternelle, immémoriale, qui nous est offerte en dépôt. Nous avons la responsabilité de ne pas la blesser, de ne pas l'abîmer, de la transmettre un peu plus lumineuse, plus chargée de beauté, plus énergétisée. Comme un collier de perles, dont chaque perle serait une parcelle de vie et dont le fil serait l'âme qui les relie et les maintient ensemble.

Ce qui décida Lisa à parler à son père fut une remarque de Mamie de soie. A cette époque, quand celle-ci faisait allusion à Aurélien, elle le nommait *compact*. Ce mot faisait allusion à son physique. Il n'était pas très grand mais bien proportionné, tout en muscles et en vibrations. Le terme, affectueux dans sa bouche, recelait de multiples implications tant sur le plan de la distance nécessaire que sur celui de l'approche affective réelle, réservée et confiante. Sa grand-mère en profita pour lui dire :

« Compact m'a demandé tout récemment de lui confirmer le lieu où nous nous étions rencontrés, son père et moi. C'est la première fois qu'il me pose une question directe sur son père.

– Moi, tu sais, Mamie, je n'ai pas besoin de retrouver mon grand-père, mais peut-être que cela aiderait mon père de retrouver son propre père. »

Quand Aurélien entendit Lisa lui demander s'il avait ressenti un jour le besoin de retrouver son géniteur, il sentit un spasme vriller son ventre. « Jamais. Jamais pendant des années. Mais il y a quelque temps, c'est curieux, cette idée m'a effleuré, plus qu'une idée, un désir. Effectivement, le besoin de retrouver celui qui m'a conçu, avec l'aide de ma mère, a commencé à me travailler il y a quelques semaines, c'est curieux que tu m'en parles maintenant. J'ai bientôt quarante ans, mon géniteur devrait avoir aujourd'hui autour de soixante ans, s'il est toujours vivant. En fait ma mère et lui avaient dix-neuf ans, ton âge exactement, quand ils m'ont fait. »

Une des valeurs, et aussi des exigences, que sa mère avait transmises à Aurélien était le respect de la vivance de la vie. « Il t'appartient d'agrandir cette vivance chaque jour, c'est notre responsabilité d'humains », lui rappelait-elle souvent depuis qu'il était enfant.

Aurélien sentait bien qu'il trahissait, depuis quelques années, cette mission. Il maltraitait non seulement son existence, mais sabotait le meilleur de lui en des rencontres éphémères et vaines. Il se sabotait en gaspillant une partie de sa vie à se partager dans des relations qu'il ressentait le plus souvent comme énergétivores.

Lisa, ce matin-là, lui téléphona et s'invita chez lui au petit déjeuner. Elle fut comme autrefois directe et franche :

« Papa, j'attends un enfant, comme toi, il n'aura pas non plus de père !

– Tu es sûre d'attendre un bébé ?

– Personne d'autre que moi ne peut en être plus sûre. Il a déjà douze semaines, il doit doubler de volume presque tous les jours, il fait au moins six centimètres. »

Aurélien regardait sa fille, splendide dans sa plénitude de femme, mais il voyait surtout et entendait une petite fille de cinq ans qui lui disait avec gravité : « Papa, j'ai vraiment besoin d'un vrai papa ! Je voudrais tellement que tu sois un papa pour moi ! » Il fut bouleversé à la pensée de toutes ces répétitions.

Il lui parla comme s'il se parlait à lui-même : « Je n'ai rien vu de tout ce temps traversé, tout est allé si vite, je suis passé à côté de tant de choses. Que de silences entre nous, que d'incompréhensions inutiles, que de moments gâchés... Je ferme les yeux, tu es un bébé rieur, gigotant dans mes bras, déposant sur mon cou avec délice une bave inépuisable, j'ouvre les yeux, tu es enceinte ! » Il se leva soudain, s'approcha un peu trop vite de Lisa et l'entoura de ses bras. Il y avait si longtemps qu'ils n'avaient fait ainsi le plein de tendresse ensemble.

Sa fille se serra très fort contre lui, entourant d'un bras sa taille, de l'autre ses épaules, le visage niché au creux de son cou, le corps tout abandonné.

« Tu piquais moins quand j'étais petite !

– C'est l'apanage de l'âge de piquer plus. Je ne t'ai jamais parlé de la vivance que nous devons protéger et agrandir. J'ai envie de t'en parler, c'est le plus beau des messages que m'a transmis ta grand-mère.

– Tu veux dire ta mère, papa ! C'est bien à toi qu'elle a transmis ce message ! »

Il sut dès cet instant, avec une évidente certitude, qu'il allait rechercher son père pour de bon ! Le moment était arrivé de se relier à ses origines, d'enfoncer ses racines au cœur de sa vie.

« Ah, c'est doux de faire le plein, j'en avais tellement besoin.

– Tu n'as pas appris aux femmes que tu rencontres à te le faire ?

– Nous nous apprenons bien d'autres choses, mais pas cela.

– Papa, papa, lui souffla-t-elle dans l'oreille, *arrêtencore*. »

C'est alors seulement qu'il pleura, laissa déborder toute sa nostalgie, comme il n'avait pu le faire cette première fois, il y avait si longtemps. Des vagues de larmes qui secouaient tout son corps faisaient craquer toutes ses résistances, le lavaient et l'ouvraient sur un espace nouveau en lui, plus aéré, plus léger.

Entre deux sanglots, il lui disait en l'étreignant plus fort : « C'est bon de redevenir un papa, c'est bon. »

Tout un vide en lui se remplissait de tendresse à donner, de gestes à offrir, d'abandons à laisser naître. C'était chaud, vivant, il sentait tout son dos se dilater. « Que c'est bon, que c'est bon », ne cessait-il de répéter.

Un apaisement ancien le réconciliait, le réunifiait aux différentes parties de lui-même qui se combattaient en lui depuis des années.

Dans sa tête défilaient des images à venir. Il se voyait présentant à sa fille son père, son géniteur retrouvé. « Ton grand-père, Eric ! »

A son petit-fils à venir aussi, car il voyait avec une évidente certitude un garçon chez l'enfant attendu par sa fille. « Ton arrière-grand-père ! » Il se voyait reconstituant la chaîne des générations. Quatre générations morcelées, quatre générations réunies d'un seul coup pour tenter de sortir des répétitions ou des missions de fidélités jamais comblées, toujours ravivées d'une génération à l'autre.

Déjà impatient, il sentait ses bras se relâcher, son corps se séparer de sa fille. D'abord téléphoner à sa mère, pour une dernière précision, ensuite... agir, ne plus perdre de temps, plonger dans son passé, entrer dans le labyrinthe de son histoire.

« Ah, voilà le père qui repart en guerre, soupira Lisa, mais on recommencera, ce n'est pas grave, le mouvement est retrouvé.

– Oui, on recommencera. Merci à toi. Tu viens de

me donner beaucoup de courage pour tout ce qui m'attend.

– Du courage, c'est moi qui vais en avoir besoin, le bébé, la fac, la vie, maman... Je ne lui ai encore rien dit.

– Veux-tu que je lui en parle ?

– Non, non, ça doit se passer entre femmes, c'est une affaire de ventre, je n'ai pas d'inquiétude, elle entendra ce qui s'est passé et le reliera, tout comme toi, à sa propre histoire. Tu sais, papa, je crois au fond que nous sommes une famille normale, mais compliquée à l'extrême. »

Ainsi, à quarante ans, il eut, en quittant sa fille enceinte, la certitude qu'il allait devoir se mettre au monde tout seul, que c'était sa responsabilité, que cette démarche lui appartenait. Il se devait de retrouver son géniteur, de se confronter enfin à cet homme.

Il appela sa mère pour lui demander l'orthographe exacte de son nom.

« Tu m'avais bien dit qu'il s'appelait Espérandieux ? dit-il en épelant chaque lettre.

– Non, Espérendieu au singulier. Je crois que je ne t'ai jamais dit qu'il était musicien. Il lui suffisait de toucher n'importe quel instrument et déjà c'était de la musique. Il avait des origines tziganes un peu complexes et un amour farouche des voyages. Il irradiait de lui, quand je l'ai connu, un grand appel à la liberté. Je crois qu'il m'a libérée de beaucoup de contraintes et de leurres. Il m'a appris l'amour de la vie en me laissant un peu de lui en toi. »

Jamais elle ne lui avait autant parlé de son amant, si proche à son cœur et si inaccessible, jamais elle n'avait esquissé les traits de caractère de celui dont il était issu. Il entendait pour la première fois des détails qui dessinaient à grands traits ce qui n'était jusqu'alors qu'une silhouette floue, immobile dans un espace du temps auquel il n'avait pas eu accès.

« Quel âge avait-il exactement quand il m'a fait ?

Il entendit l'intensité du silence, la voix arrêtée, en suspens. Une émotion perceptible même à distance dans la respiration étonnée de sa mère, qui demanda au bout de ce silence :

– Est-ce que Lisa a pu te parler ?

– Oui...

– C'est formidable, tu ne trouves pas ?

– Oui, c'est formidable.

– Tu es content ? »

Plus que content, bouleversé, ébloui par l'irruption et la force de tous ces événements qui étaient autant de signes, d'appels vers la terre de ses origines. Tout cela avec une cohérence inouïe et terrible à la fois.

« Je savais que c'était toi qui avais transmis à ma fille ce goût de la vie, je t'en suis très reconnaissant. Il n'y avait que toi, maman, pour donner à cette enfant autant de liberté pour se construire.

– Juliette n'est pas mal non plus dans ce domaine !

– Je fais depuis quelques jours plein de reliances, comme tu les appelles. »

Des liens dynamiques, des reliances qui rassemblaient, rapprochaient un à un les morceaux les plus infimes du puzzle de son histoire, pour devenir un tout qui allait donner sens à tant d'errances.

Aurélien commença sa recherche avec le minitel.

Il y avait cinq Espérendieu.

Le premier était notaire. Il lui demanda son âge.

« Ah, vous cherchez quelqu'un de fiable, j'ai quarante-cinq ans, j'ai repris l'étude de mon oncle dans laquelle je travaille depuis vingt ans. Puis-je vous être utile ? »

Le deuxième fut une femme, à qui il ne sut rien dire. Il abandonna la piste du minitel.

Trois jours passèrent. Il s'endormait le soir en essayant de retrouver un détail, une piste, un clin d'œil. Il cherchait des signes, un point d'accroche.

L'appel le plus important qui réveilla toute une partie de sa mémoire paralysée par tant de refus fut un rêve qui allait le conduire par des chemins labyrinthiques vers ce géniteur inconnu. Une nuit, il rêva d'un petit garçon qu'une gigantesque directrice d'école disputait parce qu'il avait encore déchiré son pantalon. Dans son rêve, quelques instants auparavant il riait et s'appliquait à déchirer un peu plus de son pantalon pour tendre à cette dame un morceau de tissu.

Au matin le mot « pétas » surnagea des bribes de son rêve qui s'évapora rapidement.

Ce fut à la pompe à essence que les reliances s'organisèrent soudain plus concrètement, quand l'enfant qui lui avait nettoyé les vitres et les deux feux rouges avant longea le trottoir, une bouteille d'eau, sa raclette et un chiffon rouge à la main. Il remarqua surtout la ficelle qui tenait serré un pantalon rapiécé avec des morceaux de tissus disparates. Des pétas.

Mais oui, c'est ça, un pétas, le mot chanta dans la lumière de ce mois de mai.

Dans les familles pauvres du Sud-Ouest, on rapiéçait autrefois les vêtements des enfants avec tout ce qui tombait sous la main et, surtout, avec des morceaux de tissu multicolores encore en bon état, découpés dans des loques, des vêtements trop petits, des pétassous, disait la voisine du dessous. N'importe quel bout de chiffon pouvait faire l'affaire.

Ils devaient cependant être solides, peu usés. Dans les quartiers populaires des grandes villes du Midi, tous les petits garçons portaient des culottes courtes, faites uniquement de pétas. Ajoutés les uns aux autres, ils donnaient une matière nouvelle d'une solidité incroyable pour résister à toutes les intempéries et à toutes les bagarres de quartier.

Le souvenir qui remontait maintenant en lui, dans la voiture, était vieux comme sa propre enfance. A l'occasion d'un conflit, autour d'un pantalon déchiré, sa mère avait raconté une histoire de pétas concernant Eric Espérendieu.

« Ton père parlait peu de lui, mais il m'avait beaucoup raconté sur ses aventures avec son ami Marcello, qui était le fils d'une directrice d'école maternelle. Ils ne se quittaient jamais, amis à la vie à la mort. Il m'avait fait rire, quand la mère de son ami retrouvé à l'adolescence lui avait dit : “Ah ! Espérendieu, vous ne pouvez savoir combien je vous en ai voulu d'être dans la même école que mon fils ! A cause de vous il a été insupportable durant toute sa scolarité ! Marcello déchirait systématiquement ses pantalons pour que je lui mette des pétas. Il pleurait et tempêtait en criant : Je veux des culottes comme Eric Espérendieu, si tu m'aimais vraiment tu ne m'achèterais pas de culotte toute neuve, mais des vieilles, de toutes les couleurs comme lui." Aucun magasin au monde ne pouvait posséder un tel trésor assemblé, reprisé, entretenu par des mains qui possédaient du métier. Un métier vieux comme l'enfance du monde, nourri par l'amour et l'angoisse des mères pauvres. Des mères qui voulaient que leurs enfants puissent aller à l'école sans rougir de leurs origines, avec des vêtements propres, proprement rapiécés. »

Quelques jours plus tard Aurélien rappela sa mère. « Te souviens-tu du nom de la directrice d'école, la mère du copain qui voulait des culottes avec des pétas, comme celle d'Eric ?

– Elle s'appelait Collucci.

– Tu es sûre ?

– Oui, je n'ai jamais oublié ce nom, car c'était aussi le nom d'une marque de carrelage sur une affiche qui resta toute mon enfance dans l'entrée de ma chambre. L'affiche représentait un patio andalou ou mauresque, avec une fontaine.

– Une fontaine andalouse ? Je ne vois pas le rapport.

– Moi non plus. Mais comme l'affiche vantait des carrelages et des mosaïques décoratives, je suppose que la fontaine devait susciter rêves et désirs. »

Aurélien commençait à entendre que l'affiche, quelque cinquante ans plus tard, avait bien rempli son rôle, faisant jaillir une source de rêves inattendus, pour lui permettre de retrouver Marcello Collucci, le copain à la vie à la mort de l'enfant aux pétassous que fut à un moment donné de sa vie son géniteur. Il y eut comme une certitude en lui, il pouvait retrouver Eric Espérendieu par l'intermédiaire de Marcello Collucci. S'ils étaient copains à la vie à la mort, ils devaient certainement se voir encore, se fréquenter, avoir des activités communes peut-être !

Sur le minitel, à Collucci, il y avait un seul nom avec un prénom : Marie-Ange.

« Je voudrais savoir si vous êtes parente avec Marcello Collucci ?

– Oui, je suis sa mère, mais vous savez qu'il est décédé l'an passé ! Ah ! la vie est injuste, Dieu aurait dû me rappeler à lui en premier, mais pas lui, il avait toute la vie devant lui pour être heureux et sans souci... »

Le rêve d'Aurélien, comme la plupart des rêves, rencontrait l'impitoyable de l'imprévisible aveugle et se heurtait à l'inexorable de la réalité.

« J'ignorais, madame, la mort de votre fils. Je suis désolé. Pourriez-vous me dire où il vivait car je recherche à travers lui, la trace d'un de ses amis, Eric Espérendieu.

– Ah le petit Espérendieu, celui des pétas ? Celui-là je ne suis pas près de l'oublier ! »

Ainsi au travers des âges et des générations, l'enfant aux pétas survivait dans la mémoire vigilante d'une vieille dame.

« Vous voulez dire que vous le connaissez, que vous le voyez encore ?

– Non, non, il y a longtemps que je ne l'ai pas revu, mais je me souviens bien de lui. »

La voix était claire, elle riait maintenant, heureuse de pouvoir parler de son fils à travers l'enfant aux pétassous.

« Ah ! celui-là, il m'en a fait voir de toutes les couleurs, ce chenapan. Mon fils Marcello, dès la maternelle, s'était entiché de lui. Ce garnement avait un charme fou, il savait raconter des histoires et inventer des jeux, enfin si on peut appeler ça des jeux, cela se terminait toujours par des bagarres. Durant les récréations, il rassemblait toujours une bande autour de lui, mais c'était surtout un bagarreur. Il devait avoir du sang gitan. Marcello le copiait, tellement il voulait lui ressembler. Il se peignait comme lui, pinçait la bouche, prenait tous ses tics et surtout voulait avoir des pétas comme son copain. Vous savez ce que c'est un pétassou ?

– Bien sûr j'en ai eu souvent, quand j'étais enfant ! Et vous ne savez pas où habite Eric maintenant ?

– Ils ont exercé le même métier et travaillé ensemble sur une plate-forme pétrolière. Je n'ai pas pu le supporter, j'ai demandé à Marcello de rentrer et de se marier.

– Vous n'auriez pas l'adresse de l'ami de votre fils ?

– Non, je l'ai perdu de vue. Ils se sont disputés, je crois, une femme peut-être, une femme entre eux, si c'est pas dommage ! »

La voix s'éloignait, perdait de sa cohérence, se morcelait, reprise par la tristesse et la nostalgie d'une époque engloutie. Il apprit cependant qu'Eric vivait en Provence, du côté de Manosque.

Sur Manosque, il y avait cinq Espérendieu, le troisième s'appelait Eric, il répondit avec réticence au questionnaire qu'avait imaginé Aurélien, qui s'était présenté comme un enquêteur de Radio France faisant un sondage sur les radios les plus écoutées par les habitants de Manosque. Les premiers mots auraient dû l'alerter car ils commencèrent par une dénégation :

« Je n'écoute jamais la radio car je suis radioamateur.

– Je vous remercie de votre réponse. Pourriez-vous cependant me dire votre âge ?

– Cela ne servira à rien pour votre enquête, puisque je n'écoute jamais la radio. Vous savez, nous les radios amateurs, nous formons une communauté d'amis de par le monde et nous sommes informés directement de tout ce qui se passe sur cette foutue planète ! Par exemple j'ai été un des premiers informés de la mort de Kennedy. Un copain de Fort Worth m'a appelé tout de suite après l'attentat de Dallas... »

Aurélien se voulait relationnel et distancé pour tenter d'en savoir plus.

« J'entends bien votre position particulière vis-à-vis des radios et je vais l'intégrer dans mon enquête. Nous avons, comme je vous l'ai dit, deux questions annexes : votre âge et vous demander si vous avez vécu votre jeunesse dans un autre lieu que votre domicile actuel.

– Je ne veux pas vous faire perdre votre temps, je vous ai dit que je n'écoute aucune radio. Entre radio-amateurs, nous avons des affinités, pour l'un ce sera les plantes, pour l'autre les roses des sables ou les poissons exotiques. Nous communiquons pratiquement tous les jours sur les sujets qui nous passionnent. Pour ma part je m'intéresse aux violons anciens, auriez-vous un Guarneri à me proposer ? Pas un violon d'Andrea mais un de Giuseppe Guarneri, celui qu'on appelait Del Gesù ou encore un Landolfi, plus récent, autour de 1770 !

– Vous collectionnez les violons ?

– Non, je les aime.

– Pour terminer mon enquête, avez-vous toujours habité en Provence ? Venez-vous d'une autre région ? »

La voix s'impatientait, s'irritait même de l'insistance d'Aurélien à capter un signe, une parcelle de certitude.

« Je vous ai dit que je n'écoutais aucune radio, votre enquête va être faussée si je vous réponds !

– Toutes les réponses font partie de l'enquête.

– Ça ne sert à rien si je vous dis que je viens d'avoir cinquante-huit ans ! »

A cet instant, à cet instant seulement Aurélien sut que c'était à son géniteur qu'il parlait. L'histoire du Guarneri et du Landolfi l'avait égaré. Sa mère avait dit musicien, pas collectionneur de violons.

Après avoir raccroché, il sut qu'il devait lui écrire. Il imagina tout de suite la lettre : « Je suis le fils de Laurence et je crois que vous êtes mon géniteur. Je ne souhaite pas faire irruption dans votre vie, mais j'espère vraiment vous rencontrer. Pourriez-vous envisager de me répondre pour fixer le lieu et la date d'une rencontre possible ? C'est important pour moi dans ma vie d'homme et de père, de vous voir et de parler avec vous. » Mais il avait attendu huit jours encore, retenu par la pudeur, avant d'envoyer sa lettre.

Trois jours après son envoi la réponse arrivait, apaisante comme une pluie de fin d'été longtemps espérée : « Ta lettre a fait l'effet d'une bombe. Je suis veuf, je vis avec une amie, je voyage beaucoup et j'aurai un grand plaisir à te découvrir. Je t'attends, quand tu veux. »

Aurélien eut le sentiment qu'une chape d'angoisse longtemps censurée se levait enfin, le libérait de la culpabilité d'être né, d'avoir été à la source des souffrances de sa mère.

Il entendait enfin que, pour retrouver ses origines, il était remonté dans son histoire, puis descendu dans l'enfance de son géniteur.

Il avait retrouvé l'enfant aux pétas qui faisait le désespoir de Madame Collucci.

Il avait traversé la moitié de sa vie sans entendre les fidélités invisibles qui le reliaient à cet homme. Il lui avait fallu toutes ces années pour entendre le sens de son blocage, de son infirmité pour la musique, lui qui n'avait jamais pu apprendre à jouer d'un instrument. Il allait mieux comprendre sa passion pour la sculpture, car il devait découvrir, bien plus tard encore, que le père d'Eric avait été sculpteur.

Eric et lui, malgré leur impatience et certainement à cause de leurs peurs, celle de se décevoir peut-être, ne purent se rencontrer que deux mois plus tard.

Ils s'étaient donné rendez-vous devant la maison de Jean Giono, montée des Trois-Richesses à Manosque.

De sa lecture de *Jean le Bleu*, Aurélien conservait

certains détails de cette ville « où la nuit ne respirait plus que par ses fontaines ». Il arriva très tôt, passa la porte Saunerie, marcha longtemps dans des ruelles hors du temps, avança doucement pour ralentir encore un peu le présent, inscrire dans ses jambes la courbe du monde, celle d'un univers qu'il allait bientôt quitter. En ce mois de juin des copeaux de soleil dansaient sur les façades, une odeur alanguie de lessive et de pain s'évadait par des porches sans âge.

A dix heures du matin l'aplomb du ciel se répandait sous les auvents, illuminait des femmes aux corsages d'abondance. La vie instantanée fusait de partout, éclaboussait de sa lumière les petites misères d'une existence en attente. Aurélien savait qu'il ne pourrait plus revenir en arrière, qu'il allait au-devant d'une vérité à engendrer avec celui qui lui avait donné la vie.

Il l'aperçut le premier. L'homme qui le regardait venir lui paraissait petit, râblé, ancré sur ses deux jambes, prêt à affronter tous les assauts. Aurélien avança en sentant sa mâchoire se crisper entre l'angoisse d'un sourire et le spasme d'un sanglot. Arrivé tout près, il avança la main, voulut simplement dire bonjour et émit un borborygme qui voulait dire : « C'est moi. » L'autre répondit : « Oui, c'est bien toi. »

Plus tard il entendit combien ce « c'est bien toi » l'avait rassuré, apaisé, autorisé à se laisser aller, à accueillir sans réticence cet homme qui lui avait donné la vie.

Sa main monta lentement vers le visage de l'homme, toucha doucement un bout de son oreille, un peu de ses cheveux. Celui-ci s'anima alors, avança d'un pas, ouvrit ses deux bras. Il l'attira à lui avec une force faite de douceur et de fermeté tranquille.

Aurélien se laissa aller, relâcha sa nuque, ses épaules, son dos. Il sentit la rugosité de la joue, le piquant du poil, l'odeur de miel d'un tabac qu'il avait autrefois fumé. L'autre lui chuchotait dans l'oreille : « C'est bien toi. Ainsi, tu m'as retrouvé !

– Ma mère ne m'a pas beaucoup parlé de toi, mais elle m'a dit l'essentiel : la musique, les histoires, les bagarres pendant la récréation, les pétassous, Marcello... Elle m'a dit aussi tout le bon et le merveilleux que tu avais représenté pour elle dans sa vingtième année. »

Il ne pouvait s'empêcher de déposer tout ce qu'il savait, là, tout de suite. Il ne sut pas comment sa main avait glissé dans la poche de cet homme qu'il n'avait jamais vu, et qu'il découvrait après quarante ans d'errances. Son poing fermé et frémissant était semblable à un tout petit oiseau qui retrouvait le nid après son premier envol. L'autre desserra son étreinte. Il n'osa pas retirer sa main pour garder encore le duveteux et la chaleur de cette poche et suivit son père, accroché ainsi à lui. « Viens, je t'amène à la maison. »

La maison se tenait sur les hauteurs de la ville, petite, pleine d'un fouillis hétéroclite, d'appareils et d'outils, tous les murs étaient couverts de livres. Eric Espérendieu avait déjà préparé la table. Le pain et le vin attendaient d'être partagés. « J'espère que tu as faim. Je te montrerai comment je vis tout à l'heure. »

A la question muette d'Aurélien, il ajouta : « Dane mon amie est partie pour la journée, elle a préféré nous laisser seuls. Hier au soir elle m'a dit : “Un fils de quarante ans qui retrouve son père et qui le voit pour la première fois a besoin de beaucoup d'intimité.” »

Aurélien n'arrivait pas à trier dans sa tête toutes les questions qu'il portait. Celle qui surgissait sans cesse en lui sortit de sa bouche malgré lui : « As-tu d'autres enfants ? » lui paraissait impossible à exprimer. Eric, comme s'il avait entendu cette interrogation muette, retourna un cadre qui était posé sur le buffet, le lui tendit. « Ce sont mes autres enfants, j'ai eu trois filles et deux garçons. » Et pendant qu'il découpait avec beaucoup de soin des tranches dans un jambon fumé, il commença à parler de lui :

« Tu devais avoir cinq ans quand je suis parti à la guerre. Elle n'a duré que quelques semaines, deux mois au total pour moi. Puis en 42, j'ai été pris par le S.T.O. J'ai travaillé dans une usine de composants électroniques. Au bout de quelques mois j'ai été contacté par la résistance allemande pour voler des pièces. Ils voulaient que je fabrique pour eux, à partir de pièces volées, des émetteurs. Et du matériel de réception. Je les ai aidés pendant plus d'un an, puis j'ai été dénoncé et pris un soir, la main dans le sac, par la Sécurité politique. Je devais être pendu, j'ai été condamné au bagne à perpétuité, ce sont les Américains qui m'ont délivré en 45.

» A mon retour je me suis marié, je suis parti au Gabon. J'ai dû déforester l'équivalent d'un département français. »

Aurélien, pour la première fois, osa lui sourire. « Moi j'ai dû planter quelque onze mille arbres dans ma vie. Peut-être qu'inconsciemment je reboisais tout ce que tu abattais... »

Planter des arbres était une véritable passion qui le réconciliait avec quelques-unes des contradictions de son existence.

Eric Espérendieu ne se contentait pas d'être radioamateur, il animait des bals dans un orchestre où il jouait du violon ou du banjo. Il pouvait passer de la guitare au synthétiseur sans aucun complexe, il vivait avec la musique comme avec une seconde peau.

Ainsi, dans l'après-midi, à l'aide de vieilles photos, et d'une foultitude de souvenirs, ils tissèrent les débuts d'une relation qui allait durer sept ans.

Contrairement à ce qu'il avait anticipé, Aurélien ne parla à personne de sa visite, de cette première rencontre avec son géniteur. Il avait besoin de la garder au chaud, de laisser travailler toutes les impressions de ses origines, d'engranger tout le ressenti, de laisser éclore toutes les images fertiles nées de ces premiers échanges. Il voulait s'imprégner, s'imbiber d'odeurs, de contacts, de sensations. Chez lui il regarda souvent le cliché sépia que lui avait remis Eric sur lequel il avait vingt ans.

« Je voudrais une photo de toi à l'âge où tu m'as conçu », lui avait-il demandé.

Il passa beaucoup de temps à rechercher sur le visage de cet adolescent lumineux, qui portait des pantalons de golf et une veste cintrée, les signes qui auraient dû lui paraître indubitables, palpables, de ses origines et qui lui paraissaient aujourd'hui si ténus, si fragiles et cependant indestructibles.

Il n'y avait aucun doute en lui : une filiation doit

se voir, paraître évidente, sauter aux yeux de tous ceux qui en douteraient.

Leur deuxième rencontre coïncida avec un événement qui le troubla beaucoup. Pendant son adolescence il avait lu dans un livre d'aventures l'histoire d'un diamant bleu et, pendant plusieurs années, il chercha à en acquérir un. Un ami diamantaire lui avait promis d'en trouver un. « Je voudrais qu'il soit très bleu, pas simplement bleuté, bleu intense. »

Quelques jours avant sa nouvelle rencontre avec Eric Espérendieu, cet ami lui apporta un diamant, un diamant bleu lumineux et profond comme le ciel d'un matin d'automne parsemé des premières froidures. Quand Aurélien vit le diamant déposé au creux de sa main, son scintillement si dense, il imagina d'en faire le symbole de sa vie.

Eric et lui avaient décidé de se retrouver pour une seconde rencontre, en Avignon, dans la librairie-restaurant du Cloître des Arts. C'était un lieu magique situé rue Vernet, au cœur de la vieille ville, un endroit pour se poser, un temps pour se rencontrer, un espace chargé de vibrations positives pour accepter de se découvrir.

Il arriva le premier, choisit une table dans la cour intérieure et resta dans l'alignement du soleil. Il tenait le diamant dans sa main gauche et ce fut cette main-là qu'il montra à son géniteur. Il lui expliqua qu'il ne pouvait le reconnaître ni comme père ni comme papa mais bien comme celui qui lui avait donné la vie, comme celui qui, avec l'aide de sa mère, avait déposé une parcelle d'amour et d'énergie universelle en lui. L'amour et l'énergie lui semblaient les signes irréfutables du divin qui habitait chaque être humain.

Il ouvrit la main, montra la pierre brillante à Eric Espérendieu. « Ce diamant symbolise la vie que tu m'as donnée. Je ne veux pas passer le reste de mon existence à t'accuser d'avoir abandonné ma mère, à te reprocher de ne pas t'être occupé de moi. Je ne veux ni entretenir ni cultiver la rancœur d'avoir été un enfant naturel. Je ne veux pas nourrir de ressentiments ou de l'autoviolence. J'ai déjà maltraité beaucoup de ma vie dans ces premières quarante années, je voudrais pouvoir enfin la respecter, lui accorder l'attention qu'elle mérite, la bienveillance dont elle a besoin, lui offrir un peu plus de mon amour. Je voudrais vraiment te remercier, t'exprimer toute ma gratitude de m'avoir conçu. Ce diamant représente et symbolise cette vie que tu m'as offerte à tes vingt ans. Je vais m'en occuper à partir d'aujourd'hui comme jamais je n'ai pu le faire avant. Ce diamant me rappellera, si jamais je l'oubliais, qu'il m'appartient à moi seul de prendre soin de cette vie, de la respecter et de l'honorer. »

Durant ce long discours, débité dans une même respiration, Eric Espérendieu le fixait avec une grande attention. Il ne fit aucun commentaire, prit la main d'Aurélien et referma doucement la paume de son fils sur le diamant. Ce ne fut que quelques mois avant sa mort qu'il remercia Aurélien d'avoir pu lui dire tout cela et combien il s'était senti libéré à son égard, comment cette symbolisation avait allégé leur relation et lui avait permis de vivre avec lui le meilleur de ce qu'il était devenu.

Durant les sept ans qui suivirent, ils se rencontrèrent cinq ou six fois.

Un grand respect mutuel circulait entre eux, ils parlaient peu, se regardaient beaucoup, se rencontraient et se séparaient dans de grandes étreintes. Quand il put dire à sa mère qu'il avait retrouvé son père, et qu'il lui demanda si elle souhaitait le rencontrer, elle déclina l'invitation. « C'était important et vital pour toi de le retrouver, ce ne l'est plus aujourd'hui pour moi de le rencontrer. » Cette femme savait ne pas mélanger les relations et les sentiments, rester fidèle à ses choix de vie.

Aurélien n'eut pas l'occasion de présenter ce grand-père à sa fille, ni son arrière-grand-père à son petit-fils. Il n'était pas pressé, il lui fallait d'abord construire la relation, vérifier sa propre solidité, découvrir la part d'histoire et d'empreintes dont il était issu. Il devait enfin entrer dans sa vie d'homme, entrer non tiraillé entre ses fidélités contradictoires qui l'avaient déchiré jusqu'à ce jour.

Eric Espérendieu mourut en quelques mois d'un cancer généralisé qui ne lui laissa pas le temps d'organiser son départ. Dane son amie garda durant quelques années le contact avec Aurélien, puis la relation se dilua. Mais ce ne furent pas les quelques rencontres entre Aurélien et son géniteur qui furent importantes, ce fut l'ancrage qu'il ressentit avec ses origines miitaliennes, mi-poitevines qui lui donna plus d'équilibre et de consistance.

Il allait pouvoir établir des ponts, des passerelles entre toutes les parcelles de son existence jusqu'ici morcelée pour en faire une vie plus vivante et surtout plus sereine.

Quelque temps après, il rencontrait Nade. Une femme violoniste qui lui fit découvrir le *Dixit Dominus* de Haendel. Ce psaume le transporta comme rarement une musique avait pu le faire avant. Il se réconciliait ainsi avec la part de divin qu'il avait si souvent maltraitée en lui jusqu'alors. Ils avaient ensemble des crises de fou rire, qu'ils partageaient bien au-delà de leur rencontre.

Il se sentait alors comme un galet lisse et rond, reposé jusqu'à la prochaine tempête.

Et quand il regardait le diamant bleu qu'il avait fait sertir dans un bracelet qu'il portait au poignet droit, il avait la confirmation qu'il avait pris de sa vie, qu'il était resté fidèle à lui-même, à toute une lignée d'hommes qui s'étaient battus pour échapper au silence.

Table

Du même auteur :

Supervision et formation de l'éducateur spécialisé, Privat, 1972 (épuisé).

Parle-moi, j'ai des choses à te dire (illustrations de K. Bosserdet), L'Homme, 1982.

Relation d'aide et formation à l'entretien (illustrations de F. Malnuit), Septentrion, 1987.

Apprivoiser la tendresse, Jouvence, 1988.

Les Mémoires de l'oubli (en collaboration avec Sylvie Galland), Jouvence, 1989 ; Albin Michel, 1999.

Papa, Maman, écoutez-moi vraiment, Albin Michel, 1989.

Si je m'écoutais... je m'entendrais (en collaboration avec Sylvie Galland), L'Homme, 1990.

Je m'appelle toi, roman, Albin Michel, 1990.

T'es toi quand tu parles (illustrations F. Malnuit), Albin Michel, 1991.

Bonjour tendresse (illustrations de D. de Mestral), Albin Michel, 1992.

Contes à guérir, contes à grandir (illustrations de D. de Mestral), Albin Michel, 1993.

Aimer et se le dire (en collaboration avec Sylvie Galland), L'Homme, 1993.

L'Enfant Bouddha (illustrations de Cosey), Albin Michel, 1993.

Heureux qui communique, Albin Michel, 1993.

Paroles d'amour (illustrations de Florence Moureaux), Albin Michel, 1995.

Jamais seuls ensemble, L'Homme, 1995.

Charte de vie relationnelle à l'école, Albin Michel, 1995.

Communiquer pour vivre, Albin Michel, 1995.

Roussillon sur ciel (illustrations de Florence Guth), Deladrière, 1995.

C'est comme ça, ne discute pas (illustrations de D. de Mestral), Albin Michel, 1996.

En amour, l'avenir vient de loin, Albin Michel, 1996.

Tous les matins de l'amour... ont un soir (illustrations de D. de Mestral), Albin Michel, 1997.

Pour ne plus vivre sur la planète Taire (illustrations de F. Malnuit), Albin Michel, 1997.

Eloge du couple (illustrations de D. de Mestral), Albin Michel, 1998.

Une vie à se dire, L'Homme, 1998, Pocket, 2003.

Toi mon infinitude (calligraphies d'Hassan Massoudi), Albin Michel, 1998.

Le Courage d'être soi, Ed. du Relié, 1999 ; Pocket, 2001.

Paroles à guérir (illustrations de Michèle Ferri), Albin Michel, 1999.

Dis, papa, l'amour c'est quoi ?, Albin Michel, 1999.

Car nous venons tous du pays de notre enfance (illustrations de D. de Mestral), Albin Michel, 2000.

Au fil de la tendresse (en collaboration avec Julos Beaucarne), Ancrage, 2000.

Contes à s'aimer, contes à aimer (illustrations de D. de Mestral), Albin Michel, 2000.

Oser travailler heureux (en collaboration avec Ch. Potier), Albin Michel, 2000.

Les Chemins de l'amour (en collaboration avec C. Enjolet), Pocket, 2000.

Inventons la paix, Librio n° 338, 2000.

Passeur de vies (entretiens avec M. de Solemne), Dervy, 2000.

Car nul ne sait à l'avance la durée de vie d'un amour (calligraphies de Lassaâd Metoui), Dervy, 2001.

Lettres à l'intime de soi (illustrations de D. de Mestral), Albin Michel, 2001.

Je t'appelle tendresse (illustrations K. Bosserdet et D. de Mestral), Albin Michel, 2002.

Un océan de tendresse (calligraphies de France Dufour), Dervy, 2002.

Mille et un chemins vers l'autre (illustrations de E. Cela), Le Souffle d'Or, 2002.

Vivre avec les autres, L'Homme, 2002.

Je mourrai avec mes blessures, Jouvence, 2002.

Ecrire l'amour (calligraphies de D. de Mestral), Dervy, 2003.

Vivre avec les miens, L'Homme, 2003.

Je croyais qu'il suffisait de t'aimer, Albin Michel, 2003.

Cet ouvrage a été composé
par IGS-CP à L'Isle-d'Espagnac (16)

Achevé d'imprimer en janvier 2008
Maury-Imprimeur - 45330 Malesherbes
N° d'éditeur : 94746
Dépôt légal 1re publication : février 2008
LIBRAIRIE GÉNÉRALE FRANÇAISE – 31, rue de Fleurus – 75278 Paris Cedex 06

31/2389/0